अनजान राहें तन्हा सफ़र

(कहानी-संग्रह)

धैर्य व विनम्रता की प्रतिमूर्ति पंडित रामकृष्ण शास्त्री
को सादर समर्पित
जिन्होंने मुझे पुत्रवधु न मानकर
जीवन पर्यन्त पुत्रीवत स्नेह दिया

अनजान राहें
तन्हा सफ़र

रिया शर्मा

भावना प्रकाशन, दिल्ली-91

Anjaan rahein Tanha Safar by ***Ria Sharma***

I.S.B.N.: 978-81-7667-317-4

मूल्य : 350.00 रुपये

प्रथम संस्करण : सन् 2016

प्रकाशक : भावना प्रकाशन

109-A, पटपड़गंज, दिल्ली-110091

दूरभाष : 22756734, 9312869947

आवरण : नीरज

शब्द संयोजक : पंकज ग्रॉफिक्स, दिल्ली-110092

मुद्रक : राधा आर्फसेट, दिलशाद गॉर्डन, दिल्ली।

Bhavna Prakashan, 109-A, Patparganj, Delhi-110091, INDIA.
E-mail : bhavna_pub@rediffmail.com
web : www.bhavnaprakashan.com

अनुक्रम

बर्फ पिघल गई

''आज यहाँ काल भी आ जाता न, तो मैं उसे ही खा लेती। इस तरह जीने से तो अच्छा...'' कराहती हुई वह भूख से कुलबुलाती आँतों से उठती टीस को भरसक दबाने का निरर्थक प्रयास करने लगी। खिन्नता से उसे सब तरफ उदासी नज़र आ रही थी। शाम का समय था परन्तु आकाश बादलों से पटा हुआ था। घिर आए अंधकार की वजह से शाम रात का सा अहसास दे रही थी। उसने चूल्हा समेटा। भगोना, कड़छी और थाली मांजने के लिए उसमे चूल्हे की राख डालने लगी। कठोर ठण्ड थी। बाहर सनसनाती हुई हवाएं चल रहीं थीं। पाँच दिन पहले गिरी बर्फ अब तक पिघली नहीं थी। जहाँ-तहाँ पाँच-छह इंच की बर्फ के सफ़ेद गलीचे से बिछे हुए थे। ठण्ड से सारा संसार अकड़-सा गया था। एक तो पहाड़ वैसे ही खामोश होते हैं फिर बर्फ से ढके हुए बिलकुल ही बेज़ान लगते हैं। मार्च का महीना समाप्ति पर था। परन्तु रह-रह कर बर्फ फिर गिर रही थी। अन्य वर्ष मार्च अंत तक बर्फ पिघलने और धूप खिलने लगती थी। नए फूल-पौधे सर उठाने लगते थे। परन्तु उस बार का अलग ही मौसम था।

''पता नहीं ये बर्फ गिरनी कब बंद होगी?'' उसने एक गहरी ऊंसांस भरी। उसे तीसरा दिन था, जब कटोरी भर अनाज भी उसके पेट में नहीं गया था। जो समेटकर थोड़ा बहुत वह बनाती थी, उसे पति और बच्चे को खिला देती थी। इस बात से उसके भीतर की माँ और पत्नी संतुष्ट रहती थी। यूँ तो एक-आध दिन का फाका आम बात थी, परन्तु उस बार तो हद ही हो गई। उसने गोद में बैठे हुए उसके सूखे स्तनों को झिंझोड़ते हुए रतन को परे झटक दिया। दो वर्ष का वह कमजोर शरीर वाला बालक कुनमुना कर रो पड़ा।

''खाली क्यों चिपका रहता है यहाँ...? पानी पीते रहने से भी क्या कभी दूध उतरता है रे अभागे?'' कहते हुए उसने सजल आँखों से भूखे रत्तू की तरफ देखा और

अगले ही पल ममता से उसे सहला दिया। उस दिन उसने आखिरी के बचे दो मुट्ठी चावल में नमक और पानी डालकर उबाल लिए थे। दोनों बाप-बेटे को खिलाकर वह रसोई समेट रही थी। पिछले दो दिनों से वह कभी चावल तो कभी आटे का घोल पका कर दोनों को खिला देती थी। अव्वल तो वह अमीर घर की नहीं थी, परन्तु इस तरह के फाके से उसका कभी वास्ता नहीं पड़ा था।

रत्तू को पति गोविन्द के पास बैठाकर वह जूठे बर्तन समेट कर घर के पिछवाड़े चली गई। बर्फीली हवाओं के कहर से बदन काठ सा होने लगा था। शाम के सात बजे थे परन्तु गहन अन्धकार से लगता था, मानो आधी रात हो गई हो। गर्मी के दिनों में कम से कम झींगुरों की लयात्मक आवाज़ें वातावरण की नीरवता को कम कर देतीं थी। परन्तु उस बार ठण्ड से जमकर वे भी शांत हो गए थे। न जाने बर्फ में कहाँ दब-मर गए? उसने जल्दी से हाथ चलाए और बर्तन माँझकर भीतर आ गई।

"तेरा काम निबट गया लछिमा तो इस रत्तू को देख तो जरा। जब देखो रोता ही रहता है। पता नहीं क्या परेशानी है इस को?" गोविन्द ने गोद में बैठे लगातार रिरियाते हुए रतन को पुचकारते हुए कहा। वह बच्चे को गोद में लिए हुए कमरे के बीच में बनी सग्गड़ के पास बैठा हुआ आग सेक रहा था।

"भूख से बच्चा रोएगा नहीं तो क्या गीत जाएगा?" उसने आग के पास बैठे हुए पति की तरफ देखकर अपनी ठहरी हुई शान्त और दर्द भरी आवाज़ में कहा। ठण्ड और थकन से बदहाल लछिमा ने धुले बर्तन चूल्हे के पास उलटकर रख दिए। उम्र की ताकत थी वरना सुबह से घर गृहस्थी के काम धंधे और जंगल से घास, लकड़ी बीनकर लाने करने में उसका भूखा शरीर बेजान होने लगा था। हाथ बर्फ हो गए थे। वहीं सग्गड़ के पास बैठकर वह अपने ठण्डे हाथ सेकने लगी। उसने पास में रखे चिमटे से आंच को हिलाकर जलती हुई लकड़ियों से राख झाड़ी और लपट के तेज होते ही सुकून महसूस करने लगी। फिर गोद में आने की ज़िद करते हुए, कुनमुनाते रत्तू को पकड़ा और उसके हाथ-पैर सेकने लगी। माँ की ममता और वात्सल्य पाकर बच्चा कुछ ही देर में उंघने लगा। माँ ने उसे बिछाई हुई गुदड़ी में लिटा कर ढक दिया। दोनों पति-पत्नी चुपचाप ताप सेकने लगे।

लकड़ी और फूस से बनी उस झोपड़ियां में घनघोर गरीबी छाई हुई थी? उसकी बनावट को देख कर लगता था कि कभी वह गूज़रों की झोपड़ रही होगी। गूज़र गर्मियों में अपने मवेशियों को लेकर वहाँ रहते और शीत ऋतु में उसे छोड़कर नीचे तराई की तरफ चले जाते थे। दोनों पति-पत्नी ने भीतर से उसे मिट्टी और गारे से लीप-पोत कर ठीक किया हुआ था। उसके अंदर एक किनारे पर दो गुदड़ियाँ बिछाकर सोने

का स्थान था और बीच में थोड़ा गड्ढा करके मिट्टी से बना आग जलाने का सग्गड़ बनाया हुआ था। अक्सर उसी की आँच से उस झोपड़ में गर्माइश और रोशनी होती थी। दीवार पर टंगे लकड़ी के छोटे से चौखट पर एक ढिबरी रखी हुई थी। कभी-कभी घर में तेल होने पर उससे भी रोशनी की जाती थी। परन्तु उस काली धुंआई हुई ढिबरी के भाग विरले ही जागते थे। दूसरे किनारे पर चूल्हे का इंतजाम था। जिसका उपयोग केवल अति शीत और बरसात के दिनों में किया जाता था। अन्य दिनों खाना घर के पिछवाड़े में बने मिट्टी के चूल्हे में बनता था।

झोपड़ से लगा हुआ एक छान बनाया गया था। जिसमें कुछ बकरियाँ रहतीं थीं। कभी जब एक बकरी ब्याने वाली हो जाती थी तो दूसरी को बेचकर कुछ रुपये का इंतज़ाम हो जाता था। बकरियाँ कम-ज्यादा होतीं रहतीं थीं। जब से गाँव में बाघ का आतंक हुआ तब से छान के दरवाजे पर लगे सांकल को तारों से लपेटकर बांधा जाने लगा। अन्यथा बाघ अपने मजबूत पंजों से झकझोर कर उसे खोल देता था। बाघ ने इंसान के घरों में हमला करना शुरू कर दिया था। वे इतने नरभक्षी हो गए थे कि मौका मिलते ही छोटे बच्चों को भी मुंह में दबोच कर ले जाते थे। ठीक ही हुआ, पलटा सभी का आता है। इंसान ने उसके घर में सेंध लगा दी, जंगल साफ करने शुरू कर दिए तो भला जानवर कहाँ जाएँ?

''सुनों, तो तीन दिन से कह रही हूँ। घर पर अब नमक के अलावा कुछ नहीं है। क्यारियाँ भी बर्फ में दबी पड़ी हैं। क्या उगाऊँ? क्या खोदूं? अब कैसे होगा? तुम कल बाजार जाकर एक बकरी बेच आओ और वापसी में कुछ आटा-चावल लेते आना।'' वह कष्टों से घिरकर बोली।

''ये बर्फ कुछ पिघले तभी तो रास्ते खुलेंगे लछिमा। घास-पाती सर उठाएंगे। न जाने बकरियाँ भी अब कितने दिन और कैसे जियेंगी?'' गोविन्द घोर चिंता से बोला। सारे पहाड़ी रास्तों पर अब भी काफी बर्फ थी। उन पर फिसलने का खतरा बराबर बना रहता या बहुत ध्यान से पैर सधाकर चलना होता था। पहाड़ियों पर फिसलने का अर्थ हुआ सीधे नीचे खाई में पहुँचना।

''तुम उनकी चिंता मत करो। छान में अभी सप्ताह भर के लिए घास है। तुम एक बकरी को बेच आओ। दूसरी कुछ ही दिनों में ब्याने वाली है। उसके पाठी (बच्चे) हो जाएँगे फिर हाथ खुल जाएगा।''

''उनका गाँव विरही, ऊपर पहाड़ी पर बसा हुआ था। शहर से बीस किलोमीटर की कठिन चढ़ाई चढ़ कर ही ऊपर पहुंचा जा सकता था। ऊपर एक पाँच सौ वर्ष पुराना शिव मंदिर था। कला का बेजोड़ नमूना। खुले अच्छे मौसम के दिनों में सैलानी

वहाँ घूमने, दर्शन करने और मंदिर की वास्तुकला देखने के लिए आ ज़ाया करते थे। अप्रैल के प्रथम सप्ताह से लेकर सितम्बर आखिरी दिनों तक बाबा श्याम गिरी मंदिर की देख-रेख करते थे। उसके बाद शीत का कहर छाने लगता था। बर्फ गिरने की संभावना प्रबल होने पर श्याम गिरी बाबा नीचे तराई में अपने घर चले जाते थे। मार्च माह के आखिरी दिनों में जब बर्फ पिघलनी शुरू होती थी तब वे ऊपर पहाड़ी चढ़ते थे। उन छह महीनों में मंदिर की देख-रेख गोविन्द के जिम्मे होती थी। इस दौरान वही शिव का स्नान-ध्यान करके मंदिर का रख-रखाव करता था। उस दौरान भूले-भटके वहाँ जो भी मुसाफिर आते थे और आस-पास से जो थोड़ा-बहुत चढ़ावा आता था उस पर गोविन्द का ही हक़ होता था। दिन अच्छे न सही पर कट रहे थे।

''बंद मौसम को देखकर नहीं लग रहा है कि सुबह जा सकूँगा। यदि मौसम साफ रहा तो निकल जाऊँगा। जैसी प्रभु इच्छा। मुझे तुम लोगों की चिंता है लछिमा। कैसे चलेगा? क्या करूँ? कुछ भी समझ नहीं आ रहा है।'' परेशान होकर वह चिंता से बोला। फिर से दोनों चुप हो गए। इस बात का हल किसी के पास नही था। आग तापते हुए वे कुछ सुकून महसूस करने लगे। कुछ देर बाद अंगारों को राख के नीचे दबाकर वे अपनी-अपनी गुदड़ी में सिमट गए। रात गहराने लगी थी।

आधी रात का समय था। सभी गहरी नींद में थे। अचानक लछिमा से लिपटा रत्तू कुनमुनाया और जोर से रो पड़ा। लछिमा घबराकर उठ बैठी। जब से गाँव में बाघ का आतंक हुआ, तब से हल्के खटके पर भी वह इसी तरह अनहोनी की आशंका से चौंककर उठ जाती थी। उसने बाहर की तरफ कान लगाए। कहीं कोई आवाज़ नहीं थी। नीरव सन्नाटा पसरा हुआ था। शायद दुःस्वप्न से रत्तू चौंक गया था। उसे छाती से लगाकर वह फिर लेट गई। बच्चा माँ के अंक लगकर चैन से सो गया।

एक बार नींद उचटने पर फिर लछिमा को देर तक नींद नहीं आई। ढेरों चिंताएं सर उठाने लगीं। यूँ तो वह गोविन्द से कभी कोई शिकायत नहीं करती थी परन्तु उसे अपनी घोर गरीबी से उकताहट होने लगी थी। रोज़ की वही हाय-तौबा। उसकी ही बुद्धि भ्रष्ट हुई थी, जिन हालातों में उसने गोविन्द के साथ मिलकर अपना घर छोड़ा था। किसी और तरीके से भी जिया जा सकता था। वह उन दिनों को याद करके अपने खोटे भाग को कोसने लगी।

वह ठीक घर की थी। उसकी एक बड़ी बहन कुंती और उसके पीछे का भाई भैरव था। वह सबसे छोटी थी। उसके पिता शंभु दत्त पुरोहिताई करते थे और अनपढ़ माँ घर देखती थी। उनके पास एक छोटा सा पुश्तैनी मकान था। कुछ खेती, थोड़े मवेशी और करने के लिए बहुत सा काम। गुजर-बसर ठीक ही चलती थी। दोनों

बहनों को गाँव में बने स्कूल में पढ़ने भेजा था। कुंती तेज तर्रार लड़की थी। उसने बारहवीं तक पढ़ा। लछिमा चंचल लड़की थी, इसलिए कई कोशिशों के बाद वह केवल आठवीं तक ही पढ़ सकी। उसके बाद पढ़ने के लिए शहर जाना पड़ता था। पिता का मानना था "कौन सा लड़कियों को पढ़-लिखकर कलक्टर बनना है?" उनके हिसाब से केवल बेटे का पढ़ना ठीक था। लड़कों से ही आने वाली पीढ़ी संभलती है। लड़कियों का क्या हैं, पराये घर की अमानत मात्र। इसलिए भैरव आगे पढता रहा। लछिमा की सोच कुछ और गहराई में उतरने लगी।

उन दिनों लछिमा सुबह अपनी सहेलियों के साथ मवेशियों को चराने जंगल चली जाती थी। दिन भर आपस में खेलती-बतियाती वे गोधूलि बेला में उन्हें तालाब से पानी पिलाती हुई घर ले आती थीं। वह भी एक याद रह जाने वाला दिन था। जब पहली बार गोविन्द उसके गाँव आया था। तब बसंत अपने भरपूर यौवन पर था। पहाड़ों की कमसिन ठण्ड और उस पर नाना प्रकार के रंग-बिरंगे फूलों की छटा सारे जंगल में बिखरी हुई थी। मवेशी चर रहे थे, चिड़ियाएँ चहक रही थीं और लड़कियां आपस में न जाने क्या-क्या बोलतीं हुईं, एक दूसरे से छेड़खानी करती खूब हँस-खिलखिला रहीं थीं। अपने आप में मगन सभी खुश थे।

"अहो लड़कियों कोई मुझे मानिला गाँव का रास्ता बता देगा क्या?" एक पुरुष की भारी आवाज़ से सभी चौंकी। अपनी मनोहारी बातों को विराम देकर उन्होंने नीचे पगडंडी की तरफ झाँका। वहाँ पर खड़ा मझोले कद-काठी का एक नौजवान उनकी तरफ मुखातिब था। कंधे पर बैग लटकाये हुए वह पैंट-बुशर्ट पहने हुए था। उस पर काले कोट और पैरों में जूते पहनकर वह सजीला लग रहा था। प्रसन्नता उसके चेहरे पर ऐसे दमक रही थी मानो कोई खुशी की खबर सुनकर चला आ रहा हो।

"गाँव तो यही है महाराज। तुमने किसके घर जाना है?" उनमें से एक लड़की बोली और अन्य सभी अपनी धोती के पल्ले से मुँह दबाकर हँसी। कोई नया जवान मुसाफिर उनके गाँव की सीमा में आ जाए और इन शैतान लड़कियों के हत्थे चढ़ जाए बस उसकी शामत आ जाती थी। उनके लिए यह एक खेल था। कुछ वक्त कट जाता था।

"बामण जी शम्भू दत्त के घर जाना था। कहाँ को होगा रास्ता?"

"वो घर में नहीं हैं फिर कभी आना।" शैतान लछिमा ने बात कही। वह थोड़ा हैरान थी। ये नौजवान उसके घर का पता क्यों पूछ रहा है? कौन होगा ये? वह सोच ही रही थी कि मुसाफिर फिर बोला।

"अरे हैं कैसे नहीं? उन्होंने मुझे जवाब भेजकर बुलवाया है। ये देखो उनकी

चिट्ठी।'' कहता हुआ वह अपना बैग टटोलने लगा।

''हाँ हाँ ठीक है, रखो अपनी चिट्ठी अपने पास। हमको पढ़ना नी आता।'' लछिमा बेपरवाही के साथ बोली। अन्य लड़कियाँ फिर हँसी।

''तुम बताती हो रास्ता या फिर मैं खुद ही ढूंढ लूँ? शरम नहीं आती तुम लड़कियों को खामख्वाह एक बड़े आदमी से मजाक करते हो।'' वह उस लड़की की शरारत भांप गया था।

''ओहो बड़े आदमी कितने बड़े हो? बज्जर पड़े हमको अब इस उमर में आँख कहाँ दीख रही हमको। हमने समझा तुम लड़के हो।'' दूसरी लड़की ने कहा और इस बार सब खुलकर हँस दीं।

''पार गाँव में मास्टर हूँ, मैं तुम लड़कियों की तरह थोड़ी हुआ। गाय, भैंस चराओ, हो गई ज़िंदगी खत्म तुम लड़कियों को क्या अकल हुई? बात करती हो'' उसे लड़कियों से चुहल करने में आनंद आ रहा था।

''अच्छा रुको मैं रास्ता बताती हूँ'' लछिमा खड़ी हो गई। तुम ऐसा करो ''यहाँ से वो...जो एक मोड़ दीख रहा है ना वहाँ से उल्टे हाथ को चले जाना फिर बाँज के बड़े से पेड़ से सीधे हाथ को...फिर घराट के... फिर...फिर...'' लछिमा अपना एक हाथ कमर पर रख कर और दूसरे हाथ से इशारा करती हुई उसे रास्ता समझाने लगी। वह बिना रास्ता समझे उस की तरफ देखने लगा, टकटकी लगाकर। बाकी लड़कियाँ हँसी से लोटपोट हो रहीं थीं।

लछिमा सोलह वर्ष की सांवली-सलोनी कन्या थी। कद-काठी और रूप में सामान्य परन्तु बोलने में वाचाल। कभी वह कमर पर हाथ रखकर बोलती तो कभी अपनी लंबी चोटी के रिबन से खेलती हुई। जब वह चुप हो जाती तो उसकी बड़ी-बड़ी पानी के स्रोत सी आँखें बोलती। बूटेदार नीली घाघरी पर सुर्ख पीले रंग की धोती का एक सिरा उसकी कमर पर रस्सी की तरह लिपटा हुआ था और दूसरा सिरा उसके दाहिने कंधे से उसके विकसित होते वक्षों के ऊपर से होते हुए बायीं कमर पर अटका हुआ था। पूरी बांह का भूरा जम्पर और गले में लाल मूंगे की दो लटों वाली माला। उस पर्वतीय आँचल में इसी तरह का परिधान पहना जाता था। कुल मिलाकर वह आकर्षक लग रही थी।

''अब ऐसे क्या देख रहे हो? मुझे तो कतई बुद्धू जैसे लग रहे हो तुम...समझ में आया रास्ता या फिर समझाऊँ?'' उसने दोनों हाथ कमर पर रखकर उसी ठसक से कहा।

''हुआ तो बुद्धू ही...कहाँ समझ में आएगा इतनी जल्दी...तुम साथ चल दो

तो रास्ता कट जाएगा...'' वह हँसकर बोला। लड़कियाँ उसके साथ जोर से हँस दी।

''चुप रहो तुम सब...जब देखो...खी-खी।'' लाज से गुलाबी होती लछिमा ने उन्हें झिड़क दिया था।

''इतनी खूबसूरत किसकी कन्या हो, तुम अपना नाम तो बता दो?''

''जिसकी भी हूँ। तुम अपना काम देखो और अपना रास्ता नापो।'' उसने घुड़का। उसके मोहक तेवर देखकर वह मुस्करा उठा।

''मेरा नाम गोविन्द है। पता मैं तुम्हारा लगाकर रहूँगा।'' कहता हुआ वह अपने रास्ते आगे बढ़ गया। लछिमा उस जाते हुए गोविन्द को देर तक देखती रही। उसके हँसमुख स्वभाव ने उसे मोह लिया था। लड़कियाँ आपस में बोलतीं हुईं फिर शोर करने लगीं। तब विषय गोविन्द था।

''लछिमा तेरे घर का रास्ता पूछ रहा था। मुझे लग रहा है तुझे देखने आया होगा।'' एक ने कहा।

''हाँ रे...बाबू सैप (साहब) जैसा अच्छा दिख रहा था। तुझे कैसे देख रहा था? टक्क लगा के...प्यार से...'' दूसरी ने चहक कर कहा।

''कर लेना उससे ब्याह हाँ...पक्की बात रही फिर?'' तीसरी हँसी। और उसके साथ ही बाकी सभी हँस दीं।

''हट्ट...आई बड़ी...जिसके मन आया है बाबू सैप, वो करे उससे ब्याह।'' लछिमा इतराई। कुछ देर लड़कियों को हँसी-ठिठोली करने का बहाना मिल गया था।

इसे पिता से क्या काम होगा हमारे घर का पता क्यों जाँच रहा था? सोचती हुई उस दिन उत्साह से लछिमा ज़रा जल्दी घर पहुँच गई थी। वह आँगन में बैठा उसके पिता के साथ बैठकर चाय पी रहा था और बातें कर रहा था। माँ वहीं पर बैठी शाम के लिए दाल बीन रही थी। पिता बड़े खुश दिख रहे थे। गोविन्द कुंती को देखने आया था। वह भीतर जाने लगी तो पिता उसे देख कर बोले। ''अरे लछिमा इधर आ...देख ये गोविन्द जी हैं, स्कूल के मास्टर साब। पार गाँव से तेरे मौसा-मौसी ने भेजा है इन्हें। चल पायलॉग कर इनको।'' वह लछिमा को देख कर चौंका। ''तो इन्हीं की बेटी है ये।'' सोचते हुए उसे लछिमा की सारी छेड़खानी समझ में आ गई। गोविन्द प्रसन्नता से खिल उठा।

अभिवादन करके वह भीतर जाने को घूमी तो माँ ने आवाज़ दी। ''अहो लछिमा, मेहमान यहीं रहेंगे। तुम दोनों शाम का खाना बनाने की तैयारी करो। तू क्यारी से कुछ शाक-पात बीन ला जरा, फिर रसोई में कुंती का हाथ बंटा देना।'' कहकर माँ फिर से मेहमान से बातें करने लगी।

“मेहमान हैं तो क्या हुआ कुंती दी जाने...वही लाए शाक और वही बनाए खाना।” लछिमा बुदबुदाई। रसोई में कुंती अति प्रसन्नता से काम में लगी हुई थी। बेशक गोविन्द से यह उसकी पहली मुलाकात थी परन्तु उन दोनों के ब्याह की बात लगभग पक्की थी। जब से उसके मौसा-मौसी ने ये आश्वासन दिया था तब से कुंती अपने भावी पति और ससुराल के मीठे सपने देखने लगी थी। हर लड़की खुली आँखों से अपने भावी राजकुमार के सपने देखती है। चोरी-छिपे और बहाने से वह न जाने कितनी बार बाहर बैठे गोविन्द को देख आई थी। सपनों की रूमानी दुनिया में विचरती हुई वह निहाल थी।

कुंती के रिश्ते की बात से अनभिज्ञ लछिमा का मन अलग ही प्रसन्नता से भर गया था। इस दौरान वह किसी न किसी बहाने से गोविन्द से कई बार टकराई। उसके हाथ-पैर धुलाते हुए, खाना परोसते हुए, बर्तन उठाते हुए और रात को दूध देते समय भी। गोविन्द वहाँ दो रात तक रहा। पहाड़ के उस इलाके में इस तरह की मेहमानवाजी आम बात होती है। उन दोनों की आपस में थोड़ी बहुत बातें भी हो गईं। दूसरे दिन मौका मिलते ही गोविन्द फुसफुसाया।

“वहाँ सहेलियों के बीच तो बड़ा बकबकाट कर रहीं थीं...अब क्या हुआ?” वह झेंप गई। चेहरा रक्तिम हो उठा। प्रेम पर किसी का बस नहीं। पहली नज़र का प्रेम दोनों पर ही अपना काम कर चुका था।

दूसरी शाम उसे कुंती और गोविन्द के रिश्ते की बात मालूम हुई। उसका दिल टूट गया, वह मायूस हो गई। तभी उसकी नज़र सामने से आते गोविन्द पर पड़ी। उसके दिल में दर्द की एक लहर सी उठी। गला रुंध गया।

“तुम कुंती दी को देखने आये हो? पहले क्यों नहीं बताया, अब तुम उनसे ही बात करना?” दृढ़ता से कहकर वह लटका चेहरा लिए भीतर चली गई। गोविन्द मुस्कराए बगैर न रह सका। वह सांवली सलोनी लड़की उसके दिल में प्रवेश कर चुकी थी।

अगली सुबह नहाते समय जब लछिमा ने उसे तौलिया थमाया तो गोविन्द ने झट से उसका हाथ थाम लिया। गंभीर होकर कहा। “लछिमा मुझे तू पसंद है। बता, बात करूँ तेरे पिता से?”

“बेशरम हुए तुम...अब मैं तुमसे बात नहीं करूंगी। तुम दोनों पढ़े-लिखे हुए। तुम कुंती दी के साथ खुश रहना।” कह कर वह गंभीर हो गई। उसकी आँखें भर आईं।

“नहीं लछिमा। मुझे तू पसंद है। मैं ब्याह करूँगा तो सिर्फ तुझसे।” वह दृढ़ता

से बोला। उसने फिर उसका हाथ थाम लिया। वह पुलक से भर उठी।

"नहीं...ये ब्याह किसी हाल में नहीं हो सकता। तुम कुंती दी को देखने आए हो। ब्याह उन्ही से करना होगा। वे बहुत अच्छीं हैं। उनसे ब्याह करके तुम सुखी रहोगे।" अपना हाथ छुड़ा कर गोविन्द के सर पर पानी का भरा मग उड़ेल कर वह भाग खड़ी हुई। जो उदासी चंचल लछिमा पर पिछली शाम से तारी थी वह कुछ हद तक छंट गई थी। मन भी अजीब होता है। एक छोटी सी बात बड़े सुख-दुःख की वजह बन जाती है।

नाश्ता-पानी होने के बाद मेहमान के विदा होने का वक्त आ गया। बाकी की बात मौसा-मौसी ही तय करेंगे इसलिए उसे अब विदा लेनी थी। वे सभी आँगन में आ गए। वहाँ पर सिवाय लछिमा के सभी खड़े थे। गोविन्द की नज़रें उसे खोजती हुई सब जगह घूम रहीं थीं। तब अंदर खिड़की के पीछे से उसे लछिमा की थोड़ी सी झलक दिखाई दी। इससे पहले देर हो, बेताब होते हुए उसने लछिमा की माँ और पिता के आगे अपने मन की बात रख दी।

"यदि आप लोग बुरा ना माने तो एक बात कहनी थी।" उसने सहज होकर कहा।

"अरे बुरा किस बात का अब जल्दी ही हम शगुन लेकर तुम्हारे घर आएंगे। अब तुम हमारे जवाईं जी हुए।" पिता खुशी से बोले।

"यहाँ आपके घर पहुँचने से पहले मुझे रास्ते में लछिमा मिल गई थी। मुझे वह पसंद है। आपकी बड़ी बेटी को मैं देख नहीं सका। उनके प्रति मन में अभी तक कोई भाव नहीं ला सका। बस मौसा जी व मौसी जी की आज्ञा का पालन कर रहा था। आप कृपा करके लछिमा का हाथ...।"

"बिलकुल नहीं...बड़ी बेटी से पहले छोटी बेटी ब्याही जाए, ऐसा हमारे यहाँ नहीं होता।" पंडितजी ने अपना आखिरी फैसला सुनाया। माँ असमंजस में भर गई और कुंती आँखें भीगती हुई, कुछ देर को स्तब्ध हो गई। उसके सपने एक झटके में बिखर गए। अपमान की किरचों ने उसे लहूलुहान कर दिया। आक्रोश से भरकर उसने गोविन्द को दो टूक जवाब दे दिया।

"यहाँ कौन तुमसे ब्याह करने को तैयार बैठा है? जिसके माँ न बाप ऐसे अनाथ और मनहूस घर में मुझे भी नहीं जाना है।" गुस्से से फुँफकारती हुई वह वहाँ से चली गई थी। माँ-पिता सन्न रह गए। उस दिन तीन दिल बुरी तरह से दरके। मायूसी और दुःख से भरी आँखों से गोविन्द ने भीतर छुपी लछिमा की तरफ नज़र उठाकर देखा और वह विदा हो गया। रो-रो कर कुंती अधमरी हो गई थी। वह गोविन्द

को अपना पति मान चुकी थी। उसने लछिमा को भी खूब सुनाया। अगले कुछ दिन वह गहरी उदासी से भरी रही। न वह खाना खाती न ढंग से बात करती। अवसाद से भरी वह चिड़चिड़ी होती गई। लछिमा से बात बेबात खूब लड़ती। उसे लछिमा अपनी सबसे बड़ी दुश्मन लगने लगी थी।

''सब तेरी वजह से हुआ। तूने मेरी गृहस्थी बसने से पहले ही उजाड़ दी लछिमा, देखना...सुखी तू भी नहीं रह सकेगी। ये मेरी आत्मा की आवाज़ है, जिसे तूने दर्द से भर दिया।'' वह लछिमा को आरोपित करते हुए खूब सुनाती थी। उसे गोविन्द ने खारिज़ कर दिया था इसलिए वह अपमान और आक्रोश से भरी हुई थी।

फिर एक दिन अवसाद से भरी कुंती बिना किसी को कुछ बताए कहीं अलोप हो गई। कोई नहीं जान सका वह कहाँ अदृश्य हो गई? उड़ती अफवाहों के अनुसार उसने नदी में छलांग लगा दी थी। माँ-पिता और रिश्तेदार सभी ने सारा दोष लछिमा के मत्थे मढ़ दिया। वह किसी को कोई सफाई नहीं दे सकी थी। क्या कहती कौन सुनता उसकी? उसे बहन के इस तरह जाने से बहुत दुःख हुआ था। सबके बार-बार सुनाने से वह अपने को ही इस बरबादी का जिम्मेदार मानने लगी थी। किन्तु गोविन्द उसके दिल में बना रहा।

गोविन्द के प्रेम से भरी हुई लछिमा उसके ख्यालों में खोई रहने लगी। अवसर मिलते ही दोनों एक-दूसरे से चोरी-छिपे मिलने लगे। प्रेम परवान चढ़ता रहा। कुछ महीने बाद वह फिर दुबारा लछिमा का हाथ मांगने उसके पिता के पास आया। पंडितजी ने अपनी ऊंची नाक और अहंकार के चलते इस रिश्ते से साफ मनाकर दिया। उनकी पत्नी ने बहुत समझाया।

''सुनो...गोविन्द सीधा आदमी है। प्राइमरी स्कूल का मास्टर है। हमारी लछिमा उसके साथ ठीक से रह लेगी। कुंती के लिए ठीक था फिर लछिमा के लिए क्या हुआ?'' माँ ने कुंती की याद में आँसू बहाते हुए कहा।

''तू चुपकर। मास्टर को सीधा और अनाथ समझ कर ही, मैंने उसे कुंती का हाथ सौंपने की सोची थी। सभी ने देख लिया, कि वह कितना सीधा है। लफंगा है। सीधा होता तो कुंती को ही देखता। अपनी बात से फिरता नहीं। लछिमा की तरफ गलत नजर से नहीं देखता।'' उन्होंने पत्नी को घुड़क दिया था।

''कान खोलकर सुन लो गोविन्द। ये ब्याह मेरे जीते जी कभी नहीं होगा।'' उन्होंने गोविन्द को साफ और कड़क शब्दों में कहा। गोविन्द और लछिमा दोनों दुखी हो गए। आनन-फानन में लछिमा के लिए एक पैंतालीस वर्षीय दुहाजू वर, बिशनदत्त ढूंढ़ लिया गया। ब्याह की तैयारियां होने लगीं। लछिमा ने पिता तक बात पहुँचाते

हुए माँ से आग्रह किया।

''माँ समझाओ न पिता जी को। मैं इस तरह ब्याह करके खुश नहीं रह सकती।'' वह फफक पड़ी।

''उस गरीब मास्टर से ब्याह करके तू पछताएगी लछिमा। आगे जब भूखी मरेगी तो सारी आशनाई धरी रह जाएगी। मेरी बात को समझ। बिशनदत्त से ब्याह कर ले। उसकी उम्र मत देख। इतने सेठ घर की बहू बनकर तू ठाठ से रहेगी।'' पिता ने उसे ऊँच-नीच समझाई थी।

''ठीक ही कहा था उस दिन पिता ने।'' सोचती हुई लछिमा ने करवट बदली। रत्तू और गोविन्द चैन से सोये हुए थे। नींद अब भी उससे कोसों दूर थी। उस एक गलती की वजह से उसने अपना सारा परिवार खो दिया। वह सिसक उठी। उसका अतीत चलचित्र सा फिर उसके आगे आने लगा।

ब्याह की एक रात पहले उसने खाली हाथ, सिर्फ पहने हुए कपड़ों में अपना घर छोड़ दिया था। आस-पास के गाँवों में उसके पिता की जजमानी थी। इसलिए उन्होंने वहाँ से बहुत दूर जाने की सोची। गोविन्द नौकरी छोड़कर उसके साथ हमेशा के लिए उस पहाड़ी पर आ बसा था। तब उसने सोचा था वह योग्य है, कोई न कोई नौकरी उसे मिल ही जाएगी। परन्तु ऐसा नहीं हो सका। वहीं बने शिव मंदिर में श्याम गिरी बाबा ने उनके फेरे करवा दिए थे। मांग में गोविन्द के नाम का सिंदूर लेकर वह अपनी सारी परेशानियाँ भूल गई। दिन प्रेम भरे होने लगे। दोनों एक-दूसरे के साथ हर हाल में खुश रहने लगे। उड़ी-उड़ी खबरों से मालूम हुआ, कि क्रोध से भरकर पिता लछिमा को मरा हुआ घोषित करके उसका तर्पण कर चुके थे। उसके बाद से उसकी दुःख-सुख की वही छोटी सी दुनिया रह गई थी। वर्ष भर बाद उनके जीवन में रतन आ गया। समय फिसल रहा था। ''तीन वर्ष बीत गए...'' करवट बदलते हुए उसने एक गहरी उसाँस भरी, उसकी आँखें नम हो गईं थीं।

गरीबी से बढ़कर कोई अभिशाप नहीं। धैर्य चूकने लगता है। दुःख-कष्ट और भूख से जीवन इस कदर त्रस्त हो जाता है कि प्रेम की महक उड़ने लगती है। केवल शरीर का रिश्ता और साथ रहने की मज़बूरी रह जाती है। उन दोनों के बीच का प्रेम अब दम तोड़ने लगा था। तमाम भूली-बिछड़ी बातें याद करते हुए बहुत रात बीत गई थी। न जाने कब उसे नींद ने आ घेरा।

सुबह चिड़ियों की चहचहाहट से उसकी जाग खुली। धुंधलका छँटना शुरू हो गया था। सूरज की किरणों से पहाड़ियां चमकने लगी थी। चाय का काला पानी पीकर गोविन्द ने बकरी के गले में रस्सी डाली और लछिमा से कहा। ''तू अपना और रत्तू

का ध्यान रखना। चार-पाँच दिन में कुछ काम धंधे का जुगाड़ करके मैं लौट आऊंगा।'' उसने अपना झोला कंधे पर लटकाया और पहाड़ी से नीचे की तरफ बकरी को हाँकने लगा। कस्बे के बाजार तक पहुँचने के लिए उसे बीस किलोमीटर नीचे उतरना था।

''बर्फ में ध्यान से जाना।'' कहती हुई लछिमा उसे वहाँ पर पड़ी बर्फ में धीरे-धीरे पैर जमा कर जाते हुए दूर तक देखती रही। पति की आकृति क्रमशः छोटी होती हुई फिर उसकी आँखों से ओझल हो गई। बर्फ में चलना बेहद मुश्किल होता है। नीचे उतरते हुए गोविन्द ने कई बार आराम किया। पानी पीकर अपनी भूखी आँतों को सहलाया और बकरी को भी घास-पानी दिया। हालाँकि नीचे बर्फ कम होती जा रही थी। परन्तु उसे बहुत चलना था।

गरीबी और भूख से लड़ते हुए उसे बहुत वक्त हो गया था। कई बार वह जीवन से हार कर मायूस होने लगता था। लाचार, परेशान आखिर करे, तो क्या करे? वह कस्बे में कुछ काम धंधा करके रोज-रोज़ की जिल्लत से उबरना चाहता था। ऐसे समय यदि कहीं से रोशनी की एक किरण भी नज़र आ जाए तो वह किसी चमत्कार से कम नहीं लगती। परन्तु ऐसा कुछ नहीं हो रहा था। सोच-विचार करते हुए वह घंटों चलता रहा। शाम का झुटपुटा घिरने लगा। उसे चार किलोमीटर और चलना था। वह अँधेरा होने से पहले कस्बे में पहुँच जाना चाहता था। नरभक्षी बाघ का खतरा बराबर बना हुआ था, जो कहीं से भी बकरी की गंध लेता चला आता था। बकरी और वह दोनों थककर चूर हो चुके थे। अब कोई भी आगे नहीं बढ़ना चाहता था।

कुछ और आगे जाने पर उसे सुपिन नदी की छलछलाहट सुनाई देने लगी। किसी खिली हुई धूप वाले दिन सुपिन कि निश्छल आवाज़ एक खूबसूरत नवयौवना की खिलखिलाहट सी लगती थी। परन्तु उस अंधकार और ठंडे वीराने में उसकी आवाज़ बड़ी भयावह लग रही थी।... ''बुरा वक्त कैसा वैराग्य उत्पन्न करने लगता है, जीवन के प्रति मोह सा टूटने लगता है।'' यही सब सोचता हुआ वह बकरी को लगभग खींचता हुआ तेजी से कदम बढ़ा रहा था। तभी उसे दूर एक कोठरी दिखाई दी। जिसकी खिड़की के भीतर से लालटेन की सकुचाती हुई रोशनी बाहर झांक रही था। खुशी से उसके कदम तेजी से उधर की तरफ बढ़ गए। आश्रय की उम्मीद से उसकी थकान और चिंता कुछ कम हो गई।

''कोई है भीतर?'' वहाँ पहुँचने पर वह ऊंची आवाज़ में बोला।

कहीं से कोई आवाज़ या आहट नहीं हुई। उसने बकरी को वहीं पेड़ से बांधा और धीरे से भीतर प्रवेश करने लगा। तभी अपनी बदरंग धोती के पल्ले से हाथों को

पोंछती एक युवती उसके सामने खड़ी हो गई। युवती ने चौंककर पूछा।

"आप कौन हैं, और इस बेसमय कहाँ से चले आ रहे हैं?"

"नीचे कस्बे तक जाना था। बर्फ की वजह से और बकरी को लाने से उतरने में देर हो गई। क्या आज रात के लिए रहने को थोड़ी जगह मिल सकेगा? आप अपने घरवालों से पूछ लीजिए। अन्यथा चला जाऊंगा।" उसने थकान से टूटती हुई आवाज़ में कहा।

"अरे नहीं, आप चिंता न करें, आइए, आराम से बैठिए। इस अंधेरी और ठण्डी रात में कहाँ जाएंगे? आप हाथ-मुँह धो लीजिए, तब तक मैं आपके लिए कुछ खाने को लाती हूँ।" कहकर वह दूसरे बने छोटे कमरे में चली गई। शायद रसोई उधर बनी थी। उस कोठरी को दो छोटे कमरों में बांटा गया था। बाहर के कमरे में जहाँ पर वह खड़ा था वहाँ एक दीवान रखा हुआ था। एक लकड़ी की तिपाई और दीवार पर लगी खूंटी पर लालटेन लटकी थी। वहाँ पर अजीब सी खामोशी छाई हुई थी। धीरे से उसने अपना झोला उतारा और रख दिया। कुछ देर तक किसी अन्य सदस्य के इंतज़ार में वह दीवान पर बैठा रहा। थकान और भूख से उसकी आँखें बंद होने लगी थीं। कुछ ही देर में वह वहीं पर लेट गया। जल्द ही नींद ने उसे आ घेरा।

"उठिए आप खाना खा लीजिए।" एक आवाज़ पर उसकी नींद खुली। असमंजस में वह समझ नहीं सका, वह है कहाँ? बाहर अन्धकार पसर चुका था। उसने थाली ली और खाने लगा। रोटी, उबला हुआ हरा साग और गुड़। ऐसा खाना खाए उसे काफी वक्त हो गया था। "मेरी बकरी थी बाहर..." वह चिंता से बोला।

"आप चिंता न करें उसे अंदर बांध दिया है। बाहर बाघ उसे कहाँ छोड़ेगा?" युवती ने गंभीरता से कहा।

"आप के साथ यहाँ और कौन रहता है?" अभी तक उसने वहाँ पर उस युवती के अलावा किसी अन्य सदस्य को नहीं देखा था इसलिए जिज्ञासा वश पूछा।

कोई नहीं...लंबी कहानी है, आप थके हुए हैं अभी सो जाइए। सुबह बात करेंगे।' कहकर उसने थाली उठाई और भीतर चली गई। पेट भरने की तृप्ति से अब गोविन्द अच्छा महसूस कर रहा था। उसको फिर नींद ने आ घेरा।

सुबह बकरी की मिमियाहट और चिड़ियों के शोर से उसकी जाग खुली। एक भरपूर नींद और रात पेट भरकर खाना खाने से वह स्वस्थ्य महसूस कर रहा था। वह उठकर बाहर आया। हवा में ठंडक थी परन्तु साथ ही दूर पहाड़ियों के पीछे से झाँकते सुनहरे सूरज ने अपना ताप फैलाना शुरू कर दिया था। सुपिन नदी के मचलने की आवाज़ से संगीत सा बज रहा था। उसका बेचैन चित्त शांत होने लगा था। वह सोचने

लगा, कितना सुकून है यहाँ पर। काश उसने और लछिमा ने भाग जाने का वह एक गलत फैसला न किया होता तो वे उस बेरुखी-सी पहाड़ी पर रहने के लिए अभिशप्त न होते। उन्हें सबसे छुपकर नहीं रहना पड़ता। उसकी मास्टरी की तनख्वाह से उसके परिवार का पालन-पोषण ठीक से हो जाता। कम से कम ऐसे बदहाल दिन नहीं देखने पड़ते। शायद उन्हें लछिमा की बड़ी बहन की बद्दुआएं लगीं हों। वह लड़की अपनी ब्याह के सपने लेकर कितनी खुश थी। उसने अच्छा नहीं किया उस का दिल तोड़कर।'

''आराम से नींद आ गई थी आप को? ठण्ड तो नहीं लगी? ये लीजिए चाय पी लीजिए।'' उस युवती ने चाय का गिलास गोविन्द की तरफ बढ़ाया।

''खूब बढ़िया नींद आई।'' उसने गिलास थामते हुए कहा।

''अच्छा है...काश मुझे भी ऐसी नींद आ सकती...।'' वह दर्द से भरकर बुदबुदाई।

''कुछ कहा आपने?''

''नहीं-नहीं... कुछ नहीं।'' वह सकपकाई। गोविन्द ने उसे सुबह की रोशनी में ठीक से देखा। वह करीब पच्चीस की वयस में होगी। साधारण नैन नक्श के रहते भी वह अच्छी लग रही थी। उसकी आँखों में और माथे की सिलवटों में दर्द की झलक दीख रही थी। माथे पर एक गहरे घाव का खड़ा निशान था। जो बदरंग धोती उसने पहनी हुई थी वह अपने अच्छे दिनों में शायद गेरुवे रंग की रही होगी। गोविन्द को वह एक अजीब रहस्यमयी युवती लगी।

''आप ऊपर किस गाँव से आएं हैं?''

''मैं विरही गाँव में रहता हूँ। अपनी पत्नी और एक बेटे रत्तू के साथ। कभी मास्टर था फिर...'' गोविन्द ने अपनी पूरी कहानी बांच दी। यह भी बताया कि अब वह घोर गरीबी से जूझ रहा है और रोजगार की तलाश में नीचे कस्बे में जा रहा था। गोविन्द की बातें सुनते हुए उसे अपना भी दुःख याद हो आया। उसके चहरे पर खुशी, दुःख, घृणा, क्रोध, अपमान जैसे कितने ही भाव आने-जाने लगे। लाख रोकने पर भी उसकी आँखों से आंसुओं की अविरल धारा बह निकली।

''अरे आप तो भावुक हो गईं। लगता है आपको भी अपना कोई दर्द याद आ गया। आपने अपने बारे में कुछ नहीं बताया। आप यहाँ अकेली रहतीं हैं? कोई तो होगा आपका अपना? यहाँ पर क्या करतीं हैं? मेरा मतलब आपकी गुज़र-बसर कैसे होती है?''

''मेरा नाम गंगा है। नीचे कस्बे में एक प्राइमरी स्कूल में छोटे बच्चों को पढ़ाती

हूँ। इसके अलावा फिलहाल इतना ही है, कि मेरे अपनों ने ही मुझे ऐसे घाव दिए हैं जिन पर कोई मरहम काम नहीं करता। तकलीफों का दूसरा नाम ही जिंदगी है. ...चलिए, छोड़िये हम भी सुबह-सुबह ये क्या किस्सा लेकर बैठ गए?'' वह व्यथित होकर झट बोली ।

उसने गोविन्द को काम दिलवाने की जिम्मेदारी उठा ली। इसलिए वह कुछ दिन और वहीं पर रुक गया। गंगा ने उसे अपने दुःख-सुख के खूब किस्से सुनाए। गोविन्द को उससे गहरी सहानुभूति होने लगी। हालात और अवसर के रहते उनका एक-दूसरे के साथ सहानुभूति का रिश्ता बन गया। यही वह चाहती थी।

बदला लेने का समय आ गया था। वह मन ही मन बुदबुदाई। ''मेरी इस हालत और अकेलेपन की जिम्मेदार तू है लछिमा। उस दिन सब कुछ जानते हुए भी जिस गोविन्द को तूने मुझसे छीन लिया था। आज वही गोविन्द मेरे करीब खुद आ गया है। अभी तक मैं अकेली रह रही थी। आज से अब तू अकेली रहना लछिमा।'' उसने जीत की खुशी से भरकर कहकहा लगाया। बदले की भावना इंसान को पतन के मार्ग पर धकेल देती है। अब तक शान्ति से रह रही गंगा के जीवन की दबी हुई कड़ुवाहट और ईर्ष्या बाहर निकल आई। वह लछिमा से अपने अपमान का बदला लेने की सोचने लगी। उसने दुखी गोविन्द को अपने प्रेम-जाल में उलझाना शुरू कर दिया।

गोविन्द ने कस्बे में जाकर बकरी बेच दी थी परन्तु रोजगार अब भी नहीं मिल सका था। तब गंगा के कहने पर वह उस स्कूल में गया, जहाँ गंगा स्वयं पढ़ाती थी। गोविन्द की शिक्षा और अनुभव के आधार पर वहाँ के प्रधानाचार्य ने उसे शिक्षक की नौकरी दे दी। उस दिन खुशी से भरकर उसने गंगा को गले से लगा लिया। वह गंगा के अहसान तले दबकर उससे अतिरिक्त स्नेह से बोलने लगा। इससे गंगा के भ्रम को सहारा मिल गया। वे साथ बैठने, बतियाने, खाने, हँसने और जीने लगे। गंगा को लगा शायद अब गोविन्द अपनी पत्नी-बेटे को छोड़कर उसके प्रेम में पड़ चुका है? वह खुश थी।

गोविन्द को अपना घर छोड़े दो सप्ताह हो गए थे। इससे पहले वह ब्याह की बात करती कि गोविन्द बोला। ''गंगा...अब जब नौकरी का बंदोबस्त हो गया है तो मैं सोच रहा हूँ कि अपनी पत्नी लछिमा और बेटे रत्तू को भी ले आता हूँ। वह मेरी चिंता कर रही होगी।'' परिवार की याद में वह मायूस हो गया।

''भूल जाओ उनको। उसने तुम्हें क्या सुख दे रखा था? ताने, लाँछन और मनहूसियत के अलावा और कुछ दिया कभी? अब नए तरीके से ज़िंदगी जीना शुरू

करो। तुम्हारी पत्नी बनकर कोई भी अपने भाग्य को सराहेगा।" गंगा को उसका अपनी पत्नी को याद करना अच्छा नहीं लगा। वह तनिक आक्रोश से बोली।

"नहीं गंगा। तुम मेरी लछिमा को नहीं जानती हो। वह एक भले घर की लड़की है। मेरी खातिर उसने अपना घर, माता-पिता, भाई-बहन सब छोड़ दिए थे। मेरे दुःख-तकलीफ में बराबर खड़ी रही। मेरे साथ न जाने कितनी ही बार उसने फाके किए। कभी उफ़्फ़ तक नहीं की और न किसी तरह की कभी कोई शिकायत। तुम उससे एक बार मिलोगी न तब तुम देखोगी मेरी लछिमा..." वह देर तक लछिमा की याद में बोलता रहा।

"जानती हो गंगा जब मैं उसकी बड़ी बहन से रिश्ता करने उसके घर गया था और वहाँ उसकी बहन के बदले मुझे लछिमा पसंद आ गई थी। तब उसने मेरे से ब्याह करने के लिए साफ इंकार कर दिया था। बहुत बड़ा दिल है उसका। मुझे अच्छी तरह याद है उसने कहा था...बिलकुल नहीं, तुम मेरी दी से ही ब्याह करोगे। अपनी बड़ी बहन के आँसू लेकर मैं अपना घर नहीं बसाना चाहती।' जब उसकी बहन ने खुद ही मुझ अनाथ को ठुकरा दिया तब हमने अपनी बात आगे बढ़ायी।' गोविन्द से यह सब सुनकर वह हैरानी से भर उठी।

"उसकी बेवकूफ बहन ने लछिमा को खूब सुनाया और अपने ब्याह की बरबादी का आरोपी बनाया। उस पागल लड़की के घर छोड़कर चले जाने पर भी किसी ने लछिमा को नहीं बख्शा। सभी ने उसकी बहन के लापता होने का दोषी उसी को बना दिया था। उसे बहन की हत्यारिन, बेशरम आदि, शब्दों से खूब कोंचा गया परन्तु उसने सभी के दुखों को समझते हुए बिना एक भी शब्द बोले सब-कुछ सहनकर लिया था। उसे अपनी बहन से बहुत प्रेम था। आज भी वह अपनी बहन को याद करके कह देती है...गोविन्द मेरी वजह से मेरी दी परेशान होकर मालूम नहीं कहाँ चली गई थी। हो सकता है मुझे उनकी ही बद्दुआ लग रही हो? उन्होंने एक बार कहा था। सुखी तू भी नहीं रहेगी..." गोविन्द को लछिमा बेहद याद आने लगी।

'न जाने मेरे पीछे से इतने दिन उसने अपना और रत्तू का ख्याल कैसे रखा होगा? घर में अनाज का दाना नहीं था। मैं उन्हें लेने कल सुबह निकल जाऊँगा।' गोविन्द चिन्तावश बोला।

गंगा बन चुकी कुंती ग्लानि और पश्चाताप से भर उठी।...अब तक वह लछिमा को कितना गलत समझती आई थी? उसकी बेवकूफी भरी हरकत की सजा उस निर्दोष ने चुपचाप स्वीकार कर ली? "कैसी अभागन बड़ी बहन हूँ मैं जो मैंने अपनी ही छोटी बहन के जीवन को तकलीफों से भर दिया।" पश्चाताप से भरी वह सुबक पडी। उसका सारा आक्रोश, ईर्ष्या आदि आँसुओं के साथ बह गया। वह अपनी छोटी

बहन के प्रति स्नेह से भर उठी। तभी गोविन्द ने फिर कहा।

''गंगा क्या तुम मुझ पर एक अहसान और करोगी? जब मैं उनको लेकर नीचे आऊँगा तब तक क्या तुम मेरे लिए एक घर ठीक कर दोगी?''

''क्यों नहीं? वह मेरी छोटी बहन समान हुई। उसका ध्यान मैं नहीं रखूंगी तो और कौन रखेगा? तुम उसे लेकर सीधे मेरे यहाँ चले आना। रात बहुत हो गई है, अब तुम सो जाओ। सुबह जल्दी जाना भी है न? अपनी लछिमा और रत्तू को लाने?'' उस रात दोनों अपने-अपने हिसाब से चैन से सोये। गोविन्द अपने परिवार से मिलने की खुशी में और इतने वर्षों बाद कुंती अपना मन साफ और निर्मल हो जाने के एवज में। दूसरे दिन प्रसन्नता से भरा गोविन्द फिर पहाड़ी चढ़ा। अपने गाँव विरही जाने के लिए, अपनी पत्नी और बच्चे को लेने।

जब गोविन्द लछिमा और रत्तू को लेकर वापस गंगा के पास पहुँचा तो घर में उस समय कोई नहीं था। उसने इधर-उधर देखा। परन्तु गंगा कहीं दिखाई नही दी। दरवाजे का सांकल खोलकर उसने सामान लेकर भीतर प्रवेश किया और लछिमा को आवाज़ दी।

''आओ लछिमा...भीतर चली आओ, इसे अपना ही घर समझो। गंगा कहीं आस-पास ही होगी।'' पीछे-पीछे गोद में रत्तू को लेकर सहमते हुए लछिमा भी चली आई। बहुत देर इंतज़ार के बाद भी जब गंगा नहीं आई तब गोविन्द ने बाहर-भीतर उसे ढूंढ़ना शुरू किया। वह परेशान हो गया। अँधेरा घिरने लगा और गंगा का पता-ठिकाना नहीं। लालटेन जलाते समय उसका ध्यान उसके नीचे रखे कागज के टुकड़े पर गया जिसमें साफ लिखावट में लिखा था।

''तुम दोनों हो सके तो मुझे माफ कर देना। एक दिन अपना घर छोड़कर मैंने आवेश में आकर सुपिन में छलांग लगा दी थी। परन्तु इन गाँव वालों ने मुझे बचा लिया था। इस संसार से अपने हिस्से के कर्ज चुकाए बगैर कोई नहीं जा सकता। मेरे लिए परेशान मत होना। इस बार मरने नहीं जा रही हूँ। मुझे जीना आ गया है। दूसरों को खुशी देकर ही सच्ची खुशी मिलती है। तुम दोनों मेरा आशीर्वाद समझ कर इस घर में चैन और सुकून से रहना। सदा सुखी रहो। मेरी कहानी इतनी ही है।''

तुम्हारी एक 'बहन'

लछिमा और गोविन्द के आँगन में प्रसन्नता दस्तक दे चुकी थी। परन्तु गंगा के स्नेह और त्याग को लेकर दोनों की सोच गहराने लगी ''...किस बात की माफी माँग रही थी वह? आखिर वह थी कौन?'

सिस्टर रॉस का प्रेम

उस दिन अस्पताल के पांचवें माले की खिड़की से बाहर की दुनिया को देखते हुए, सैम अपनी नर्स, के लिए बहुत बेचैन था। सिस्टर रॉस के वापस आते ही वह नाराजगी दिखाते हुए उसे अपने आगोश में भरकर बोला था।

''मुझे अकेला छोड़कर मत ज़ाया करो, लिज़, एक सेकण्ड के लिए भी नहीं। तुम्हारे बगैर मुझे कुछ भी अच्छा नहीं लगता। तुम जानती हो न फिर? लिज़ माय डार्लिंग...''

अब यह सब कुछ रॉस की यादों का हिस्सा मात्र बनकर रह गया था। उस शहर से बहुत दूर आ जाने पर भी रह-रह कर वह सैम के शब्दों और उसके बारे में सोचने से अपने आप को रोक नहीं पा रही थी। अपने आप को समेटती और अपने अतीत से दूर ले जाने की कोशिश करती हुई वह महीने भर से इस नई जगह पर रह रही थी।

दो वर्ष पहले की बात है। अपनी नर्सिंग की ट्रेनिंग पूरी करते ही रॉस शहर के विख्यात अस्पताल में स्टाफ नर्स बनकर आई थी। बचपन से ही सेवा भाव उसकी नस-नस में भरा हुआ था। साधारण नैन नक्श वाली और माध्यम कद-काठी की वह बर्फ सी सफ्फाक आंग्ल लड़की तब चौबीस वर्ष की थी। अपनी सारी सादगी के साथ जिंदादिल, जीवन ऊर्जा से भरपूर और आकर्षक। उसके सहयोगी और डॉक्टर उसकी सौम्य और स्नेही हंसी को देखकर कहते थे।

''रॉस आधे मरीज तुम्हारी सेवा से ठीक हो जाते हैं और आधे तुम्हारी हंसी से।''

''और जो दवाईयां आप लोग देतें हैं उनका क्या?'' वह अपनी जादुई हंसी बिखेर कर कह दिया करती थी।

''वो हम ऐसे ही मरीजों का मन बहलाने के लिए दे देते हैं।'' ''इस बात पर सभी सम्वेत कहकहे लगा देते थे। रोगी उसे खूब चाहते थे और वह स्वयं भी उनकी

सेवा करके अपने जीवन से संतुष्ट व प्रसन्न रहती थी।

मां इस दुनिया में उसे तब अकेला छोड़ गई थी जब वह अठारह वर्ष की थी। सात्विक विचारों वाले उसके संतोषी पिता तब जीवन के छह दशक पूरे कर चुके थे। उन्होंने रॉस को सेवा कर्म की तरफ प्रेरित करते हुए समझाया था। ''रॉस जीवन में सच्ची खुशी जरुरतमंद व्यक्तियों की सेवा करने से ही मिलती है। मेरी प्रिय पुत्री तुम अपने जीवन में कुछ भी करो परन्तु समाज सेवा के लिए थोड़ा वक्त जरूर रखना।'' बीमारी के दौरान अपनी मृत्यु से पहले मां करीब दो महीने तक अस्पताल में रहीं थीं। उनका ध्यान रखते हुए उसने अस्पताल में रोगी और स्टाफ के बीच के संबंधों को खूब करीब से देखा था। इसी दौरान रॉस को नर्सिंग पेशे के प्रति आदर हो गया था। उसने इसे अपनाने का निर्णय जब पिता के सामने रखा तब वे भी बहुत प्रसन्न हुए।

पिता को सम्मानित से वृद्ध आश्रम में उनके सहयोगियों और मित्रों के हाथों सकुशल सौंपकर वह इत्मिनान से अपनी नर्सिंग की ट्रेनिंग के लिए चली गई थी। वहां से अक्सर फोन करके वह उनसे उनका कुशल क्षेम पूछती रहती थी और अपनी उपलब्धियां बताती हुई ट्रेनिंग को मन लगाकर पूरा करती रही। ट्रेनिंग समाप्त होते ही उसे शहर के इस बड़े और ख्याति प्राप्त अस्पताल से नौकरी का प्रस्ताव आ गया था जिसे उसने खुशी से स्वीकार कर लिया। अब पिता और पुत्री एक साथ प्रसन्नता से दिन व्यतीत कर रहे थे। समय बीतता रहा। उम्र, बीमार रहते पिता पर अपना प्रभाव दिखाने लगी थी। पैंसठ वर्ष की आयु में छह माह पहले एक रात ईश्वर के बुलावे पर वे भी रॉस को इस संसार में अकेला छोड़ गए। परन्तु वे उसे खुश रहने का हुनर सिखा गए थे।

रॉस चौबीसवें वर्ष में थीं परन्तु फिर भी उसके दिल में वह हलचल अभी तक नहीं हुई थी जो हर जवां लड़की में किसी लड़के को देख कर होती थी। कभी कोई प्रस्ताव रखता भी था तो वह मुस्कराते हुए उसे सिस्टर होने का महत्त्व बता देती थी। कोई भी नौजवान उसे इस कदर प्रभावित नहीं कर सका था कि वह थोड़ा रूमानी होती। अपने पेशे और मरीजों के साथ समय बिताना उसका एकमात्र मकसद होता था। इसी में अपनी समस्त खुशियां ढूंढ़ती हुई वह संतुष्ट रहती थी। उसने अपना सारा ध्यान सिर्फ सेवा को समर्पित कर रखा था, इसलिए प्रेम के लिए उसके दिल के दरवाजे बंद थे।

करीब दो महीने पहले सैम को एक खतरनाक बाइक हादसे के बाद उस अस्पताल में लाया गया था। उस रात को रॉस जब ड्यूटी पर आई तो साथी सिस्टर ने उसे इस नए मरीज के बारे में जानकारी देते हुए कहा। ''रॉस ये उलझा हुआ केस

है, इसलिए बहुत सावधानी रखनी होगी।'' ऑपरेशन के बाद उसे उस कक्ष में रखा गया था, और चौबीस घंटे की देख-रेख की जिम्मेदारी रॉस जैसी काबिल नर्स को दी गई थी। बेहोश सैम के होश में आते ही डॉक्टर जैकब को तुरंत बुलाना था, क्योंकि मरीज़ के सर पर गहरी चोट थी, और उसकी याददाश्त बनी रहेगी इस बात को लेकर उन्हें शक था।

रात दो बजे डॉक्टर जैकब अपना आखिरी राउंड लेने आए। मरीज तब तक भी बेहोश था। सिस्टर ने दो कप कॉफी के बनाए, और एक कप डॉक्टर जैकब की तरफ बढ़ाया। कॉफी पीते हुए वह गौर से मरीज के चेहरे को देख रहे थे मानों उसके भावों को पढ़ने की कोशिश कर रहे हों।

''रॉस तुमने इसकी रिपोर्ट्स देखी? तुम्हे क्या लगता है? न्यूरॉन्स कितने डैमेज हुए होंगें?...यदि...'' कॉफी समाप्त होने तक दोनों मरीज की हालत पर चर्चा करते रहे। फिर उसे बराबर हिदायत देकर डॉक्टर जैकब चले गए। रॉस ने दया और चिन्तावश देर तक मरीज के चेहरे की तरफ देखा। ऐसा लग रहा था मानो, वह चैन की नींद सो रहा हो। भोलापन लिए साफ-संदली रंग का चेहरा जो हादसे से कुम्हला कर पीला पड़ चुका था। घने काले बाल, खूंट सी निकल आई दाढ़ी जो उसके चेहरे की साफ रंगत को नीली आभा प्रदान कर रही थी और सूखे पपड़ाए हुए गुलाबी होंठ। अचानक ही जीवन में पहली बार उसके दिल ने क्षणिक अंगड़ाई ली। तुरंत सर झटक कर वह अपने आप में वापस आई और मरीज की तीमारदारी करती हुई उसके जीवन को बचाने की हर संभव कोशिश करने लगी। पेशे की गरिमा बनी रही।

देर रात तक सभी औपचारिकताएं पूरी करके वह वहीं उसके बेड से लगी हुई कुर्सी पर बैठकर किताब से हेड इंजरीज़ के बारे में जानकारी लेती रही। रह-रहकर उसकी नज़र मरीज पर चली जाती थी। उसमें जरा सी भी हरकत हो तो वह तुरंत कोई कार्यवाही करे। मामूली सी देर भी मरीज के लिए घातक सिद्ध हो सकती थी।

कुछ देर बाद उसने उठकर खिड़की के परदे को हटाकर बाहर झांका। स्याह अंधियारी रात थी। सुबह के उजास की कोई आहट नहीं थी। शाम से ही बारिश की बौछारें लगातार शहर को भीगा रहीं थीं। न जाने कितनी देर तक वह बौछारों के संगीत को सुनती रही। मरीज का ध्यान आते ही उसने पलटकर फिर उसकी तरफ देखा। वह तब भी उसी तरह बेहोशी की गहरी नींद में समाया हुआ था। रॉस ने दीवार पर लगी घड़ी की तरफ देखा। ठीक चार बज रहे थे। वापस कुर्सी में बैठकर वह फिर से किताब में डूब गई। अचानक अपने सर पर हाथ का स्पर्श पाकर वह चौंक उठी। कब कुर्सी पर बैठे ही नींद में उसका सर मरीज के बेड पर टिक गया था, उसे याद

नहीं। घबराकर उसने फिर से घड़ी की तरफ देखा। चार बजकर तीन मिनिट हुए थे। इसका मतलब उसे पूरे तीन मिनिट की झपकी आ गई थी। यदि इस बीच उसकी नींद नहीं खुलती और मरीज को कुछ हो जाता तो? ग्लानि और पश्चाताप से उसकी आंखें भर आईं।

उसके सर को छूते हुए मरीज के नीचे लटक आए दाहिने हाथ को उसने धीरे से वापस बेड पर रखा और उसके चेहरे को गौर से देखने लगी। बहुत ही धीमी और टूटी हुई आवाज़ में वह कुछ बुदबुदा रहा था। उसने झटपट डॉक्टर जैकब को फोन पर इस बात की जानकारी दी और ध्यान से मरीज को सुनने लगी आखिर वह क्या कहना चाह रहा था। वह फिर बुदबुदाया। ''मुझे छोड़कर...मत जाओ...लिज़...डोंट गो लिज़।''

डॉक्टर जैकब ने आते ही उसका मुआयना करना शुरू कर दिया। कुछ देर बाद वह लगभग होश में आ चुका था। टेस्ट, दवाईयां, इंजेक्शन, रिपोर्ट्स सब कुछ फिर से शुरू होने लगा। सुबह रिपोर्ट्स आने पर डॉक्टर जैकब ने अफसोस जताते हुए कहा। ''गहरी अंदरूनी चोट लगने की वजह से इसका दिमागी संतुलन थोड़ा डगमगा गया है। सिस्टर इस पर पूरा ध्यान रखना होगा। दिमाग में किसी भी तरह की जरा सा ठेस लगने से इसकी याददाश्त हमेशा के लिए भी जा सकती है। रॉस तुम सबसे काबिल नर्स हो इसलिए मैं इस मरीज की जिम्मेदारी तुम्हें सौंप रहा हूँ। यह हैं दवाइयों और इंजेक्शन की सूची और कब, कैसे, क्या करना है?, वह मैं तुम्हें समझा चुका हूँ।' इसी बीच मरीज की बड़ी बहन आ चुकी थी।

''ये लिज़ कौन है?'' सिस्टर रॉस ने उनसे पूछा।

''लिज़ उसकी मंगेतर थी, जिसे सैम बेइंतहा प्यार करता था। रात तेज गति से मोटर साइकिल चलाते हुए जब ये हादसा हुआ था, उस समय लिज़ भी उसके साथ थी। घायल सैम के होश खोने से पहले ही बुरी तरह जख्मी लिज़ा ने उसकी बांहों में दम तोड़ दिया था। शायद उसी सदमें में वह बड़बड़ा रहा हो। सैम का उसी शहर में एक शानदार रेस्त्रां है। वक्त मिलते ही तफरीह के लिए उसे दोस्तों के साथ हवा से बातें करते हुए बाइक चलाने का शौक था। खुश मिज़ाज और मस्ती से भरा सैम बेपरवाह जीवन जीता था। परन्तु जीवन थोड़ा अनुशासन भी मांगता है न सिस्टर? लापरवाही का अंजाम अक्सर बुरा होता है और देखो वही हुआ न?'' उन्होंने दुखी होकर आंसू पोंछते हुए रॉस को बताया। सैम बुरी तरह घायल था और उसे अलग रूम में रखा गया था। रॉस पूरे समर्पण से उसकी सेवा में लग गई।

वह निस्वार्थ भाव से उसकी सेवा करती रही और मरीज होश संभालने के बाद

से ही विचलित मनोदशा की वजह से उसे अपनी मंगेतर लिज़ समझकर उसके साथ प्यार मोहब्बत से पेश आता रहा। एक बार वह बोला। ''लिज़ आजकल तुम मुझसे कम क्यों बोलने लगी हो? मैंने तुम्हे बाइक से गिरा दिया था इसलिए? मैं गंदा हूँ न लिज़? अच्छा सॉरी...कहा न...आई एम सॉरी लीज़।''

''नहीं सैम तुम बहुत प्यारे हो। अभी तुम पूरी तरह से ठीक नहीं हो न इसलिए। जब तुम एकदम ठीक हो जाओगे तब हम दोनों खूब बातें करेंगे। चलो अब दवाई लो और आराम करो।'' रॉस मुस्कुराकर उसके बालों को सहलाते हुए बोली।

''तब फिर से नदी किनारे जाकर बैठेंगे। देखो न अभी तो मैं ठीक से चल भी नहीं सकता।'' उसने अपने प्लास्टर लगे दोनों पैरों की तरफ देखकर मायूसी से कहा। सैम सिस्टर रॉस के अलावा किसी और नहीं पहचानता था और अपने सभी कार्यों के लिए उसी पर आश्रित रहता था। पहचानता तो वह रॉस को भी नहीं था। नर्स न समझकर वह उसे अपनी मंगेतर लिज़ा ही समझता था। डॉक्टर ने रॉस से कहा फिलहाल वह लिज़ा बनकर ही उसकी सेवा करती रहे। मरीज के लिए यही ठीक रहेगा। कर्तव्य का निर्वाह बखूबी करना रॉस की आदत और पेशे की जरुरत थी।

रॉस को यदि किसी कारणवश उसके पास आने में देर हो जाती तो वह न तो किसी और को अपने पास आने देता था और न ही खाना व दवाईयां लेता था। डॉक्टर जैकब कहते। ''रॉस आ जाएगी माय बॉय, वह तुम्हारे लिए फूल लेने गई है।'' उनके इस तरह बताने पर भी वह उसी तरह नाराज़गी से बेजार होता हुआ चुपचाप बैठा रहता और उसके आने की बेसब्री से राह देखता रहता था। रॉस के आने पर वह उससे ढेरों शिकायतें करता और प्रेमवश उसे अपने आगोश में भरकर चूम लेता था। रॉस के लिए यह एकदम नया अनुभव था। वह भीतर तक एक अलग सी अनुभूति से सिहर जाती थी। परन्तु साथ ही हमउम्र पुरुष की बांहों में सिमटना उसे सुखद भी लगने लगा था। समय के साथ-साथ ठीक होते सैम से उसे हमदर्दी के अलावा प्रेम भी होने लगा था। वह जी-जान से उसकी सेवा करते हुए, अतिरिक्त प्रसन्नता से भरी रहती थी। वह स्वयं भी सैम को एक पल के लिए छोड़ना नहीं चाहती थी। वह एक समर्पित नर्स थी इसलिए स्नेह उसे अपने सभी मरीज़ें से होता था फिर सैम से ये अतिरिक्त लगाव कैसा? उसे आश्चर्य होता कि उसे हो क्या रहा है? धीरे-धीरे इस तरह के नए अनुभवों से गुजरना उसे अच्छा लगने लगा और वह सैम के प्रेम में भीगने लगी।

महीने भर बाद जब सैम थोड़ा ठीक होने लगा तब उसने सोचा कि अब समय आ गया है। अब वह सैम को बता देगी कि वह उससे प्रेम करने लगी है। बहुत प्रेम, जिसके रहते वह एक नई में दुनिया में जीने लगी थी। उस दिन सुबह घर से आते वक्त वह दुआ मांगने गिरजाघर गई। वापसी में उसकी पसंद के फूलों का गुलदस्ता बनवाया और खुशी से छलकते हुए, अस्पताल पहुंचीं। सैम कमरे में नहीं था। करीने से बना हुआ खाली बिस्तर देखकर, उसने चिंतित होकर साथी सीनियर नर्स से पूछा। "सिस्टर इस कमरे के मरीज को कहीं और शिफ्ट कर दिया क्या? उसके साथ सब ठीक तो है न?"

"हाँ रॉस अब वह ठीक हो गया था न, इसलिए उसकी बहन ने डॉक्टर के साथ मश्वरा करके, उसे घर ले जाने की अनुमति ले ली थी।"

वह सोचने लगी-ऐसे कैसे जाने दिया डॉक्टर जैकब ने, अभी वह पूरी तरह से ठीक नहीं हुआ था। विचलित होकर उसने फूल लेकर सैम के घर जाने का मन बना लिया। संकोच मायूसी और उत्सुकता से उसने फिर पूछा। "सिस्टर उसने मेरे लिए कुछ कहा? कोई संदेश दिया क्या?"

"हर मरीज ठीक हो जाने के बाद हमें धन्यवाद के सिवा और क्या देगा रॉस? हमें सिखाया जाता है न निस्वार्थ भाव से सेवा करना। तुम्हारी सेवा से एक मरीज को जीवनदान मिला है, यही तुम्हारे लिए सच्चा तोहफा है। अब बाकी मरीज तुम्हारा इंतज़ार कर रहे हैं। आज से तुम्हारी ड्यूटी वार्ड नंबर बारह में है।" उन्होंने स्नेह से रॉस की पीठ सहलाते हुए उसकी तरफ देखकर कहा। परन्तु इस तरह सब कुछ अचानक खतम हो जाने से वह अपने आप को बिखरा हुआ और बहुत तनहा महसूस करने लगी। सैम सब कुछ भुलाकर इस तरह उसकी जिंदगी से अचानक चला जाएगा वह सोच नहीं सकी थी। निराशा और दुःख से टूटकर उसके हाथों से फूलों का गुलदस्ता नीचे गिर गया और वह हताश होती शिथिल कदमों से बाहर जाने लगी। तभी इंचार्ज ने उसे एक हल्के नीले रंग का लिफाफा थमाते हुए कहा। "सिस्टर रॉस ये चार नंबर वाला मरीज आपके लिए देकर गया था।" रॉस खुशी से भर उठी जैसे उसे जीने का एक और मौका मिल गया हो। अपनी नम आंखों को झटपट पोंछतें हुए उसने धड़कते दिल से लिफाफा खोला और उसके अंदर रखा पत्र पढ़ने लगी। पत्र पढ़ते ही वह बुत की तरह संवेदनहीन हो गई। बर्फ की तरह सफेद और पत्थर की तरह बेजान होकर वहीं पर गिर पडी। पत्र उसके हाथ से छूटकर नीचे फर्श पर गिर गया। सीनियर सिस्टर ने उसे संभालते हुए फिर पत्र पढ़ा। वह एक शुक्रिया कार्ड था जिसमें लिखा था। "...आपका बहुत-बहुत धन्यवाद सिस्टर। मेरी तरफ से

ये भेंट स्वीकारें।" और लिफाफे में कुछ सम्मानित सी रकम रखी थी।

उस दिन सीनियर सिस्टर के गले से लगकर वह बहुत देर तक रोती रही। उस रकम को वहीं दान खाते में डलवाकर उसने छुट्टी लेकर कुछ समय के लिए उस शहर से दूर चले जाना ही उचित समझा। प्रेम के उस दरवाजे को बंद करने के लिए जो उसके जीवन में अनायास ही खुल गया था। परन्तु अब भी सैम की आवाज़ें और यादें रह-रह कर लगातार उसका पीछा कर रहीं थीं।

"तुम मुझे कभी भी अकेला मत छोड़ा करो लिज़। मुझे अच्छा नहीं लगता। मेरा दिल घबराने लगता है। ऐसा लगता है जैसे तुम मुझे हमेशा के लिए छोड़कर चली गई हो। लिज माय डार्लिंग...तुम जानती हो न मैं तुमसे कितना प्यार करता हूँ...तुम्हारे बिना मैं एक पल भी जी नहीं सकूंगा।" सैम उसे अपनी बांहों में समेटता हुआ कहता था।

"अब तुम कैसे जी पा रहे हो सैम?" वह अपने आंसुओं के अविरल प्रवाह को रोकने का असफल प्रयास करते हुए बुदबुदा रही थी।

मीना बाज़ार

यह एक अलग तरह का बाज़ार है।

वह मीना बाज़ार नहीं, जिसमें बिकने वाले बेजान गहनों पर बेजान नगीने लश्कारे मारतें हैं। बल्कि इस बाजार में एक से बढ़कर एक शानदार बेशकीमती नगीनों से लड़के और लड़कियों का बाजार लगता है। अपने खानदान, दौलत, हुनर और पदवी के हिसाब से उनकी कीमतें तय होतीं हैं। यहां अपने हुनरों, सुंदरता, सुघड़ता और उच्च शिक्षित होने के बावजूद लड़कियों का मोल-भाव और खरीद-फरोख्त होती है। यूं तो बच्चों को संस्कारों की ऊंच-नीच समझाते हुए, उनके भले-बुरे को ध्यान में रखते हुए माता-पिता द्वारा ब्याह करवाना जिम्मेदारी और पुण्य का काम होता है। परन्तु जब माता-पिता और उनके नौनिहाल सौदागर के रूप में तब्दील हो जाएं और नाना प्रकार से लड़के-लड़कियों से सजे इस बाज़ार में खरीद-फरोख्त करने लगे तब केवल अनिष्ट की आशंका बलवती रहती है।

कुमुद के लिए तीसरी बार फिर वर खोजा गया था। सुबह से घर में बड़ी चहल-पहल थी। पकवानों की खुशबू से घर गमक रहा था। सभी खुश थे। सभी आशावान थे। मात्र कुमुद थी जो बेमन से सबकी खुशी और अपने आप को अपमानित करवाने के लिए सज रही थी। उसे पीड़ा में देखकर मां ने समझाया। "कुमुद, मन छोटा मत कर। दुनिया की यही रीत है। ईश्वर ने चाहा तो इस बार सब ठीक हो जाएगा। लड़के वाले आ गए हैं। जल्द से तैयार होकर नीचे आ जाना बिटिया।" मां ने उसके सर पर साड़ी का पल्ला टिकाते हुए अपनी ममता से उसे सहला दिया।

घर की पहली मंजिल में बना यह कमरा कुसुम और कुमुद के लिए ठीक किया गया था। इसी कमरे में बैठी कुमुद को उसकी भाभी सरला सजा रहीं थीं। कुमुद बुत सी बनी बैठी सोचने लगी। ...आखिर कब तक चलेगा यह सब? उसे देखने आने

वालों में ये तीसरा लड़का था। पिछले आए दोनों लड़के उसके गुण-दोष जाने बगैर उसे नकार चुके थे। बार-बार इस देखने-दिखाने और दहेज़ की मांग को लेकर खारिज किए जाने से वह काठ सी हो गई थी। ठीक से नहीं जानती परन्तु अब वह पहले वाली शर्मीली, सीधी और शांत कुमुद न रहकर थोड़ी ढीठ और बोलने में दो-टूक जवाब देने वाली बन गई थी। वह भाभी की तरह मुखातिब होकर बोली। ''भाभी ये लड़के बार-बार इस तरह लड़कियों की ढूंढ़ में भटकते हुए थकते नहीं होंगे? न जाने इस दुनिया में इतने सारे लड़के क्यों हैं? बुरा हो इन कन्याओं को गर्भ में ही खत्म करने वालों का। इस तरह बेदर्दी से यदि लड़कियां मारी नहीं गईं होतीं तो आज ये लड़के पत्नी की तलाश में यूं मारे-मारे न फिर रहे होते, और न ये इतने कीमती हुए होते कि अपने-आप को सचमुच का परमेश्वर समझने की भूल कर बैठे। हुंह...पति परमेश्वर। ये शब्द ज़रूर किसी पुरुष ने कहा होगा। स्त्रियां कहती, तब थी न बात।''

'ऐसा नहीं कहते गुड़िया। लड़की को अपने घर जाना ही होता है।' भाभी उसकी साड़ी को संवारती हुई बोली।

उसके परिवार में सत्तर वर्ष की दादी और मां-बाबा के अलावा रवि भैया थे, जो सबसे बड़े थे। दो वर्ष हुए सरला भाभी ने अपने रूप और गुण के साथ इस घर को पूरी तरह अपना लिया था और इस घर ने उनको। फिर कुमुद थी। इस वर्ष उसने एम. ए. फाईनल का इम्तिहान दे दिया था। उससे छोटी बहन कुसुम बी. एस. सी. कर रही थी और सबसे छोटू और घर भर का लाड़ला था भास्कर। जो पॉलिटेक्निक में था। नीचे बैठक के कमरे में लड़के वालों का चाय-पानी और सेवा-सत्कार हो चुका था। तभी मां की आवाज़ सुनाई दी।

''सरला...कुमुद को नीचे ले आओ बहू।'' मां की आवाज़ पर दोनों ननद-भाभी सीढ़ियाँ उतरती हुई नीचे बैठक में पहुंच गईं। आज कुमुद को कोई फर्क नहीं पड़ रहा था। वह निर्भय होकर वहां बैठी थी। उसमें न कोई उत्साह था और न ही किसी तरह का संकोच। मां-बाबा का मान रखते हुए वह बेमन से राजी हुई थी। जानती है बाबा का संपन्न न होना फिर आड़े आएगा। बाबा सरकारी स्कूल के एक मामूली से अध्यापक कितना कमा लेते? वह तो शुक्र है, कि उनके पास अपना तीन सौ गज का पुश्तैनी मकान था।

''आओ बेटी...बड़ी सुन्दर हो...आओ, इधर आकर बैठो मेरे पास।'' उसके लुभावने रूप को सराहते हुए भरे बदन वाली सभ्य सी दीखती भावी सासू मां ने उसे अपनी बगल में बैठा लिया। गठे हुए बदन के शिक्षित से लगते ससुरजी सामने बैठे थे। उनकी बगल में उसके आकर्षक रूप को निर्निमेष देखता और मुस्कान देता हुआ

सजीला भावी दूल्हा बैठा था। एकल सोफे पर ऐंठकर बैठी हुई शादी-शुदा महिला जरूर दूल्हे की बड़ी बहन होगी। उसने ऐसा निर्णय अभी तक के अपने अनुभवों के आधार पर निकाला था। सभी बातों में व्यस्त हो गए। दूल्हा उसे देखकर थोड़ा और मुस्कराया। बदले में उसने भी अपने सिकोड़े हुए होंठों को विस्तार दे दिया। अब अगला कदम होगा कि हमेशा की तरह उसे दूल्हे के साथ कुछ देर के लिए अकेले भेज दिया जाएगा। फिर से उसे वही घिसे-पिटे सवालों का सामना करना होगा। वह मन ही मन बुदबुदाई।

"क्या विषय पढ़ें हैं? खाना बनाना, सीना, पिरोना, बुनना आता है? शौक क्या-क्या हैं? मेरे घर पर आठ व्यक्ति हैं, सबका बखूबी ध्यान रख लोगी? नौकरी हमने करवानी नहीं है तो क्या सारा घर संभाल लोगी वगैरह। 'कोई कभी नहीं पूछता। यदि अर्थशास्त्र पढ़ा है, तो देश की अर्थव्यवस्था के बारे में कुछ बता सकोगी? भूगोल पढ़ा है तो देश, जलवायु आदि के ऊपर कुछ बातें हो जाए, इतिहास, हिन्दी, अंग्रेजी आदि विषयों से संबंधित बातों पर कहा-सुना जा सकता है, परन्तु नहीं। आज आज़ादी के इतने वर्षों बाद भी वही पकाना-बनाना। या फिर ये माना जाता है कि औरतों की पहुंच बस वहीं तक है। ज्ञान-विज्ञान से इनका क्या लेना-देना? इनके घर पर एम ए. एम. बी.ए, की हुई पढ़ी-लिखी बहू आई है। पड़ गया उनका रुआब रिश्तेदारी में। अब झोंक दो डिग्री को खाना बनाने और बनने-संवरने में।' वह लगातार इन सब के इतर बैठी सोचती रही।"

"जाओ कुमुद..." भाभी से उसके कंधे पर हाथ रखकर कहा।

"कहां...?" भाभी की आवाज़ से उसकी सोच बिखर गई। सभी उसकी मासूम प्रतिक्रिया पर हंस दिए। सासू मां खुशी से चहकती हुई बोलीं। "प्रखर को अपना बगीचा दिखा दो। सुना है तुम बागवानी का शौक भी रखती हो।" "क्यों नहीं जिससे आप पीछे से मेरे मां-बाबा से मोटे दहेज़ की बात कर सको?" वह मन ही मन कुढ़ती है।

"आइए।" सपाट सा बोलती हुई वह खड़ी हो गई। दोनों बाहर लॉन पर आ गए। फाल्गुन की मदमाती हवा चल रही थी। रंगबिरंगी फूलों और उनकी सुगंध से क्यारियां मह-महकर रहीं थीं।

"बड़ी मेहनत की है लॉन पर। आपने किया?"

"जी... सभी का शौक है। कुछ खास नहीं।"

"तो हिन्दी पढ़ी है, आपने। खूब ! तब पत्रिकाएं और पुस्तकें खूब पढ़तीं होंगी। घर का काम कब करतीं हैं?'

"उनके पीछे शौक तो नहीं छोड़े जा सकते न। घर के काम में क्या है, हो ही जाते हैं।" उसने खीजते हुए कहा।

"खाना बनाना जानतीं हैं?"

"बिलकुल नहीं..." कुशल पाक-कला जानने के बाद भी उसके मुंह में इसी तरह के उल्टे-पुल्टे जवाब आ रहे थे।

"सीना, पिरोना, आचार, मुरब्बे डालना, वह तो आता होगा?"

"वह सब भी नहीं आता।"

"फिर आपको आता क्या है?" अपनी मुस्कान को दबाकर वह स्नेह से बोला। प्रखर, सुलझी हुई सोच वाला पुरुष था। बार-बार दहेज़ की वजह से नकारी गई लड़की की खीज को वह बखूबी समझ रहा था।

"कहा न...कुछ नहीं, बस पढ़ती हूं। संगीत सुनना भी पसंद है।"

"फिर तो संभाल ली आपने गृहस्थी।" हंसता हुआ वह पीछे घूमा और वहां पर रखी हुई कुर्सी पर बैठ गया। दूसरी रखी हुई कुर्सी उसने कुमुद के लिए आगे कर दी। वह भी बैठ गई। कुमुद ने सोचा था आज पूछे गए सवालों के सीधे और सुंदर उत्तर देगी परन्तु शायद उसके बोलने के पहले ही उसकी खिन्नता बोल पड़ती थी। कुछ देर के लिए दोनों के बीच मौन पसर गया।

उसकी सोच पंख फैलाने लगी। 'जानती हूं आज फिर से नकार दी जाऊंगी। जब सीधी बातें की थी तब पसंद नहीं आई तो भला आज आड़ा-टेढ़ा बोलकर कौन सा तीर मार लुंगी।' उसे याद आने लगा जब पहली बार उसे कोई देखने आया था। उस दिन घर खुशियों से भर गया था। पकवान बन रहे थे। चारों तरफ त्यौहार सा माहौल था। वह स्वयं भी बहुत खुश थी। लड़का डॉक्टर था। उसे अभागन कहने वाली दादी उसे भाग्यवान बताने लगी थीं। वही दादी...जो उसे ताना देकर कहती थीं। "अपने पीछे से बहन लाई है, भाग कमजोर ही रहेंगे इसके।"

उस डॉक्टर से बात इसलिए नहीं बनी कि उसे खूब बढ़िया दान-दहेज़ के अलावा शादी की दावत पांच सितारा होटल में चाहिए थी। आखिर समाज में उसकी खास इज्ज़त थी। ऐसा उसने अपने बारे में खुद बताया था। परन्तु बाबा यह सब कैसे कर पाते? वे हाथ जोड़कर उसके आगे गिड़गिड़ाने लगे। कुमुद का हृदय रो उठा। बाबा को उसके ब्याह की खातिर इस तरह झुकना और अपमानित होना पडेगा? इस झूठी शान वाले दंभी पुरुष से ब्याह करने से अच्छा वह कुंवारी भली। उसने आक्रोश को दबाते हुए विनम्रता से कहा। "आप बहुत बड़े व्यक्ति हैं, डॉक्टर साहब। हमसे गलती हो गई। हमने अपनी हैसियत से ज्यादा देख लिया। हमारे पास इतनी दौलत

नहीं है कि आप को तौल सकें। माफी चाहते हैं।''

'तुम्हारी मुझ जैसे डॉक्टर की तरफ देखने की ताब नहीं थी तो पहले बताना था। आगे अपनी हैसियत का लड़का ढूंढना।' घमंड से सीना फुलाकर डॉक्टर ने तंज किया था। उस दिन वह बहुत रोई थी। हताश होकर सोचने लगी गरीबी इतनी खतरनाक बीमारी है कि वह ऊंचे घर में जाने की कल्पना भी नहीं कर सकती। माना ऐसा शर्तों भरा ब्याह हो भी जाए तो दूल्हे की ऐसी हरकतों पर कोई रिश्ता कितने दिन टिक सकता है? क्या लड़की पति और उसके घरवालों को सम्मान की दृष्टि से देख पाती होगी? वह हैरान थी।

दूसरी बार उसे देखने एक मध्यमवर्गीय परिवार का सरकारी मुलाजिम आया था। फिर से वही सब तैयारियां हुईं। भाभी ने उसे फिर सजाया। लड़के वालों के आने पर बाबा ने आवाज़ दी। ''सरला बहु...कुमुद तैयार हो गई हो तो तुम दोनों नीचे आ जाओ।'' जब वह मंद कदमों से सीढ़ियां उतर रही थी उसने बैठक में भावी ससुर को कहते हुए सुना।

'लड़की को क्या देखना है भारद्वाज जी। लड़कियां तो लक्ष्मी रूपा होतीं हैं। हमारी तरफ से हां ही समझिए।' बाबा उत्साहित होकर कहने लगे। ''मेरी कुमुद लाखों में एक है। आप के घर लक्ष्मी रूप बनकर समृद्धि ही लाएगी। आप देखिएगा इसके शुभ कदमों का प्रताप।'' कुमुद को अजीब लगा। इन लोगों ने बिना देखे ही लड़की पसंद कर ली। ये इतने दयालू हैं या फिर माजरा कुछ और है। आगे की बात सुनने के लिए वह वहीं सीढ़ी पर खड़ी रही।

''भारद्वाज जी आप तो जानते ही हैं आजकल पक्की सरकारी नौकरी कितनी मुश्किलों से मिलती है। मेरा बेटा हेड क्लर्क हो गया है। बस इसका मन है आप एक कार का इंतजाम कर दीजिए। आपकी बेटी का ही रहेगा सब कुछ। बच्चे आराम से रहें। हम तो इतना ही चाहतें हैं।'' यह सुनकर तिलमिलाती हुई कुमुद, जिस गति से नीचे उतर रही थी, पलटकर उससे दुगुनी गति से वापस अपने कमरे में चली गई। लड़की देखने की भी जरुरत नहीं। कार के साथ ऐरी-गैरी कोई भी लड़की चलेगी। बेवकूफ समझ रखा है हमें। ऐसे पुरुषों के पास औरत को अपमानित करने के न जाने कितने ही तरीके होते हैं। नहीं करना उसे कोई ब्याह। फिर से आक्रोश और अपमान से भरकर उसने कुछ आंसू और टपकाए थे।

कुछ दिन बाद घर में फिर से शादी का जिक्र होने पर वह तिलमिला उठी। उसने मां और बाबा से कहा। 'बाबा मेरा एम. ए. हो गया है। आप लोग नाहक ही मेरी शादी को लेकर घुले जा रहें हैं। इस तरह बार-बार की नुमाईश और नकारे जाने

से मैं थक चुकी हूँ...। जिन बातों में मेरा बस नहीं उनके लिए मेरे अस्तित्व को अनदेखा करके मुझे अपमानित किया जाता है। मुझे शादी शब्द से घुटन होने लगी है। मेरा धैर्य, मेरा आत्मविश्वास टूटने लगा है। मैं शादी बिलकुल नहीं करूंगी। सुना आप लोगों ने? अपनी आगे की शिक्षा लेती हुई, अब मैं नौकरी करूंगी। यही मेरा आखिरी फैसला है। इसे कोई नहीं बदल सकता।'

बाबा उसकी इस तरह की बातों से बहुत आहत हो गए थे। मां को सुनाने लगे। ''तुम इसकी बात सुन रही हो न सुधा? ज़िंदगी भर मेरे सर पर भार सी बैठी रहेगी। शादी नहीं करेगी...यही दिन दिखाने थे, इसने। लोग भी बातें बनाएं। अभागा भारद्वाज बेटी नहीं ब्याह सका। यही चाहती है क्या ये?'' बाबा ने आंखें नम कर लीं। उसे अचानक से बाबा अति थके हुए और अति बूढ़े, लगने लगे थे। शोक संतप्त होकर वे वहीं पास में बिछे दीवान पर ढह गए।

फिर मां उसे समाज का ऊंच-नीच समझाने लगीं। ''देख कुमुद हमने कितने दिन रहना है? तुम्हारा और कुसुम का ब्याह हमारे जीते जी हो जाता तो समझते मोक्ष मिल गया...गंगा नहा लिए। भास्कर जल्द ही काम-धंधे से लग जाएगा। उसके लिए एक सुघड़ सी घर संभालने वाली बहू मिल जाएगी। उसकी हमें कोई चिंता नहीं। कुमुद...तू थोड़ा धैर्य रख बिटिया। बर्दाश्त करना सीख। औरत को न जाने कितनी अग्नि परीक्षाओं, कष्टों और पीड़ा से होकर गुजरना पड़ता है। धैर्य और बर्दाश्त औरत के अनमोल गुण होते हैं। ब्याह करना ही होगा बिटिया।'' कहती हुई मां भी धोती के पल्ले से आंसू पोंछतीं फफकने लगी। बाबा और मां की ऐसी हालत देखकर उसका दिल अफसोस से कराह उठा था।

''देखना मेरी गुड़िया सी बहन के लिए राजकुमार सा दूल्हा मिलेगा।'' बहन के दुःख से संजीदा होकर बड़े भैया ने उसके सर को सहलाते हुए कहा।

''दिदिया तुम जल्दी से विदा हो जाओ, तब न मेरा नंबर लगेगा।'' कुसुम उसके गले में बाहें डालकर माहौल में पसर आए तनाव को कम करती हुई बोली। इस बात पर सभी थोड़ा सा मुस्करा दिए थे। जब माता-पिता ही लड़की की भावनाओं को न समझकर हारमान हों जाएं, तब लड़की क्या करे? मां-बाबा के दुखों की वजह बनने के कारण वह ग्लानि से भर उठी। फिर सोचने लगी। ''...ठीक है...जब वह भार ही है तो इस भार को कम करना ही पड़ेगा। यह बेटियों का कैसा दुर्भाग्य है, जहां जन्म लिया वही उसका अपना घर नहीं होता।'' वह तड़प उठी थी।

''कुमुद जी ...कहां खो गईं ? तो वादा पक्का समझूं?'' शायद पहले कहा हुआ वह सुन नहीं सकी थी, इसलिए इस बार प्रखर थोड़ा ऊंचे स्वर में बोला।

''कौन सा वादा? मैंने कोई वादा नही किया।'' वह सकपकाई।

''यही कि आप पत्रिकाएं पढ़ती रहेंगी, घर के काम-काज होते रहेंगे। आज के समय में इतनी साफगोई...?'' वह हंस पड़ा।

''जी मैं ऐसी ही हूँ। लाग-लपेट न मुझे भाता है और न ही मैं सीखने की चाह रखतीं हूँ।'' उसने संकोचित होकर कहा।

''बिलकुल ठीक। मैं भी नहीं चाहता आप सीखें। आप मुझे अपनी तमाम साफगोई और ईमानदारी के साथ पसंद हैं।''

''जी...''

''जी...बिलकुल। मेरे बारे में आपकी राय अच्छी हो तो बता दीजिए।'' कुछ देर खामोशी के बाद वहां पर हंसी बिखर गई। कुमुद की रजामंदी और असमंजस से भरी हुई हंसी और प्रखर की प्रसन्नता बिखेरती हुई हंसी। अब दोनों सहज हो चुके थे।

''चलें भीतर? सभी को खुशखबरी सुना देते हैं।'' कहते हुए प्रखर और कुमुद ने बैठक में प्रवेश किया। प्रखर अपने पिता की तरफ मुखातिब होकर बोला। ''बाबूजी मुझे कुमुद पसंद है। आप लोग आशीर्वाद दीजिए।'' सबके चेहरे खिल उठे। जैसे घटा टोप बदली वाले एक ठण्डे दिन सहसा धूप खिल उठी हो। भाभी ने मिठाई की तश्तरी उठाई और जैसे ही सबका मुंह मीठा कराने के लिए आगे बढ़ी प्रखर की आवाज़ पर ठिठक गईं।

''लेकिन एक शर्त है...'' सभी स्तब्ध। फिर वही दहेज़...

''कह दो बेटा जो भी चाहिए। मैं अपनी सामर्थ्य से बढ़कर दूंगा। आप बताइए।'' बाबा घबराहट से भरकर दीन होकर कहने लगे।

''बताइए बेटा, देखिए मेरी कुमुद बहुत अच्छी लड़की है। सर्वगुण संपन्न। आप के घर को संवारकर रखेगी। सबका बहुत ख्याल रखेगी। बस आप मना मत करिएगा।'' उन्होंने प्रखर के माता-पिता की तरफ मुखातिब होकर कहा और हाथ जोड़ दिए। कुमुद का हृदय बाबा को देखकर रो उठा। इससे पहले वह कोई प्रतिक्रिया देती प्रखर ने झट से उनके जुड़े हुए हाथों को अपने दोनों हथेलियों से थाम लिया और बोला। ''आप बिलकुल सही कह रहे हैं। कुमुद बेहद नेक लड़की है। मैं जानता हूं वह लक्ष्मी, सरस्वती बनकर हमारे घर को खुशहाल कर देगी। बस मेरी शर्त यही है कि कुमुद जैसी लड़की की कीमत न आकीं जाए। मैं यह शादी एक रुपये का शगुन लेकर करूंगा और कुमुद मेरे यहां गृह-प्रवेश मात्र पहने हुए एक जोड़े कपड़ों में करेंगी।'' उसने सभी की ओर देखा। भावविह्वल होते कुमुद के घरवाले विनम्रता

से उसकी तरफ खुशी से भीगी आंखों से देखने लगे। भावुकतावश वे कुछ बोल नहीं सके। तब प्रखर के पिता बोले। 'भारद्वाज जी आप लोग हैरान न होइए। हमारी पिछली दो पीढ़ियों से यही रिवाज चला आ रहा है। चलिए शादी की तैयारियां करतें हैं।' और आगे बढ़कर उन्हें गले से लगा लिया।

सभी एक-दूसरे को बधाई देने लगे। कुमुद ने सम्मान की दृष्टि से प्रखर की तरफ देखा। वह स्नेह भरी आंखों से उसकी तरफ ही देख रहा था। दोनों मुस्करा उठे। कुमुद के संतप्त हृदय में प्रेम की लहर सी दौड़ गई। उनके विदा होने के बाद मां कुमुद को अपने आंचल में समेटकर बोली। 'मैं न कहती थी मेरी कुमुद बिटिया खूब भाग्यवान है।'

'हां...और आज भी प्रखर और उनके घर वालों जैसे बेशकीमती नगीने इस दुनिया में हैं।' कहकर रवि और सरला ने स्नेह से कुमुद को अंक में ले लिया।

'इन जैसे चंद महान लोगों की वजह से ही शादी जैसे पवित्र रिश्ते का मान बचा हुआ है।' बाबा एक संतुष्ट और तसल्ली भरी निःश्वास लेते हुए आराम से सोफे पर बैठ गए। उनके चेहरे पर एक शांत मुस्कान सज गई। वर्षों की थकान का सहसा अंत हो गया था।

जोगी ठाकुर

''शैला दी बड़े भैया नहीं रहे। आज सुबह...''

फोन पर छोटे भाई राजन की आवाज़ सुनकर शैला स्तब्ध रह गई! कुछ बोल ही नहीं सकी। न ही आगे कुछ सुन सकी थी। आंसुओं का बांध टूट पड़ा था। आखिर ये हुआ क्या? उसकी सोचने-समझने की शक्ति जाती रही। बड़े भैया से कल रात ही उसकी बात हुई थी। सब कुछ ठीक था। फिर? कब...? कैसे? उसका दिल बैठने लगा। आँखों के आगे अँधेरा छाने लगा।

''शैली...दो महीने हो गए तुझे देखे हुए। अब जल्द ही लगा जा एक चक्कर।'' अन्य बातों के साथ ऐसा भी कहा था उन्होंने। क्या इसलिए कहा था? क्या कुछ अहसास हुआ होगा उनको? वह दुःख से विचलित होकर सोचने लगी।

''दी...कहां हो? हेलो...सुन रही हो न? शैला दी...'' दूसरी तरफ से राजन के रुंधे गले की आवाज़ लगातार आ रही थी।

''सुन रही हूँ भाई...तू मां को संभाल, हम लोग आते हैं।'' उसने बांध तोड़ने को आतुर रुलाई को भरसक दबाकर कहा और फोन रख दिया। तुरंत पति को फोन लगाया।

''नितिन जल्द घर आओ, नैनीताल जाना है।''

''अरे क्यों? क्या हुआ? इस तरह अचानक? सब ठीक तो है?'' नितिन असमंजस और चिंता से न जाने कितने ही सवाल पूछने लगा।

''ठीक ही तो नहीं है नितिन। कुछ भी ठीक नहीं। तुम तुरंत घर आ जाओ। बड़े भैया नहीं रहे। आज सुबह...'' वह सुबक पड़ी और फिर अपने आप को संभाल नहीं सकी। देर तक बेहिसाब बिलखती रही।

'तुम ख्याल रखो अपना...जल्द तैयारी करो, मैं तुरंत आता हूँ।' कहकर नितिन ऑफिस में सबको काम समझाकर घर जाने के लिए निकल पड़ा। जयपुर से नैनीताल

जाने के लिए उन्हें करीब पांच सौ किलोमीटर का सफर तय करना था। सीधा प्लेन नहीं होने से वाया दिल्ली करीब, दस घंटे लगने थे। इसलिए कुछ ही देर में दोनों अपनी कार से नैनीताल की तरफ जा रहे थे। उन्हें तकरीबन नौ घंटे लग सकते थे। इतनी देर तक बड़े भैया की महायात्रा में विलंब नहीं किया जा सकता था। उन्हें उनके अंतिम दर्शन करने को नहीं मिलेंगे, इस बात का दोनों को ही बेइंतहा दुःख था। शायद पहले के समय में इसीलिए बेटियों को बहुत दूर नहीं ब्याहा जाता था।

बहुत देर तक दोनों अपने-अपने हिस्से के बड़े भैया की यादों में खोए हुए खामोश थे। नितिन व्यथित होकर शांत भाव से ड्राइव कर रहे थे और शैला रह-रहकर आंखें पोंछती हुई खिड़की के बाहर के दृश्यों को देख रही थी। बीच-बीच में आती हुई चट्टानों को देखकर वह उनकी तरह सख्त और मजबूत होने की कोशिश करती रही। घर पर सबका क्या हाल हो रखा होगा? बड़े भैया के बगैर सब अस्त-व्यस्त नहीं हो गया होगा? पूरा घर का दारोमदार उनके कन्धों पर ही था। वह याद करने लगी।

जवाहर सदन उनका पुश्तैनी मकान था। जवाहर उसके दादा का नाम था। अपनी रहीसी के दिनों में दादा सेठ जवाहर ने इस सदन को बनवाया था। उसमे छह कमरे थे और बाहर बड़ा सा आंगन था। आंगन में किनारे-किनारे मौसमी फूल-वनस्पतियां और कुछ वृक्ष लगाये गए थे। बाद में बाबू ने कुछ पेड़ और लगाये थे। माल्टा, अमरूद, पुलम, खुबानी, बड़ा नींबू और दाड़िम के पेड़ मौसम के अनुसार खूब फल देते हैं। इन्हीं पेड़ों के सहारे मां करेला, सीताफल आदि की बेले चढ़ा दिया करती थी। मुख्य बड़े से गेट पर अपनी निराली छटा बिखेरती गुम्बदाकार गेट पर अंगूर की सघन बेलें छाई हुईं है। उनमे मीठे, रसभरे और बीज रहित अंगूर लगते हैं। वहीं कोने पर शेरू का लकड़ी का घर बना रखा है। शेरू वफादार और भयंकर कुत्ता है। मजाल कोई उसकी इज़ाज़त के बगैर मुख्य गेट से अंदर कदम रख सके।

बीस वर्ष पूर्व शैला का विवाह जयपुर के एक व्यवसायी के पुत्र नितिन के साथ हुआ था। नितिन अपनी नई सोच के साथ व्यवसाय को नित नए मुकाम पर पहुँचाने के लिए जी तोड़ मेहनत करता था। अच्छा संस्कारित परिवार था और नितिन एक समझदार और नेक व्यक्ति था। यह रिश्ता बड़े भैया की वजह से ही बना था। भैया थे भी तो ऐसे गुणी कि जो उनसे एक बार मिल लेता बस जीवन भर उन्हें याद रखता था। वे छह फुट लंबे, विनम्र, सौम्य और अल्पभाषी व्यक्ति थे। बिना भेद-भाव किए हर किसी के साथ सहज रहने वाले व्यक्ति। वे दूसरों के दुःख-सुख में सबकी आगे से बढ़कर मदद करते थे। उनके हाथों से न जाने कितनी गरीब कन्याओं का

कन्यादान हुआ था। नितिन बड़े भैया की बहुत इज्ज़त करते थे और वे भी नितिन से उतना ही स्नेह।

नितिन और भैया की पहली मुलाकात वर्षों पहले नैनीताल में हुई थी। भैया वही के पोस्ट ऑफिस में पोस्ट मास्टर थे। उस दिन उनके किसी सहयोगी की बहन का ब्याह था। उस शाम पोस्ट ऑफिस के सभी सहयोगी कन्या के घर पर एकत्रित हुए थे। बारात जयपुर से आई थी। वहाँ पर खूब धूम-धाम और सजावट थी। सुनने में आया था, कि उसका खूब अच्छे और धनवान घर से रिश्ता जुड़ा था। वहीं पर बारात में वर के मित्रों में नितिन भी शामिल था। वह वर का अभिन्न मित्र था। सलीकेदार, हंसमुख और वाक्पटु। जूते छुपाने के किस्से पर वहाँ पर खूब चुहलबाजियां हो रहीं थीं। हाज़िर जवाब लड़के-लड़कियों के हंसी-ठहाके गूंज रहे थे। परन्तु अंत में जब वर के पिता कृपणता दिखाते हुए लड़कियों के हाथ में एक हज़ार रुपये रखने लगे तो लड़कियां बिदक गईं। दूल्हे के पिता की शामत आ गई। ढोलकी पर थाप पड़ी और उन्होंने बन्ने गाने और ससुरजी की खींचाई करनी शुरू कर दी।

"ओ पैसे वाले रे/गलियों में आके शोर किया। बन्ने के बाबा बड़े कंजूस /भर-भर दोने खाते हैं। जूठा पत्ता चाट लिया रे/गलियों में आके शोर किया।"

खूब हंसी-ठिठोली होने लगी। उधर धूलि-अर्ग हो रहा था और इधर हंसी-ठेठर, चुहलबाजियां, नाराज़गियां और मनावन। नई उम्र का नया खून, नया जोश। जवान होतीं लड़कियों से भगवान बचाए। तब नितिन ने ही वर के पिता को और पैसे देने के लिए मनाते हुए कहा था। "ताउजी एक दिन का खेला है ये। लड़कियों, सालियों का हक होता है। दक्षिणा समझकर दे दीजिए, नहीं तो ये इसी तरह गा-गा के हलकान हो जाएंगी। इनमें से किसी को कुछ हो गया न, तो बस इन देवियों के कहर से फिर कोई नहीं बच पाएगा।" कहते हुए उसने अपनी निष्कपट हंसी बिखेर दी, और लड़कियां खुशी से शोर करती हुई चिल्लाई। ढोलक की नई थाप पर नया गीत शुरू हो गया।

"बन्ने का साथी बड़ा सयाना / हंस-हंस बातें करता है...गलियों में आके शोर किया।"

खूब धमाल और स्वांग के बीच खुशदिल स्वभाव का नितिन, भैया के मन भा गया था। भैया समझ गए थे, नितिन न केवल समझदार और नेक है बल्कि वह दुनियादारी निभाने का सलीका भी खूब जानता है। उन्होंने वर के पिता से उसके बारे में थोड़ा और जानकारी हासिल की। उन्होंने बताया कि वह जयपुर में ही रहता है। व्यवसायी पिता का इकलौता संस्कारित बेटा है। पढ़-लिखकर अब मेहनत से

पिता द्वारा खड़ा किया कारोबार संभाल रहा है। शैला के लिए भैया को ऐसे ही वर की तलाश थी।

"सुनो भाई...कहां के रहने वाले हो?" भैया ने नितिन से बात शुरू करनी चाही।

"जयपुर में रहता हूँ भाईसाहब।" उसने भैया की आंखों में झांकते हुए नम्रता से उत्तर दिया।

"अच्छा-अच्छा। दूल्हे के मित्र हो...?" उन्होंने इसी तरह बातें करके कुछ और जानकारियां जुटाईं।

"भाईसाहब आपका नैनीताल बड़ा खूबसूरत है। यहां पहली बार आना हुआ है परन्तु अच्छा लग रहा है। मेरा मित्र और मैं कल बारात के संग वापस नहीं जाएंगे। दो दिन और यहीं घूमेंगे। ताल और मॉल देख लिया है। आप बताएंगे इसके अलावा और कौन सी खास जगह हैं जो हमें देखनी चाहिए?" उसे बड़े भैया के साथ सहज लगने लगा था।

"आप लोग कहां ठहरे हुए हैं?" प्रसन्नता से भरे भैया ने तुरंत पूछा।

"मल्ली ताल में नैना व्यू होटल में। कमरे से ही सुबह शाम ताल और उसमे चलती कश्तियों और पाल वाली नावों को देखने का लुत्फ उठाते हैं।" भैया हँसे तो वह भी हँस दिया।

"ठीक है तो तय रहा। कल सुबह नौ बजे हमारा ड्राइवर गाड़ी लेकर आ जाएगा और आप लोगों को नैनीताल की खास जगहों की सैर करा देगा। हरिया हमारा ड्राइवर नहीं है, बल्कि घर का सदस्य जैसा है। आप लोग निश्चिंत होकर घूम सकेंगे। भैया ने उन्हें समझा दिया।"

"भाईसाहब आप खामख्वाह तकलीफ कर रहे हैं। आप हमे..." इससे पहले वे कुछ और कहते भैया बीच में ही बोल उठे।

"इसमें तकलीफ कैसी? जब हम आपकी नगरी में आएंगे तब आपके कहेनुसार कर लेंगे। और हाँ...परसों आप लोग सुबह का नाश्ता हमारे साथ करेंगे। नैनीताल आकर पहाड़ के खास चटपटे व्यंजन नहीं खाए तो अपने घर जाकर क्या बताएंगे? किसी भी नई जगह की पहचान उस शहर की रौनक उसके दर्शनीय स्थल, वहाँ के निवासियों के मिजाज और वहाँ के व्यंजनों से ही होती है।" इस बात पर राजी-खुशी फिर सभी की सहमती बन गई थी।

लगभग बाईस वर्ष पहले की बात है। बाबू के गुजरने पर भैया अचानक रातों-रात बड़े हो गए थे। वे परिवार को सँभालते हुए, सभी की दुःख परेशानियों को

समझते और दूर करते थे। पीपलपानी (तेरहवीं) तक क्रिया पर बैठते हुए उन्होंने चुपचाप बड़े-बुजुर्गों के अनुसार बताए गए सभी कर्मकांड किए। बाबू की आत्मा की शांति के लिए सारे नियम-धरम से लेकर गरुड़-पुराण तक सब कुछ किया। राजी-खुशी सब काम निबट गए। उसके बाद सभी नाते-रिश्तेदार चले गए। यही संसार का चलन है। आखिर कोई किसी का दुःख-दर्द कब तक बांट सकता है? जल्द ही उन्होंने और गाम्भीर्य ओढ़कर बाबू की सारी जिम्मेदारियों को निभाते हुए उनकी जगह ले ली थी। अब वे भैया कम और बाबू ज्यादा लगने लगे थे।

घर पर दुःख से ढलती मां थी, छोटे भाई राजन और देव थे। भैया ने इस घर के सुख के आगे अपनी तमाम इच्छाएं दबाये रखीं थीं। बिना परेशान हुए कितना कुछ किया। कला दी भैया से छोटी थीं परन्तु बाबू उनका ब्याह कर चुके थे। उसकी शादी बड़े भैया ने करवाई। दोनों बहनों की शादी के बाद इतने वर्षों बाद तक भी भैया उनके वार-त्यौहार, संक्रांति, भिटौली आदि हमेशा निभाते थे। कभी उनकी जिम्मेदारियों को कम करने की कोशिश में मां कह देती थी। "जगत बहुत कर दिया तूने बबा। वे दोनों अच्छे घरों में हैं, खुश हैं। इसलिए अब उनकी ज्यादा चिंता मत किया कर। सब ठीक है। अब तू अपना घरबार बसाने की सोच।"

"माँ मैं जानता हूँ, कला और शैला को अपने ससुराल में कोई कमी नहीं है परन्तु लड़कियों को मायके की आस हमेशा बनी रहती है। क्या दिया? खुशी इस बात की नहीं बल्कि उन्हें याद किया गया आनंद उस बात का है।" तब भैया की अपनी दलीलें होतीं थीं। ऐसी ही महान सोच थी बड़े भैया की। लगातार बहते आंसुओं को पोंछते हुए न जाने क्या-क्या उसकी सोच में घुमड़ता रहा। वह सिसक उठी।

सभी के बहुत कहने और जोर देने पर भी भैया शादी नहीं कर सके। कितने ही अच्छे, कुलीन घरों से लड़कियों के रिश्ते आते रहे और वे उन्हें टालते रहे। कभी कला, शैला का ब्याह हो जाए तब सोचूंगा। कभी राजन और देव की पढ़ाई, फिर उनकी नौकरी आदि। अपने जीवन में कोई न कोई चिंता वे ओढ़े, रहते थे। घर, रिश्तेदारी, बाहर आदि का दुःख-सुख सब कुछ अकेले भैया ने अपने कंधों पर ले लिया था। कुछ ही वक्त में तीस की वयस के भैया पचास के लगने लगे थे। मां को अपने इस कर्तव्यनिष्ठ बड़े बेटे से बेहद लगाव था। उन्होंने बहुत समझाया। "देख जगत. ..जब तेरा ख्याल करने वाली कोई आएगी, तू ठीक रहेगा, तभी तो तू दूसरों का ख्याल रख सकेगा। शादी कर ले जगत...अभी भी कुछ नहीं बिगड़ा है। मैं बात करती हूं दयासागर मासाब की लड़की के लिए। कैसी अच्छी और घर जोडू लड़की है। बता तो आज हो आऊं उनके घर?"

''कर लूंगा मां। पहले शैला को राजी-खुशी विदा करते हैं। फिर तुम्हारे मासाब की बेटी के बारे में सोचेंगे।'' वे मां को समझाते और बहलाते हुए बोले थे।

उस शाम शादी वाले घर में नितिन से मिलकर भैया खूब खुश थे। घर आकर उन्होंने मां से उस होनहार नितिन के बाबत बात की। ''मां मैंने परसों सुबह उन्हें नाश्ते पर घर पर बुलाया है। वे घर-बार और शैला को देख जाएंगे और शैला भी उसे देख लेगी। फिर आगे बात बढ़ाऊंगा।'' अगले दिन शाम को पोस्ट ऑफिस से आने के बाद चाय पीते हुए उन्होंने वहीं बैठक के कमरे से शैला को आवाज़ दी। ''शैली कल सुबह दो मेहमान आएंगे। जयपुर के रहने वाले हैं, नैनीताल घूमने आएं हैं। मैंने उन्हें अपने यहाँ के चटपटे पहाड़ी व्यंजन खिलाने का न्योता दिया है। वे लोग सुबह दस बजे आ जाएंगे। इसलिए चाय-नाश्ता ठीक समय पर बना लेना हाँ फिर उनकी जो जगह आज देखने से रह गईं हैं कल हरिया उनको वह दिखा लाएगा।''

''कौन लोग हैं वे बड़े भैया? क्या खाते होंगे? मैं क्या खिलाऊं उनको? पहाड़ का खाना उन्हें अच्छा नहीं लगा तो?'' असमंजस में उसने कई सवाल पूछ दिए थे।

''अरे क्यों अच्छा नहीं लगेगा? जम्बू का छौंक लगाकर आलू के गुटके बना, उड़द की दाल के बेड़वे, क़कड़ी का रायता, पकौड़े और मीठे सिंगल और बना ले। बाहर का वे लोग रोज़ ही खाने वाले हुए।'' मां ने उसकी समस्या का समाधान किया। मां भी ऊपरवाले की अलग ही कृति होती है। बिना परेशान हुए शांत भाव से सब सुलझा लेतीं हैं।

''शैला दी...रायते में पीसी हुई राई जरूर डालना। जब उसकी धौंस नाक में लगती है न, तब आने वाला हुआ जबरदस्त स्वाद।'' देव मुंह में पानी लाते हुए उत्साह से बोला। उसकी इस भोली सी अदा पर सभी के साथ शैला भी हंस दी थी।

''ठीक हो गया फिर...साथ में सिल पर खुश्बुदार पोदीने और अनारदाने की चटनी पीस लेना।'' भैया ने नाश्ते को सम्पूर्णता दी।

''अब पता नहीं इतनी जल्दी मैं कैसे करूंगी ये सब? बड़े भैया कितना अच्छा होता जो आज भाभी होतीं।'' कहती हुई वह कुछ चिंता से बोली थी।

''अब इतनी जल्दी आलू के गुटके बनाने जो क्या आ जाएगी तेरी भाभी। जा तू कल सुबह की तैयारी कर।'' उन्हीने हंसते हुए स्नेह से उसके सर को सहला दिया था।

''तू भी साफ सुंदर साड़ी पहन लेना शैली। नहीं तो वे सोचेंगे कुमाऊं की लड़कियां साफ रहना भी नहीं जानतीं।'' सुबह मां ने उससे लाड़ से कहा।

उस दिन बहुत सुबह से ही घर में हलचल शुरू हो गई थी। दुलिया सारे

घर-आँगन की धुलाई-सफाई में लग गया था। हरिया बाजार से सामान लाने की दौड़-भागकर रहा था। मां पूजा-पाठ में लगी थी और बीच-बीच में शैला को रसोई में देख-बता जाती थी। माँ कचौड़ी के मसाले में अपने हिसाब से हींग और साबुत लाल मिर्च डालकर चटपटा कर जाती तो कभी हरी मिर्च में चीरा लगाकर उसे आलू के गुटकों में सजा देती। राजन के बारहवीं और देव के दसवीं के इम्तिहान होने वाले थे इसलिए दोनों ऊपर बने कमरे में पढ़ रहे थे। विज्ञान विषय खूब मेहनत मांगता है, और गणित के लिए जितनी मेहनत करो उतनी कम है।

तेरह वर्षीय बसंती सारे घर में दौड़ रही थी। कभी मां की बात सुनती तो कभी शैला का हाथ बंटाती। आठ वर्ष पहले वह बिन मां-बाप की छोटी सी बच्ची को बाग वाली जगत अम्मा जवाहर सदन में लिवा लाई थी। मां से अनुनय करते हुए उन्होंने कहा था। ''अहो सुरसती बहू, जहाँ कला, शैला पल रहे हैं वहाँ एक और सही। भगबान तुझे खूब दे। चार महीने पहले इसकी मां हैजे में गुजर गई। कम्मर टूटे इसके बाप की। अब नई औरत ले आया है। विमाता की मार खाकर रोज ये अनाथ मेरी कोठड़िया में आ जाती है। अब मैं आज हूं, कल नहीं...''

''कैसी अधमरी कर रखी है फूल सी बेचारी बच्ची। बाप दुश्मन और विमाता कसाई हुई इसकी।'' कहते हुए मां ने उसे अपने आँचल में समेट लिया था।

''तू और तेरा सुहाग बना रहे, तेरे बच्चे जीते रहें सुरसती बहू।'' स्टील के ग्लास में भरी हुई चाय सुड़कती और आशीषती हुई, उस दिन जगत अम्मा और मां ने बसंती लिए साथ ही आंसू बहाये थे। बाबू कहते थे उनकी तीन बेटियाँ हैं। तभी कार की आवाज़ सुनकर भैया मां को आवाज़ देते हुए गेट की तरफ बढे।

''मां आओ, आ गए वे लोग।''

''नमस्ते भाईसाहब! दोनों ने एकसाथ ही हाथ जोड़कर और थोड़ा झुककर उनका अभिवादन किया था। साफ-सुथरा और सुसज्जित घर-आँगन देखकर दोनों प्रसन्न दिख रहे थे।

''नमस्ते !'' भैया ने भी हाथ जोड़कर प्रत्युत्तर दिया। ''आप लोगों को घर ढूंढने में कोई दिक्कत तो नहीं हुई? ऐसा ही हुआ यहाँ। फ्लैट सिस्टम तो हुआ नहीं।''

''बिलकुल भी नहीं भाईसाहब। रास्ते में एक-दो से 'जवाहर सदन' पूछा तो वे खुद ही बोल पड़े, ''जगत भाई के वहां जाना है?'' आपको जानने वाले यहाँ बहुत हैं। आप बेहद नेक व्यक्ति हैं। दूसरों के दुःख-सुख में हमेशा काम आने वाले। यही सब सुनकर हम यहाँ तक आराम से पहुंच गएं। नितिन ने उत्साह से भरकर बताया।

'हाँ छोटी जगह हुई ये। यहाँ सभी एक-दूसरे को पहचानते हैं।' भैया विनम्रता

से मुस्करा दिए थे।

"मतलब आप अपनी तारीफ सुनना भी पसंद नहीं करते।" नितिन के कहने के साथ ही सभी हंस पड़े थे।

"अरे जगत, इनको बाहर ही खड़ा रखेगा या फिर...अंदर बैठाएगा भी? आओ, आओ...आप लोग भीतर आओ।" मां ने बाहर आंगन में जाकर उन पर अपनी ममता छलकायी।

"प्रणाम मांजी!" दोनों ने अति झुककर मां को प्रणाम किया और भीतर बैठक कमरे में प्रवेश किया। मां पूजा करके हटी थीं, इसलिए सारा घर धूप, अगरबत्ती से सुगंधित था। सुरुचिपूर्ण और कलात्मक रूप से सजा कमरा, सुकून से भरा वातावरण। नितिन प्रभावित हुए बिना नहीं रह सका। बातचीत और चाय-पानी के दौरान रिवाज के अनुसार राजन, देव, बसंती आदि घर के लोग अभिवादन और औपचारिकता निभाकर जा चुके थे। शैला ने चुपके से आकर परदे की ओट से मेहमानों को देखा और फिर से रसोई में जाकर काम करने लगी। सारी तैयारियां हो चुकी थी बस कचौड़ियां तलनी रह गईं थीं। जब नाश्ता टेबल पर लगेगा तभी वह मेहमानों से भी मिल लेगी। यही सोचकर वह काम में लगी रही।

नितिन मध्यम कद-काठी का था। वह हल्की नीली बुशर्ट और काली पैंट पहने हुए था। कमर पर कसी हुई काली बेल्ट उसके व्यक्तित्व को थोड़ा रुआब प्रदान कर रही थी। सुबह की बनाई हुई दाढ़ी की नीली आभा उसके गेहुवें चेहरे को गरिमापूर्ण बना रही थी। काले पॉलिस किए हुए शीशे से चमकते जूते और उनके भीतर से हल्की सी झलक दिखातीं हुई सफेद जुराबें दीख रहीं थीं। अमूमन ऐसा होता है। कुछ लोगों के बीच में कोई एक व्यक्तित्व जो सबसे अलग नज़र आता है, उस पर नज़र टिक जाती है। उसे नितिन अच्छा लगा था।

बाईस वर्षीय शैला मध्यम कद की नाजुक सी लड़की थी। पहाड़ों की गुलाबी आभा लिए वर्ण, सौम्य आँखें और उठी हुई नासिका। लंबी, काली, कमर तक लहराते बालों की गुंथी हुई चोटी जिसमे से कुछ बेपरवाह सी लटें उसके माथे और कपोलों पर ढलक आईं थीं। घ्यानी रंग की धरती पर नीले रंग के किनारे वाली कोटा की साड़ी उसके सरल सौंदर्य को और बढ़ा रही थी। नाश्ता टेबल पर सज चुका था और कमर पर साड़ी का पल्ला अटकाए हुए वह गर्म कचौड़ियां तलने में लगी हुई थी। उसने बसंती को आवाज़ दी। "सुन...जाकर बड़े भैया को बता के आ...नाश्ता लग चुका है।"

सभी टेबल के इर्दगिर्द बैठ चुके थे। नितिन ने हाथ धोने चाहे। तब बसंती

उन्हें रसोई के बाहर गलियारे में लगे हुए बाश-बेसिन के पास लिवा लाई। रसोई के आगे से गुजरते हुए नितिन की नज़र अनायास ही रसोई के भीतर कचौड़ियां तलने में मशगूल शैला पर पड़ गई। वहाँ से उसका बायां हिस्सा दिख रहा था। चेहरे पर झुक आईं लटों को वह बार-बार कान के पीछे अटकाने का प्रयासकर रही थी। क्षण भर को उस रूप-राशि को देख वह ठिठक गया परन्तु संकोचवश तुरंत ही फिर आगे बढ़ गया। खटपट और पानी बहने की आवाज़ पर शैला को वहाँ पर बसंती के होने का भ्रम हुआ। वह उसी तरह लापरवाही से बोली। ''बसंती रे...बैठ गए सब? ले उनको गर्म कचौड़ियां भी दे आना। मैं चाय चढ़ा देती हूं।''

''अच्छा दी।'' कहकर बसंती ने हाथ धो चुके नितिन की तरफ तौलिया बढ़ाया।

''अच्छा सुन तो बसंती...'' बाहर नितिन की उपस्थिती से अनजान वह भीतर से ही बोली।

''जी दी...''

''अरे तुम्हारा वह मेहमान तो बड़ा खूबसूरत है रे...'' मैंने उसे परदे की ओट से देखा था।

''......'' नितिन ने इशारे से बसंती को चुप रहने के लिए कहा।

''कहाँ गई...? सुन रही है?''

''दी-कौन सा वाला मेहमान?''

''अरे वही काली पैंट और नीली शर्ट वाला...छैला बाबू जैसा।'' वह हंस दी। उसके साथ ही दो और सुर उसकी हंसी में जुड़ गए।

''धन्यवाद।'' कहते हुए नितिन ने रसोई के बाहर से उसकी तरफ देखकर कहा। चौंककर वह भी पलटी। दोनों की नज़रें उलझ गईं। कौन क्या बोले? दोनों ने एक-दूसरे को देखा। भरपूर...तब बसंती हंसकर बोली थी। ''नाश्ता ठंडा हो जाएगा। चलिए अब।'' झेंपते हुए नितिन आगे बढ़ गया। शर्मिंदगी से भरी शैला फिर भैया और मां के बहुत बुलाने पर भी नितिन का सामना नहीं कर सकी। 'हे ईश्वर ये क्या कर बैठी वह?' अपनी बेवकूफी पर झुंझलाती हुई वह परेशान हो रही थी। नाश्ता और बातें हो चुकी थीं और मेहमान उसकी पाक-कला की जी-भरकर तारीफ कर के जा चुके थे। कहतें हैं रिश्ते ऊपर से बनकर आते हैं। वह सच साबित हुआ। नियति अपना खेल, खेल चुकी थी। फिर छह महीने होते न होते दोनों परिणय सूत्र में बंध गए थे। सब पिछला सोचते हुए वह एक गहरी सिसकी लेती हुई फिर सुबक पड़ी।

"अभी पहुँचने में कितना समय और है नितिन?"

"बस दो घंटे और लगेंगे।" नितिन रफ्तार से गाड़ी बढ़ाता हुआ रुंधे गले से बोला। शायद वह भी भैया के स्नेह को याद कर रहा था।

उसकी विदाई के बाद भी बड़े भैया अपने ब्याह के बारे में कहां सोच सके थे। मां के बहुत जोर डालने पर वे उन्हें बहला दिया करते थे। "मां राजन और देव की ठीक-ठाक नौकरी हो जाए फिर देखता हूँ।" वह घबराते थे। "यदि कल को उनकी पत्नी ने इस घर के सुख-दुःख में उनका साथ नहीं दिया तब क्या होगा? उसने इस घर के मेरे अपनों को नहीं अपनाया, उसका व्यवहार इनके प्रति ठीक नहीं रहा तब?" न जाने कितने संशय भरे सवाल उनके भीतर घुमड़ते रहते थे। शादी-ब्याह भी किसी जुए से कम नहीं। ज़िंदगी का कौन सा पासा जरा सा उल्टा पड़ा और सब बर्बाद। अपनी उम्र और भैया की चिंता से मां अब बीमार रहने लगी थी।

पता नहीं सब रिश्ते-नाते निभाते करते और बाबू की जगह लेते भैया कितने बड़े से हो गए थे। मां कई बार उनके आगे आंसू बहा दिया करती थी। "सबको बनाते-करते तूने अपने को होम कर दिया जगत। कभी तो अपने बारे में भी सोच ले। कल जब मैं नहीं रहूंगी तब तेरा क्या होगा? अकेला रह जाएगा तू।" तब वे मुस्कराकर मां को अपने अंक में भरकर बहला देते थे। अब उनका ऐसा ही रिश्ता बन गया था। वह मां को भी बच्ची जैसा स्नेह देते थे और उनका खूब ख्याल रखते थे।

वक्त और उम्र के साथ बड़े भैया का मन पूजा पाठ में ज्यादा रमने लगा था। उनका रहन-सहन और भोजन की आदतें बदलने लगीं थीं। लंबी सफेद हो चुकी दाढ़ी, आँखों पर काले बैकेलाइट का नज़र का चश्मा, सफेद कुर्ता-पायजामा और कंधे पर एक स्लेटी रंग का शॉल डाले वे दुनिया जहान के रीति-रिवाज निभाते थे। अपने घर और बाहर वालों के हर दुःख-सुख उनके अपने होते थे। बावन की वयस के भैया अब बुजुर्गवार से लगने लगे थे। उन्होंने अपना सारा जीवन दूसरों के नाम कर दिया था। यही सारी जिम्मेदारियां और दुनियादारी की व्यस्तताएं उन्हें भीतर से खोखला करतीं रहीं। रिश्तेदारी में बातें होने लगीं थीं। अब क्या करेगा जगत शादी? पूरी ज़िंदगी उसने सबके कष्टों को हरते हुए अपने पर ले लिए। सन्यासी भाग्य हुआ उसका...जोग ले लिया उसने ...जोगी हो गया है जगत।'

सभी उनका खूब आदर करते थे। नई पीढ़ी के युवा और बच्चे उन्हें जोगी ठाकुर कहने लगे थे। वे उनकी न जाने कितनी ही समस्याओं को सुलझाते थे। योग्य बच्चों को अनुदान दिलवाते उन्हें सदमार्ग दिखाते और उनका जीवन बनाने का हर संभव

प्रयास करते थे। किसी को नौकरी पर रखवाते, कहीं गरीब कन्याओं का ब्याह और कन्यादान करते। यथा संभव बड़े नेताओं आदि से मिलकर गरीबों व आश्रमों के लिए चंदा दिलवाते थे। लोगों के स्नेह और आदर से गदगद होकर भैया अक्सर कहने लगे थे। ''मेरे अपने बाल-बच्चे नहीं हैं ऐसा भी नहीं है। ये देखो कितना बड़ा कुनबा है मेरा। और इतने सारे बच्चे।'' उनके जीवन का अब यही उद्देश्य रह गया था। वही सबके जोगी ठाकुर आज इस जीवन-बंधन के चक्र से मुक्त हो गए थे। घर आने को था। शैला की रुलाई फूट पड़ी।

नितिन और शैला जब घर पहुंचे तब अर्थी उठाने की सारी तैयारियां हो चुकी थी। मां पछाड़ें खाती हुई बेहोश सी हो गईं थीं। सारा घर मातम मना रहा था। बर्फ की सिल्ली के ऊपर असीम शांति से लेटे हुए बड़े भैया का चेहरा दमक रहा था। दर्शन के लिए उनका मुख उघाड़ रखा था। इतना जनसमूह देखकर भीड़ में से कोई बोला था। ''सही कहते थे जोगी ठाकुर। बहुत बड़ा कुनबा है उनका।'' मानों सारा नैनीताल उन्हें अपनी श्रृद्धांजलि देने के लिए उमड़ आया था।

अपने सौम्य देवता तुल्य बड़े भैया के चेहरे को देखकर वह उनकी छाती पर सर रखकर अनियंत्रित फफक पड़ी। नितिन उनको धुंधलाई हुई नज़रों से एकटक देखता हुआ मन ही मन बुदबुदाया। ''जाने की इतनी जल्दी भी क्या थी बड़े भैया?''

पगली

"...तेरी गाड़ी पहाड़ से नीचे गिर जाए, तेरी गाड़ी में आग लग जाए...भगवान करे..तू..."

तमाम गालियों की बौछार करते हुए उसकी आँखें छलक आतीं थीं। फिर वह थक और टूटकर सड़क किनारे लगे पत्थर पर बैठकर अपनी देहात की भाषा में कुछ देर और बुदबुदाती थी। शायद किसी पुरुष को गलियां देती थी।

वह कुछ ढूंढती हुई सी शहर भर में भटकती फिरती थी। कभी किसी से कोई बात ना करने वाली, हमेशा चुपचाप रहने वाली वह पगली, जैसे ही सड़क पर आती हुई किसी बस को देखती तो अपने होशो हवास खो देती। उसका गुस्सा अपने चरम पर पहुँच जाता था। वह तब तक उस गाड़ी के पीछे रोती, चिल्लाती, गिरती, पड़ती, गालियाँ देती हुई दौड़ती थी, जब तक बस उसकी आँखों से ओझल नहीं हो जाती थी। उसके बाद वह सड़क किनारे बैठकर मायूसी से चुपचाप घुटनों में सिर छुपाकर देर तक बेहिसाब रोती। यह एक ऐसा काम था जिसे वह नियमित रूप से करती थी। उस शहर के लोग समझते थे, कि वह ऐसी ही थी, जन्मजात पगली। परन्तु दो वर्ष पहले तक वह ऐसी नहीं थी। वह पगली नहीं थी।

वह माया थी। वही माया जो लोगों की बुद्धी हर लेती थी। परन्तु यह समय का कुचक्र ही था जब उसकी स्वयं की बुद्धि का लोप हो गया था। एक गहरे सदमे के बाद से उसकी सोचने-समझने की शक्ति जाती रही थी। वह अपने आप को भूल चुकी थी। उसी माया की खूबसूरती से कभी अस्कोट गाँव महकता था। अस्कोट गाँव अपनी खूब हरियाली, खेती-बाड़ी और खुशहाली के लिए जाना जाता था। सोलह वर्षीय चंचल और जीवन से भरी हुई वह लड़की गाँव भर में चहकती फिरती थी। उसके अच्छे संस्कारों और मधुरता की वजह से सभी उससे स्नेह करते थे।

पूर्णमासी के चाँद सी संदली रंगत वाली माया अपनी लिहाफी आँखों से प्रेम

बरसाती थी और अनार दाने सी दन्त पंक्तियां चमकाती हुई खुशियाँ। अव्वल तो सबके दुःख-सुख में सहयोग देती हुई वह सारे गाँव को अपना परिवार मानती थी। परन्तु खून के रिश्ते के हिसाब से उसकी केवल एक मासी थी। उसकी स्वर्गीय माँ की बड़ी बहन। दुनिया में वही एक थी जो उसके हर दर्द को दिल की गहराइयों से महसूस करती थी। उसकी मासी माँ।

उसकी माँ देवकी के ब्याह को मात्र तेरह महीने हुए थे जब उसका पति फौज में शहीद हो गया था। उस वक्त माया माँ की कोख में ही किलकारियां भर रही थी। 'बहू आते ही अपने आदमी को खा गई' का कलंक थमाकर ससुराल वाले उस अभागन को उसके मायके छोड़ गए। देवकी की एक उससे आठ वर्ष बड़ी बहन पुष्पा थी। देवकी के साथ हुई अनहोनी के दो वर्ष पहले पुष्पा भी मायके आ बैठी थी। उसका अपराध इतना था कि ब्याह के दो वर्ष तक भी वह माँ नहीं बन सकी थी। औलाद का मुँह देखने के लिए उसके पति का दूसरा ब्याह करवा दिया गया। वैसे तो गाँव-देहात में इस तरह औलाद प्राप्ति के लिए किया गया ब्याह होना आम बात होती थी। परन्तु उसके बाद पुष्पा आए दिन पति, सास और सौतन द्वारा दुत्कारी और सताई जाने लगी। जब उसका दर्द नासूर बनने लगा, तब एक दिन वह अपने दुर्भाग्य के साथ मायके आ बैठी। उसके बुजुर्ग बीमार पिता और माँ, बेटी के इस हतभाग को झेल नहीं सके। एक तो गरीबी की मार उस पर भाग्य का कहर। वे बीमार और दुखी रहने लगे।

किसी तरह छोटी बेटी देवकी का ब्याह करके उन्होंने कुछ राहत की साँस ली थी कि उसके साथ भी वही हुआ। माता-पिता अधमरे पहले ही थे, देवकी के वापस आने के बाद बिलकुल टूट गए। संतान के नाम पर उनकी दो बेटियां थीं। वही जवान शादी-शुदा दोनों बेटियां हमेशा के लिए अपने पिता के घर आ गईं। उन माता-पिता को जीते जी नारकीय जीवन जीना पड़ रहा था। एक तो उनकी घोर गरीबी उस पर समाज के लांछन। लोग बातें बनाने लगे।

''न जाने क्या और कैसे संस्कार दिए थे, बेटियों को कि कोई सी वाली भी ससुराल में निभा नहीं सकी।''

''अपना दुःख सबसे बड़ा किन्तु दूसरे का दुःख मज़ाक भर।'' लोगों का मुँह भला कौन बंद कर सका? इसी तरह की बातें सुनते हुए गम से कुछ ही माह में दोनों माँ और पिता चल बसे। पहले पिता गुज़र गए फिर उनके दो माह बाद माँ भी नहीं जी सकी। घर पर दोनों बहनें रह गईं। एक दूसरे का दुःख-सुख बाँटने के लिए। दूसरों के खेतों में निराई, गुड़ाई करती हुई किसी तरह गुजर बसर करने लगीं। पुष्पा खेती

करने के अलावा गाँव वालों के कपड़े भी सी दिया करती थी। ससुराल में उसने यह एक हुनर सीख लिया था।

समय पूरा होते ही देवकी ने एक कन्या को जन्म दिया। उसके तुरंत बाद अति कमजोरी और इलाज़ के आभाव में उसकी हालत बिगड़ने लगी। जब तक वैद्य आते उसने बेटी को पुष्पा की गोद में देकर सुकून से कहा। "पुष्पा दी मैं छोटी हूँ...फिर भी तुम्हारे किसी काम नहीं आ सकी...अब बेटी को तुम्हें सौंप रही हूँ...हो सके तो इसको पढ़ा-लिखाकर अच्छी ज़िंदगी दे देना। नहीं तो इसकी भी हम अनपढ़ों जैसी ही दुर्दशा होगी...आज हम दो आखर पढ़े होते...दी मेरी...मुझे माफ करना..." कहकर देवकी ने सदा के लिए आँखें बंद कर लीं। माया को अपने आँचल में सहेजकर वह उसे अपनी बेटी की तरह पालने लगी। उसकी दुनिया बच्ची के चहकने से आबाद होने लगी। उसे जीने का आधार और खुश रहने की वजह मिल गई थी।

"वक्त बीतता गया। मासी के स्नेह और ममता की छाँव तले बच्ची बढ़ती गई। कोई उसके लिए दयावश ...अरे बेचारी..." या फिर...अभागन पैदा होने से पहले ही. .. जैसे वाक्य बोलते थे, तो पुष्पा कमर कस लेती थी। तनकर कहती। "अभी मैं जिन्दा हूँ। खबरदार जो उसे अभागन कहा तो..."

माया पांच वर्ष की हुई तो पुष्पा ने उसका वहीं के स्कूल में नाम लिखवा दिया। बच्ची होनहार थी। मास्टर जी उससे बेहद प्रसन्न रहते थे। बड़ी बहनजी ने पुष्पा से कहा। "गाँव के रीति रिवाज के अनुसार कम उम्र में ही इसकी शादी करने की जल्दी मत करना। बच्ची होशियार है इसे पढ़ने देना।" पुष्पा स्वयं यही चाहती थी और देवकी की भी इच्छा यही थी। बदलते समय के साथ गाँव की नई पीढ़ी को इतना ज्ञान होने लगा था, कि औरतों को अपने पैरों पर खड़े होना, आना चाहिए। कभी जब समय साथ नहीं देगा उस वक्त कम से कम वे किसी की मोहताज न रहें। समय के साथ अस्कोट गाँव मंथर गति से बदल रहा था।

"मासी माँ मैं खूब पढ़कर मास्टरनी बनूँगी। फिर शहर जाऊंगी और वहाँ के स्कूल में पढ़ाऊंगी।" माया इठलाकर कहती थी। शहर जाना और वहाँ पर जीवन बसर करना उसका सपना था। एक ऐसा सपना जिसे वह सोते-जागते हर समय देखती थी। पुष्पा उस पर भरपूर ममता लुटाती रही और वह खूब मन लगाकर पढ़ने लगी।

उम्र के साथ चन्द्रमा की तरह उसका रूप यौवन खिलने लगा। जो भी उसे देखता एक ठंडी सांस भरता। रूप इतना उजला और भाग इतना खोटा...सूरत के साथ-साथ उसकी अच्छी सीरत की वजह से सभी उसे पसंद करते थे। उसके निखरते रूप-रंग को देखकर कभी-कभी पुष्पा घोर चिंता से व्यथित हो जाती थी। वह जानती

थी गरीबी में इतने रूप को सँभालने की ताब नहीं होती है। सौंदर्य उसके लिए अभिशाप न बन जाए। इस बात से पुष्पा हमेशा सजग रहती और माया को जीवन की ऊंच-नीच समझाती रहती थी। वह गाँव के एकमात्र आठवीं तक के स्कूल की शिक्षा भली भांति ले रही थी। उसके आगे क्या होना था वह नहीं जानती थी। उसका सपना पूरा होगा भी कि नहीं? इसमें भी संशय था। भाग्य में बदा कौन जानता है?

"माया अब तू बड़ी हो गई है। इधर-उधर गाँव भर में मत घूमाकर। तू जानती है न गाँव को अभी अपनी पुरानी सोच से बाहर निकलने में समय लगेगा।" अनहोनी की आशंका से पुष्पा भयभीत रहने लगी थी। उसका मन था कोई अच्छा और समझदार लड़का मिल जाता, तो वह माया का हाथ उसे थमाकर गंगा नहा लेती। वह गरीब विधवा औरत उसे कब तक बचाकर रख सकेगी? इसी चिंता से वह घुलती रहती थी।

"मासी माँ...डरकर भी क्या जीना हुआ? जो होगा देखा जाएगा। शहर पढ़ने मैं जरूर जाउंगी।" वह ज़िद के साथ पुष्पा को सांत्वना देती खिलखिला देती थी।

"माया तू मेरी जिम्मेदारी है बेटी। तुझे ससुराल भेजकर राजी-खुशी बसे हुए देख लेती तो चैन से मरती। नहीं तो ऊपर जाकर तेरी माँ को क्या मुँह दिखाउंगी?" उसके तेवर देखकर पुष्पा घबराकर कहती थी।

'मैं अभी से ब्याह नहीं करूंगी मासी माँ, मुझे आगे पढ़ने के लिए शहर जाना है। मुझे वहीं की जिंदगी जीनी है। फिर ब्याह देखा जाएगा।' कहती हुई वह अपने आने वाले जीवन के सपनों में खो जाती थी। यही उसका एक मात्र सुंदर सपना था। तब उसने कहाँ सोचा था कि शहर में रहने की चाहत की उसे इतनी बड़ी कीमत चुकानी पड़ेगी। उसने आठवीं कक्षा अच्छे अंक में उत्तीर्ण कर ली थी। फिर शहर पढ़ने कैसे जाया जाए वह इसी जुगत में रहती थी।

"गाँव के बड़े-बुजुर्ग पुष्पा को समझाते थे। लड़की का ब्याह करके मुक्ति पा पुष्पा। हम जैसे गाँव के गरीब लोगों की क्या हैसियत कि हमारे बच्चे शहर पढ़ने जाएँ। एक अनाथ, गरीब लड़की ऐसा बिलकुल भी न सोचे। वह बच्ची है, अपना भला नहीं जानती। परन्तु तू समझदारी से काम ले।" उनकी बातों को मनन करती हुई पुष्पा गहरी सोच में डूब जाती थी।

जीवन में जैसा सोचो वैसा ही हो जाता तो सभी तरफ अमन-चैन होता। अव्वल गरीबों को ऊँचे सपने देखने का हक़ नहीं होता। परन्तु माया की शहर जाकर आगे पढ़ने की जिद बनी रही। वह सोलह की वयस में थी। सौंदर्य जैसे उस पर खुद मोहित था। किसी की ब्याह-बारात में या फिर हाट-बाज़ार में दूसरे गाँव के मनचले शोहदे

उसको देखकर आँखें तृप्त करते थे। दिल थामे देवदास बने फिरते थे। कुछ हंसी-ठिठोली करते छेड़-छाड़ भी कर दिया करते थे। यह सब देख-समझकर गाँव के बड़े बुजुर्गों ने सलाह की।

''गाँव की बेटी के साथ किसी तरह की गलत बात हुई तो सारा गाँव बदनाम हो जाएगा। छीछालेदर हम बुजुर्गों की ही होगी। यह अनाथ लड़की हमारी भी जिम्मेदारी है।'' कहते हुए एक दिन ग्राम प्रधान ने पुष्पा को बुलवाया। उन्होंने सरपंच और कुछ अन्य बड़े लोगों के सामने बात रखी।

''आप सभी जानते हैं गाँव की बेटियां हमारी जिम्मेदारी होती हैं। माया अनाथ और नासमझ है, इसलिए हमें ही उसके जीवन के बारे में सोचना होगा। मैं तो कहता हूँ लड़की सुंदर और गुणी है इसलिए अपने भांजे प्रताप से उसका ब्याह ठीक करवा देता हूँ। प्रताप समृद्ध खानदान का इकलौता वारिस है। माया को वहाँ कोई कष्ट नहीं होगा। आगे आप लोग जैसा उचित समझें।'' फिर पुष्पा की तरफ मुखातिब होकर बोले। ''देख पुष्पा तू माया के साथ नादान मत बन। बहुत हुआ उसका पढ़ना-लिखना। उसकी तरफ देख और सोच कल तेरे नहीं रहने पर उसका क्या हाल होगा? खामख्वाह...'' पुष्पा सहित सभी को यह बात जंच गई। सबकी रजामंदी से बात आगे बढ़ाने का सुझाव रखा गया। पुष्पा ने चिंतामुक्त होते हुए कृतज्ञता से सभी के आगे हाथ जोड़ दिए।

प्रधान जी का भांजा प्रताप दूसरे समीप के गाँव में रहता था और अच्छी ज़मीन जायदाद का मालिक था। उसके पिता एक ठसक वाले समृद्ध जमींदार थे। प्रताप को शिक्षा की कोई जरुरत नहीं थी। आखिरकार उसने पढ़-लिखकर कलक्टर बनना नहीं था, अपनी जायदाद ही संभालनी थी। पिता की इस सोच से प्रताप का काम और आसान हो गया। पढ़ना उसके बस की बात नहीं थी। वह थोड़ा बहुत पिता द्वारा बताये काम करता और बाकी समय दोस्तों के साथ आवारागर्दी। दिन मजे में कट रहे थे। माया को उसने कई बार देखा था। उसके रूप पर फिदा होकर और अपनी ऊंचीं शान के रहते उससे छेड़-छाड़ भी कर दिया करता था। उसे देखते ही प्रेम उसके भीतर हिलोरे मारने लगता था। उसी प्रताप से माया का ब्याह करवा देने की बात चल रही थी।

'प्रधान जी आप हमारे माई-बाप हुए। ये आप लोगों का अहसान रहेगा मुझ पर। मैं माया को इस ब्याह के लिए तैयार करती हूँ।' कहते हुए प्रसन्नता से उसकी आँखें भीग गईं। घर पहुँचकर उसने प्यार से सहलाते हुए माया को समझाया था।

'बेटी तू मेरी बात ध्यान से सुन। इस दुनिया में अकेले रहना बहुत कष्ट देता

है। फिर एक अकेली औरत का। समाज उसको जीने नहीं देता। सभी अच्छी नज़रों से देखें ऐसा नहीं होता। गरीब से लक्ष्मी और सरस्वती दोनों ही नाराज रहतीं हैं। इसलिए मेरी बात मान। प्रधान जी हमारे शुभ चिंतक ठहरे। अपने भांजे प्रताप के लिए तुझे मांग रहे हैं। इससे अच्छी कोई और बात नहीं। तू उससे ब्याह कर ले।'

''उस अनपढ़, आवारा और हेकड़ प्रताप से ब्याह करने से अच्छा मैं डूब मरुँ मासी माँ। वह केवल मेरे रूप पर मोहित है। मेरा यह रूप कब तक रहेगा? फिर वही गरीबी का ताना देगा और बेइज्जती करेगा। मुझे नहीं करना ये ब्याह। इससे तो कोई और गरीब-गुरबा के घर जाना ठीक। शहर का कोई गरीब लड़का भी आएगा न मुझे मंजूर होगा। आज मेरे माँ-बाप होते...'' कहकर वह फफक कर रो पड़ी। पुष्पा ने ग्लानि और ममता से उसे अपने अंक में भर लिया।

पिछली बार जब प्रताप अपने मामा के पास आया था, तब एक दिन अवसर देखकर उसने खेतों की पगडंडियों पर चलती माया का हाथ पकड़ लिया था। प्रेम से सिक्त आवाज़ में कहा। ''अहो माया ऐसी भी क्या नाराजगी? मुझसे बचती क्यों है तू? शादी कर ले मुझसे। देख रानी बनाकर रखूंगा तुझे। कसम से...''

''हाथ छोड़ मेरा प्रताप। तू छिछोरा, अनपढ़। अपने बाप की जायदाद का घमंड किसी और को दिखाना...'' गुस्से से तिलमिलाती माया ने उसे एक तमाचा जड़ दिया था। और कोई होता तो प्रताप उसे इसकी खतरनाक सजा देता परन्तु अपने दिल में बसने वाली रूपसी माया को वह कैसे कुछ कह दे? उसी की जिद पर उसकी माँ ने इस रिश्ते के बाबत अपने भाई से बात की थी।

''आएगी तो तू मेरे ही घर माया। मैं भी देखता हूँ कौन आगे आता है? मेरे अलावा कोई तुझे छूकर तो दिखाए।'' बकबकाता हुआ प्रताप माया की मोहिनी छवि और तीखे तेवर मन में बसाये उस वक्त वापस लौट गया था। हालाँकि पुष्पा इस रिश्ते से सहमत थी। उसने फिर माया को भला-बुरा समझाया।

''देख माया, प्रताप भरे-पूरे घर का लड़का है। तुझे पसंद भी करता है। इस उम्र में थोड़ा बहुत नादानी हर लड़का करता है। तुझे ब्याहने कोई राजकुमार आने से रहा। तू अपने हैसियत पहचान। ज्यादा बड़े सपने के नीचे दबकर तू उसका बोझ सहन नहीं कर पायेगी। मैंने दुनिया देखी है बेटी। इतनी ऊपर गर्दन तानकर मत देख कि नीचे तुझे अपनी झोपड़ी भी न दिखे।'' मनावन और समझावन का दौर चलता रहा।

उस दिन गाँव में बड़ा मेला था। दो दिन के उस मेले को कई गाँव मिलकर खूब धूम-धाम से मनाते थे। वहीं अपनी सहेलियों के साथ घूमते हुए उसे छैल-छबीला श्याम दिखा था। श्याम भी उस मोहिनी सूरत वाली माया को देखकर ठिठक गया। गाँव में

ऐसा रूप वह उसकी तरफ आकर्षित हो गया। पहले दिन दोनों में औपचारिक बात-चीत हुई। श्याम ने बताया कि वह शहर से आया है। उसने बारहवीं कक्षा तक पढ़ा था। उन दिनों वह नौकरी की तलाश में था। शहर में उसका पक्का मकान था और एक छोटा परिवार।

माया अति गरीबी में चमकता हुआ वह हीरा थी जिसे हर हाल में शहर में बसने का जुनून सवार था। दूसरे दिन मेले में फिर मुलाकात होने पर दोनों कुछ और करीब आ गए। मेला समाप्त होने तक दोनों एक दूसरे के आकर्षण में बंध गए। तब से जो मिलने का सिलसिला शुरू हुआ वह छह माह तक चलता रहा। अक्सर चोरी-छिपे श्याम उससे मिलने उसके गाँव चला जाता था। खेतों और पेड़ों की आड़ से लेकर फिर मवेशियों के छान (रहने का स्थान) पर जाकर मिलने का सिलसिला चलने लगा। आवेश, प्रेम और विपरीत वर्ग का आकर्षण साधारण मेल मुलाकात से बढ़ता हुआ शारीरिक मिलन तक पहुँच गया। वे साथ मरने जीने की कसमें खाने लगे। नौकरी मिलते ही श्याम उससे ब्याह करके उसे शहर अपने घर ले जायेगा यह भी तय था। ''वे एक दूसरे के बिना जी नहीं पायेंगे'' जैसे वाक्यों का पाठ उनके मिलने और बिछुड़ने के अंतराल जरूर होता था। श्याम ने उसके रूप में अपने आप को भुला दिया और माया ने उस सजीले शहरी लड़के के आकंठ प्रेम में डूबकर अपना सर्वस्व लुटा दिया। एक अलग ही रूमानी दुनिया में विचरते हुए दोनों प्रसन्न थे।

एक दिन जब पुष्पा उस पर प्रताप से ब्याह करने के लिए दबाव डालने लगी तब उसने अपने और श्याम के बीच के रिश्ते का सच उसे बता दिया। ''मासी माँ, श्याम मुझसे बहुत प्रेम करता है। उसके माता-पिता भी इस ब्याह के लिए राजी हैं। उसकी नौकरी लगते ही हम ब्याह कर लेंगे। तुम चिंता मत करो।'' श्याम के प्रेम में मगन माया निश्चिंतता से बोली।

'ये तूने क्या कर दिया माया? कौन है वह? किस शहर से आया है? किसका बेटा है? कहाँ...क्यूँ...कब...कैसे...?' पुष्पा के इन संशय और घबराहट से भरे सवालों का माया के पास कोई जवाब नहीं था। उसे केवल श्याम के प्रेम पर अत्यधिक भरोसा था। पुष्पा को दुनिया घूमती नज़र आने लगी। वह समझ गई उस शहरी छोकरे की बातों में आकर लड़की अपना सर्वनाश करा बैठी है। अपने आप को संभालते हुए उसने माया से फिर कहा। ''अगली बार जब भी वह आए उसे घर ले आना। मुझे ये रिश्ता मंजूर है। मैं उसके घरवालों से बात करने जाऊंगी।''

''श्याम बहुत अच्छा लड़का है मासी माँ...बारहवीं तक पढ़ा लिखा। पढ़े-लिखे लोग झूठ नहीं बोलते, किसी को ठगते नहीं हैं।'' उसने अपने गवईं भोलेपन से कहा।

पुष्पा को आश्वस्त होते न देखकर वह आगे बोली।

"ठीक है ...मैं इस बार उसे घर लेकर आउंगी। तुम खुद ही मिलकर देख लेना।" कहकर प्रेम में पगलाई माया ने पुष्पा को गले से लगा लिया। आखिरकार उसका शहर जाने का सपना साकार होने वाला था। "वह वहाँ जाकर श्याम से खूब प्रेम करेगी और आगे की पढ़ाई भी करेगी। अब देखे प्रताप? चला था मुझसे ब्याह करने।" सोचती हुई वह श्याम के आने का इंतजार करने लगी। उसे खुशखबरी देने के लिए वह बेहद उत्सुक थी। उस बार श्याम बहुत दिनों बाद आया था।

"क्या हुआ श्याम, कहाँ रह गए थे? मैं तुम्हें खुशखबरी सुनाने के लिए कब से तुम्हारी बाट जोह रही थी।" वह खुशी से चहकते हुए बोली।

"अरे वाह! इतना इंतज़ार किस बात का था माया? खुशखबरी है तो तुरंत बताओ।" उसे अपनी बाँहों में भींचता हुआ वह हँसा।

"श्याम अब हमें ब्याह कर लेना चाहिए। प्रधान जी मासी माँ को कई बार कह चुके हैं। उनका भान्जा प्रताप दूल्हा बना घूम रहा है।" दोनों इस बात पर खिलखिला दिए।

"तो कर ले उससे ब्याह। बेचारा प्रताप।" श्याम ने उसे छेड़ा।

"अच्छा तुम घर चलो। अभी...मासी माँ ने बुलाया है। मैंने उन्हें हमारे रिश्ते के बारे में सब कुछ बता दिया। इसीलिए अब वे तुमसे मिलकर फिर तुम्हारे घरवालों से..."

"क्यूँ बता दिया? मैंने कहा था न, पहले मैं अपने घरवालों से बात करूँगा। मेरे पिता आसानी से तुम्हें स्वीकार नहीं करेंगे माया। गाँव की एक गरीब और सिर्फ आठ पढ़ी, लड़की शहर के उस माहौल में नहीं चल सकती। मैं उनसे अपने हिसाब से समझाकर बात करता। तुम ने सब गड़बड़ कर दी..." श्याम उसकी बात बीच में ही काटकर उससे छिटक कर अलग हो गया। गोया उसे कई बिच्छुओं ने एक साथ डंक मारा हो। सकपका कर तुरंत आवेश में आकर बोला। वह शहर की आबोहवा में पला हुआ लड़का था। उसे गाँव की लड़की के केवल रूप में दिलचस्पी थी। चोरी-छिपे जब तक चल रहा था ठीक था।

"परन्तु श्याम, तुमने कहा था तुम्हारे माता-पिता राजी हैं। अब क्या हुआ...?" माया को एक झटका सा लगा।

"देख माया। मैं उन्हें समझाकर बात करता परन्तु तूने सब उलझा दिया। मेरे अति लोभी पिता तुझ गरीब से किसी हाल में मेरा ब्याह नहीं होने देंगे। सब तेरी गलती की वजह से हुआ है। अब भूल जा सब कुछ। भूल जा हम दोनों कभी मिले भी थे।

बल्कि मैं तो कहता हूँ, तू प्रताप से ब्याह कर ले। वह तेरे को सुखी रखेगा।'' उसने सपाट स्वर में अपनी बात कह दी। माया स्तब्ध रह गई। ''आखिर श्याम अनाप-शनाप कुछ भी कह रहा है। क्या मतलब हुआ इन बातों का?'' सोचती हुई वह एकटक श्याम को देखने लगी। कुछ देर बाद संभलकर बोली।

''तुम जानते हो तुम क्या बोल रहे हो श्याम? तो तुम यह कहना चाह रहे हो कि तुम मुझसे ब्याह नहीं कर सकते? इतना सब कुछ हो जाने के बाद?''

''माया सच में तुमने अभी से अपनी मासी माँ को बताकर अच्छा नहीं किया। जब तक मेरे घरवाले नहीं मान जाते, मैं तुम्हारी मासी माँ से नहीं मिल सकता।'' उसका नज़रें चुराना माया को तकलीफ देने लगा।

''कहाँ गया तुम्हारा प्रेम और वे सब मीठी बातें, वे कसमें-वादे ...क्या था वह सब?'' छली गई, ठगी गई, महसूसती, अपमान और क्रोध से भरकर उसने श्याम को झिंझोड़कर पूछा। दिल में तूफान और आँखों में समंदर लिए वह बुत सी बन गई।

''मुझे जाना होगा माया। चलता हूँ।'' कहकर उसने कुछ रुपये उसके हाथों में थमा दिए। ''तुम्हारे ब्याह में काम आएंगे। मेरी तरफ से भेंट समझ लेना।'' कहकर मौके का फायदा उठाता वह तेजी से सड़क की तरफ लपका। संयोग से सामने से शहर की तरफ जाती हुई बस आ रही थी। एक बार पलटकर उसने बिना किसी भाव के उजड़ी हुई माया की तरफ देखा और झट बस में चढ़ गया। बस उस जगह से अपनी एकमात्र सवारी को लेकर रफ़्तार से आगे बढ़ गई। जब तक माया कुछ समझती तब तक बस उस पहाड़ी सड़क के मोड़ के पार जा चुकी थी। सुध-बुध खोयी, आँखों में आँसुओं का सैलाब लिए माया तेजी से बस के पीछे दौड़ने लगी। उसकी चिल्लाने और रोने की करुण पुकार से वह पहाड़ी वादी गूंज उठी। बहुत देर तक बस के पीछे दौड़ती हुई वह श्याम को रोकती रही।

''श्याम मुझे छोड़कर मत जा। तुझे मेरी कसम...'' श्याम...तूने वादा किया था. ..मुझे ये रुपये नहीं चाहिए। तू लौट आ श्याम। मैं तेरे बगैर नहीं जी सकती। सुन न श्याम...'' उसने वे रुपये बस की दिशा में फेंक दिए। बड़बड़ाती हुई बस के पीछे तब तक दौड़ती रही जब तक लहूलुहान और बेहोश होकर ज़मीन पर नहीं गिर पड़ी। उसकी दुनिया उजड़ चुकी थी। प्रेम के बदले फरेब? दुःख और पीड़ा यही उसके हिस्से में आ सका था। जब उसे होश आया वह अपने ही घर में थी। घायल होकर चारपाई में लेटी हुई। उठ पाने में असमर्थ। उसने पुष्पा की तरफ सजल नेत्रों से देखा। थकी हुई आवाज़ में बोली। ''मासी माँ...हो सके तो मुझे माफ कर देना।'' आँखों से निकलते दर्द और पछतावे के आँसुओं की अविरल धारा उसकी सारी कहानी कह रहे थे। थकान,

संताप और सदमें से बोझिल होकर उसकी पलकें बंद हो गईं। फिर एक लंबी बेहोशी उस पर तारी हो गई।

''भूल जा माया। वह एक भयानक सपना था। तू ठीक है, बस मुझे और कुछ नहीं चाहिए। सब ठीक हो जाएगा।'' बहुत घंटों बाद माया ने आँखें खोली। तब सुबकती हुई पुष्पा उसे स्नेह से सहलाती हुई समझाने लगी। परन्तु माया इस काबिल नहीं रही कि वह कुछ समझ सकती। मानसिक संताप ने उसकी बुद्धि हर ली थी। वह अपनी सुध-बुध खो बैठी थी। फिर न उसे अपनी मासी माँ पुष्पा याद रही और न ही वह अस्कोट गाँव, जहाँ उसकी पहचान रूपसी माया के रूप में थी।

जिस दिन माया चारपाई से थोड़ा खड़ी होने लायक हुई उसी एक अल्ल सुबह, नीम अँधेरे में ही वह अनजान शहर की बस में बैठकर श्याम को ढूंढने निकल गई थी। तब से वह उस फरेबी लड़के को शहर-शहर कोसते हुए घूम रही थी। उसे हर बस में ढूंढती हुई उसके पीछे दौड़ने लगती। परन्तु देखने वाले उसे पगली समझते और कहने वाले कहते।

वो देखो...'पगली फिर बस के पीछे दौड़ने लगी।'

फैसला नही इंसाफ चाहिए

“आखिर क्या अमला देवी ने अपनी तीन वर्ष की चुप्पी तोड़ने का फैसला कर लिया है? कौन से हैं वे राज, जिनका कल पर्दाफाश होगा? आखिर क्या हैं वे सबूत जो अमला देवी को बेगुनाह साबित करेंगे? क्या है वह सच? जिस पर कल अदालत अपनी मोहर लगाएगी?”

अखबार के पहले पन्ने पर बड़े अक्षरों में छपी इस सनसनीखेज खबर से गांव भर में सनसनी फैल गई। “इस खबर से वहां सुगबुगाहट शुरू हो गई। अब क्या अमला अपने सरपंच ससुर और पति रतन सिंह के खिलाफ मुंह खोल पाएगी?” यूं तो सभी सरपंच और उसके बेटे के खिलाफ थे, परन्तु उनके आतंक के आगे गांव वालों की हिम्मत दम तोड़ देती थी। आला अफसरों तक उनकी पहुंच से सभी भली-भांति वाकिफ थे। अखबार में अमला के इस निर्णय की खबर पढ़कर गांव वाले हिम्मत, जोश और हौसले से भर उठे थे और इस केस में अमला के बचाव गवाह बनकर सच्चाई का पर्दाफाश करने की सोचने लगे। अमला पर उसके ससुर और पति ने अपनी पहुँच, झूठे सबूतों और फर्जी गवाहों के बयानों के आधार पर उसकी अपनी ही छोटी बहन के कत्ल का आरोप लगाया था। इस न किए हुए गुनाह की सजा स्वरूप अमला हवालात में थी। तीन वर्ष हो गए थे।

अमला देवी हवालात में चुपचाप बैरक की दीवार पर पीठ टिकाए बैठी हुई थी। पिछले तीन वर्ष उसने अक्सर इसी तरह एकटक छत को घूरते हुए बैठकर गुज़ार दिए थे। इस दौरान बोलना तो जैसे वह भूल ही चुकी थी। अदालत की अनुमति से की गई उस दिन की मुलाकात में वह वकील सिद्धेश्वर राठौर की बात को ध्यान से सुन-समझ रही थी। पहली बार उसके चेहरे के भाव बदल रहे थे। धीरे-धीरे उसकी भंगिमाएं कठोर होने लगीं मानो वह कोई सख्त निर्णय लेने जा रही हो। उसके बदलते भावों को देखकर प्रसन्न होते हुए वकील साहब ने उसे और समझाया।

"देखो अमला देवी अब भी वक्त है। तुम अपनी गवाही से न केवल उन्हें, उनकी करनी की सजा दिला सकती हो बल्कि गांव वालों को भी उनके जुल्मों से मुक्ति दिला सकती हो। कल अदालत में यदि तुम्हारी जुबान खुलती है और वह सरपंच और रतन सिंह के काले कारनामों का खुलासा कर देती है तो इस गांव को न जाने कितने ही जुल्मों से छुटकारा मिल जाएगा। बहुत से लोग चैन की ज़िंदगी जी सकेंगे। अमला इस गांव ने तुम्हें पाला-पोसा है। इसलिए इसके प्रति तुम्हारा ऋण अदा करने का वक्त अब आ गया है।" यह कहकर वकील सिद्धेश्वर अपनी पैनी निगाहों से अमला के भीतर की कश्मकश को जांचने लगे।

वकील सिद्धेश्वर राठौर माने हुए वकील थे। उन्होंने कभी भी केवल पैसों के लिए पैरवी नहीं की। उनका मानना था कि ...एक सच्चा इंसान ही सच्चाई का साथ दे सकता है। वकीलों का यह खास गुण होना चाहिए। वे झूठ को जड़ से खोदकर बाहर निकाल लाने में और सच्चाई को उजागर कर देने के हुनर में माहिर थे। धैर्य के असीम सागर, वाकपटु और अपनी सटीक दलीलों से आखिरी वक्त में बाजी पलट देने का कमाल वे करते रहते थे। जब प्रतिवादी अपनी जीत का जश्न मनाने की तैयारी कर रहा होता था, तब उसे ऐसी पटकनी देते थे कि अगले के पास अपने बचाव में न तो कोई तर्क शेष रह जाता था, और न ही कोई दलील। उनकी दलीलों के आगे अच्छे-अच्छों का पसीना छूट जाता था। जब सरपंच के खौफ और पहुंच से बाकी वकील इस मामले की पैरवी करने से डर रहे थे, तब उन्होंने अदालत के अनुरोध पर एमिकस क्यूरी (न्याय मित्र) बनकर अमला देवी का मुकद्दमा अपने हाथों में ले लिया। वे सरपंच और उसके बेटे की काली करतूतों को भी जानते थे और उनकी पहुँच कहां तक है? इस बात से भी भली भांति वाकिफ थे।

पिछली बार की मुलाकात में वहीं अदालत की गैलरी में उन्होंने अमला देवी को इसी तरह समझाते हुए कहा था- "देखो अमला देवी तुम्हारे लिए अपने बचाव में गवाही का ये आखिरी मौका होगा। यदि अब भी तुम कुछ नहीं बोलीं, तो फैसला तुम्हारे खिलाफ चला जाएगा। जानता हूँ तुम सजा और हवालात जाने से नहीं डरती हो। परन्तु चुप रहकर अपनी बहन की हत्या का झूठा इल्जाम अपने सर लेकर तुम असली गुनहगार अपने ससुर सरपंच और अपने पति का हौसला और बढ़ा दोगी। उससे भी बड़ी बात यह है, कि तुम्हारी इस हार से सरपंच और तुम्हारे पति रतन की हिम्मत और बढ़ जाएगी। उनकी अय्याशियों की भेंट न जाने और कितनी निर्दोष, मासूम और नाबालिग लड़कियाँ चढ़ती रहेंगी। कितने ही निर्दोष लोग सताए और मारे जाएंगे। उनके जुल्मों और आतंकों से कितनी ही आत्महत्याएं और होंगी। तुम

उन सभी लोगों के बारे में भी सोचो, जिनकी ज़िंदगी सिर्फ तुम्हारी गवाही से बच सकती है। बहन तो तुम्हारी बेमौत मारी गई कम से कम तुम अपनी इस माँ के बारे में तो सोचो जिसने न जाने कितने कष्ट झेलकर तुम्हें पाला है। यही माँ पगलाई हुई रोज़ हवालात के गेट पर आकर तुम्हारी रिहाई के इंतज़ार में सूनी आँखें लिए बैठी रहती है। अमला देवी...मेरी बात समझ रही हो न?' मां का नाम सुनते ही अमला वकील साहब के साथ खड़ी अपनी मां की ओर देखने लगी और बहुत अर्से बाद उसकी आँखों से फिर आंसू टपक पड़े थे।

उसके आंसू देखकर वकील साहब को जहां अपना प्रयास सफल होता लगा था। वहीं वे उसके डर को समझते हुए बोले। ''जाकर तुम उनकी धमकियों से बिलकुल मत डरो अमला देवी। वे तुम्हारी मां को कुछ नहीं करेंगे। केवल तुम्हें डराने के लिए उन लोगों ने उन्हें जान से मरवा देने की धमकी दी है। मैं अदालत से आग्रह करूंगा, कि उनकी हिफाजत का बंदोबस्त किया जाय। परन्तु तुम्हें उन दोनों को सजा दिलवाने में कानून की मदद करनी होगी। इस मौके को हाथ से मत जाने दो अमला देवी।''

तभी पुकार लग गई थी। ''अमला देवी हाजिर अदालत हो...!!!!'' पुकार पड़ने पर महिला सिपाही ने अमला को न्यायाधीश के सामने पेश किया। वकील साहब भी अपनी फाइल के साथ पेश हुए थे।

''क्या अपनी सफाई में मुल्जिमा ने कुछ कहना है? या गवाही पेश करनी है?'' न्यायाधीश ने बतौर न्याय मित्र पेश हो रहे सिद्धेश्वर वकील से पूछा था।

''हुजूर आज मुल्जिमा जहनी और जज्बाती तौर पर ठीक नहीं है। साथ ही उसे इस बात का डर भी है कि सच्चाई बयान करने पर कुछ रसूखदार लोग उसकी बूढ़ी मां बसंती देवी को जानी नुकसान पहुंचा सकते हैं।'' वकील साहब ने अपने सधे स्वर में कहा।

''इस सीधे और साफ मुकदमे में कौन मुल्जिमा की मां को नुक्सान पहुंचाएगा? डर की आखिर कोई वजह तो होनी चाहिए।'' न्यायाधीश ने आश्चर्य प्रकट किया।

''हुजूर...मुल्जिमा को उन्हीं लोगों से डर है जिन्होंने इस मुकदमें को अपने प्रभाव और दबाव से सीधा और सरल बनाकर पेश किया है। उसका इल्जाम इस बेगुनाह के ऊपर डाल दिया है। अगर आज अदालत से इस मुल्जिमा की मां को सुरक्षा नहीं मिली तो उसकी मां की ज़िंदगी बचे या न बचे मगर इन्साफ की मौत जरूर हो जाएगी। हुजूर कानून का धर्म यदि अपराध को सजा देने का है तो यह सुनिश्चित करना भी है, कि कोई बेगुनाह सजा ना पाए। आज यदि न्यायालय

मुल्जिमा की मां की सुरक्षा सुनिश्चित करती है तो वह सच्चाई सामने आएगी जिनसे कई सफेदपोश लोगों की काली करतूतों का खुलासा होगा।" वकील साहब की दलील को सुनकर अचानक अदालत में खुसफुसाहट शुरू हो गई। उन सत्र (सैशन) न्यायाधीश की प्रतिष्ठा एक न्याय को समर्पित व्यक्ति की थी। उन्होंने भी अपने अनुभव से पूरा अनुमान लगा लिया था कि मामला इतना सीधा है नहीं, जितना पुलिस ने अपने चालान में दिखाया है। उन्होंने तुरंत फैसला देते हुए अपनी ऊंची और गंभीर आवाज़ में कहा। "पुलिस अधिक्षक (सुप्रिटेंडेंट) को मुल्जिमा की मां बसंती देवी को सुरक्षा प्रदान करने का आदेश दिया जाता है। मुकद्‌मे की कार्यवाही अगली तारीख तक मुल्तवी (स्थगित) की जाती है।" अदालती कार्यवाही को बर्खासत कर के जज साहब आराम कक्ष में चले गए थे।

बाहर निकलने के बाद लोगों ने वकील साहब को कंधे पर उठा लिया था और जिंदाबाद के नारे लगाने लगे थे। जिन्हें फिर वकील साहब ने शांत कर के मना किया। तारीख लगने के बाद से उन पर लोगों का भरोसा बनने लगा था। अमला को वापस हवालात पहुंचा दिया गया था और तब वहां बैठकर अमला सारा आगा-पीछा याद करके फिर सोचने लगी। कितना सही कह रहे हैं वकील साहब। भला मेरी अधमरी मां को कोई क्यों मारेगा? अब अदालत ने भी उसकी मां की हिफाजत का हुक्म दे दिया है। उसे वे दिन याद आने लगे कैसे यही रतन सिंह उसके आगे अपने प्रेम का इजहार किया करता था। प्रेम की कसमें खाता मनुहार करता रहता था। मानते-मनाते फिर झटपट इसी सरपंच के घर उनके ब्याह की खुशियां मनाई गईं थीं। उसके कुछ वर्षों बाद फिर उनके वहां बेटे होने की खुशी का जश्न भी पूरे गांव को खाना खिलाकर बड़े जोर-शोर से मनाया गया था। सब कुछ ठीक ही तो चल रहा था। फिर?

रतन सिंह गांव के सरपंच का इकलौता पुत्र था। शादी लायक उम्र आने तक उसने किसी तरह आठवीं कक्षा पासकर ली थी। जितना उसके माता-पिता को उस पर गर्व था उससे कहीं ज्यादा उसे अपने आप पर और अपनी जवानी पर गर्व था। काम के नाम पर वह सरपंच पिता के ठेकेदारी के पुश्तैनी काम में हाथ बंटा दिया करता था। खुर्राट सरपंच के उल्टे- सीधे कर्मों का सारा गांव गवाह था। परन्तु मजाल उसके विरुद्ध कोई जरा भी आवाज़ उठाने की हिमाकत कर सके। वे उठे हुए स्वर कब और कैसे दबा दिए जाते थे? इसकी किसी को भनक तक नहीं लगती थी। अपने मुलाजिमों से भी वह जानवरों से बद्‌तर व्यवहार करता था। वक्त के साथ जवान होता, रतन सिंह अपने गांव की और पड़ौसी गांव की लड़कियों की भावनाओं के साथ

खिलवाड़ करने का भी आदी हो गया था। अव्वल तो उसके सरपंच पिता के जुल्मों का ही कोई अंत नहीं था। ऊपर से अब इसमें इजाफा करने के लिए उनका बेटा रतन सिंह और तैयार हो गया था।

अमला उसी गांव की लड़की थी। गरीब और लाचार माँ की बेहद खूबसूरत मगर बदनसीब बेटी गरीबी के रहते बहुत मुश्किल से वह सातवीं कक्षा तक पढ़ सकी थी। उजले रंग के साथ उसके नैन नक्शों और शरीर की गढन गजब की थी। बीस वर्ष के शरीर के हर उठान और कसाव को उपरवाले ने खूब फुर्सत से रचा था। उपरवाले के भी अजब कारनामे होतें हैं। क्या वह नहीं जानता कि गरीब की बेटी के लिए खूबसूरती सिर्फ अभिशाप बनकर रह जाती है? वह उसके लिए दुर्भाग्य ही लाती है। उसकी इसी खूबसूरती पर रतन सिंह फिदा हो गया था। यूं तो रतन सिंह के लिए लड़कियों के साथ खिलवाड़ करना आम बात थी परन्तु अमला के रूप पर आसक्त होकर वह उसके साथ अतिरिक्त प्रेम और सहानुभूति से पेश आता था। वह शादी करने के लिए उसके इर्द-गिर्द मंडराने लगा था। वह जितना उससे बात करना चाहता या फिर उसके नजदीक आने की कोशिश करता, अमला उससे उतनी ही दूरी बनाकर रहती थी। उसने रतन की काली करतूतों और अय्याशियों के खूब किस्से सुन रखे थे। एक दिन वह तड़पकर बोला- 'देख अमला...तू मेरी पहुँच जानती है। मैं चाहूँ तो तुझ जैसों को मिन्ट में बर्बाद कर दूँ...परन्तु क्या करूँ तुझसे बहुत प्रेम करने लगा हूँ। इसलिए शराफत से कह रहा हूँ। चुपचाप मेरी बात मान जा, नहीं तो तेरा क्या हश्र कर सकता हूँ ये तू भी जानती है।'

"और तू कर भी क्या सकता है, इंसानियत क्या होती है? तुम लोग क्या जानो। मेरा क्या हश्र करेगा? बता जरा...मरवा ही देगा न? डरता कौन है? मगर एक बात समझ ले। जीते जी मेरी मर्जी के खिलाफ तू मुझे हाथ भी नहीं लगा सकता।" अमला ने पूरे आवेश से कहा। रतन सिंह जानता था, अमला जान दे देगी मगर उसे जबरदस्ती नहीं करने देगी। उसकी यही खुद्दारी उसे अमला की तरफ और ज्यादा आकर्षित करती थी। अव्वल तो अमला भी धीरे-धीरे उस लंबे-चौड़े ठाकुरी रुआब वाले रतन से मन ही मन प्रेम करने लगी थी परन्तु अपनी हैसियत को ध्यान में रखते हुए और रतन की खराब आदतों की वजह से वह चुप ही रहती थी।

प्रेम में पगलाया हुआ रतन हर हाल में उसे अपनाना चाहता था। इसलिए धीरे-धीरे रतन ने उसे समझा-बहला कर और अच्छा इंसान बनने के कसमें-वादे देकर अपने साथ ब्याह करने के लिए राजी...कर लिया था। दोनों का ब्याह हो गया और कुछ दो वर्ष ज़िंदगी प्रेम से कट गई। दूसरा वर्ष लगते ही उनके घर एक बेटे का जन्म

हुआ। अमला पुत्र-मोह में और घर-गृहस्थी के फेर में व्यस्त हो गई। रतन सिंह पिता बनकर अभिमान से भर उठा और खुशी में झूमता हुआ अपने पुराने ढंग में लौटने लगा। अब उसे और क्या चाहिए था। जो अय्याशियां और काले धंधे करने की आदतें उसे विरासत में मिली थीं और जैसा उसका रोज का माहौल था भला इससे वह कितने दिन तक बच पाता?

औरत का रूप कितना भी मारक क्यों न हो परन्तु वक्त के साथ उसकी चमक धूमिल पड़ने ही लगती है। अब बात बे बात दोनों पति पत्नी में नोंक-झोंक होने लगी। अमला उसे खूब समझाती थी और अपने बेटे का वास्ता देती थी। परन्तु ताकत और रहीसी के मद में डूबा रतन संभलने को बिलकुल तैयार नहीं हुआ। उसके ज़िद करने पर या फिर किसी प्रकार की धमकी देने पर वह अकड़ कर कह देता था। "बता रहा हूं...अपनी औकात और औरत जून में ही रह अमला। सरपंच का बेटा और लुगाई के पल्लू में छिपा रहे...उसकी धौंस सहे? ऐसा करूँ तो लानत है मुझ पर।" दिन-प्रतिदिन उसकी घटिया करतूतों, अत्याचारों और गैरकानूनी कामों का सिलसिला बढ़ता ही जा रहा था। अमला जितना उसका विरोध करती वह उसे उतना ही प्रताड़ित करता। उसे मानसिक और शारीरिक यंत्रणा देना, शराब और शबाब के नशे में उससे मार-पीट करना अब रतन सिंह की रोज की बात हो गई थी।

रोते-कलपते और शारीरिक यंत्रणाएं झेलते हुए अमला के भीतर घुटन और अवसाद भरने लगा था। अक्सर वह थोड़ी सी उम्मीदें लेकर सास मां से इसके बाबत बात करती थी। परन्तु वे शांत रहतीं थीं और अपना मन पूजा-पाठ और पोते में लगाए रखती थी। कई बार कुछ न कर पा सकने की असमर्थता में औरत चुप्पी साध लेना ही उचित समझती है। रोज-रोज के कष्टों से टूटकर एक दिन वह जोर देकर सास मां से फिर बोली। "अम्मा आप देख रहीं हैं न घर में जो चल रहा है...क्या वह सही हो रहा है? अब वे घर-गृहस्थी वाले हैं। आप इन लोगों को समझातीं क्यों नहीं हैं? कहीं मेरे हाथों कोई अनहोनी न हो बैठे।" उसके आंसुओं का कोई अंत नहीं था।

"बहू रानी, दो आखर पढ़कर औरत मर्द के बराबर नहीं हो जाती है। मर्दों के काम उन्हें करने दे। औरत, मर्दों के बीच में बोलने लगे तो उसका अंजाम कभी अच्छा नहीं होता। तू घर-गृहस्थी और मुन्ने में अपना मन लगा...सबर कर ले...अब ईश्वर ही उनको कोई रास्ता दिखाएगा।" उन्होंने एक लंबी उसांस भरकर अमला को समझाते हुए कहा था। वह जानती थी जिस बात पर उनका बस नहीं चलता वहां चुप रहकर और आंखें बंद करके बैठने में ही परिवार की भलाई है। कुछ नहीं बदला। गांव भर में और अमला की ज़िंदगी में सरपंच और रतन सिंह की ज्यादतियां और

जुल्म बढ़ते ही गए। उसके जीवन में घुटन भरती रही। सिसकते, कराहते हुए वक्त अपनी गति से आगे बढ़ता रहा। मुन्ना संभलकर तीन वर्ष का हो गया था।

उसके बाबा संगत राम भी इसी सरपंच की ज्यादतियों की वजह से असमय ही इस दुनिया से चले गए थे। सरपंच ने चालाकी से उसकी सारी ज़मीन हड़प ली थी। फिर चालीस वर्षीय संगत राम को उसी के खेतों में हल चलाने और उनके मवेशियों को हाँकने का कार्य करने पर मजबूर होना पड़ा था। वह अपनी सूखी हड्डियाँ चटकाता हुआ और भूख से कुलबुलाती आंतें लेकर दिन भर खटता रहता था। तब कहीं जाकर उसे और उसके बच्चों को एक वक्त की रोटी नसीब होती थी। जेठ की आग उगलती एक दोपहर को अति कमजोरी के चलते वह बीमार देह जंगल से मवेशियों को घर लौटाते हुए रास्ते में ही ढेर हो गई। उसकी झोपड़ी में पहुंचाने तक वह मात्र शरीर ही रह गया था। उस समय आठ वर्ष की अमला को उसकी अर्थी देखकर यह समझ नहीं आया कि उसके बाबा को लोग कंधे पर रखकर कहाँ ले गए? तब से वे घर क्यों नहीं आए? रुआँसी होकर, होश संभालने तक उसने कई बार माँ से पूछा था। "माई बाबा कब आएँगे? उन्होंने कहा था वे मुझे मेले से नए कपड़े दिलवाएँगे। परन्तु अभी तक आए ही नहीं।" बच्ची के मासूम सवालों का मां के पास सिवाय आंसू बहाने के और कोई जवाब नहीं था। पति के गुज़रने के बाद से उसकी मां को सरपंच के यहाँ काम पर जाना पड़ा। अपनी साल भर की छोटी बेटी कमला को अमला के भरोसे छोड़कर वह काम पर निकल जाती थी। भूख इंसान से जो कराए वह कम।

उसकी जवान बत्तीस वर्षीय मां के आँसू तब से बहने शुरू हुए तो वर्षों तक बहते ही रहे। वह भी अपनी इज्ज़त-आबरू को सरपंच के हाथों से कहाँ बचा सकी थी। इस बात के सरपंच की पत्नी सहित कुछ और चश्मदीद गवाह थे। परन्तु सरपंच और उसके गुंडों के डर से कोई भी ज़ुबान नहीं खोल सकता था। वह किसी से क्या कहती? डर और भूख से बेहाल गरीबों पर सिर्फ झूठे आरोप लगाये जा सकतें हैं। उनसे झूठी गवाहियाँ दिलवाई जा सकतीं हैं परन्तु उन पर हुए अत्याचारों की कोई सुनवाई नहीं होती। एक बार आरोप लगने पर कभी कोई गरीब बाइज़्ज़त बरी नहीं होता। पैसे और रुआब के नीचे रहीसों के सारे गुनाह दब जाते हैं। जैसा की दुनिया का क्रम है। सब कुछ खामोशी से झेलते हुए और दर्द की पराकाष्ठा से मां के आँसू सूख गए। वक्त के साथ वह पत्थर हो गई।

सरपंच से उसका एक ही अनुरोध होता था। वह हाथ जोड़कर गिड़गिड़ाती थी। "मालिक आप से एक ही विनती है। मैं अपनी बेटी अमला को खूब सिच्छा दूंगी

फिर उसे गांव से दूर नौकरी करने के लिए देश भेजना चाहती हूं। मालिक आप उस पर दया करना...उसे पढ़ने देना" परन्तु हाय रे भाग्य! जीवन इतना भी सरल नहीं कि जैसा सोचो वैसा हो ही जाए। उसकी वही बेटी आज सलाखों के पीछे थी, वह भी अपनी उस छोटी बहन के कत्ल के इल्जाम में जिसे उसने मां बनकर अपनी गोद में खिलाया था। पिछला सब सोचकर मां और बहन की याद से अमला की आंखें भीग गईं। वह दर्द से सिसक उठी।

उन दिनों वह बेहद तकलीफ में रहने लगी थी। इसलिए उसने मां से कहकर कमला को अपने पास बुलवा लिया था। कमला सोलह वर्षीय अल्हड़ लड़की थी। उसे वहां आए हुए कुछ ही दिन हुए थे। रतन की कुदृष्टि से वह भी बच नहीं सकी। मौका मिलते ही वह उससे साली का हक़ जताते हुए छिछोरी हरकतें करने लगता था। उसे बहलाते हुए कभी कहता। "तू मुझसे डरती क्यों है कमला? मेरे पास भी बैठाकर। अरे खा थोड़ी जाऊंगा तुझे?" कमला की शिकायत पर अमला घबरा उठी।

"देखो...तुम मेरी बहन से दूर ही रहो। खबरदार! उसे हाथ भी लगाया तो, मुझसे बुरा कुछ नहीं होगा।" अनर्थ के डर से घबराते हुए उसने रतन सिंह से सख्ती से कहा था। परन्तु रतन कब सुनने वाला था। औरत की भरी जवानी और नया कमसिन शरीर। वह उस पर भूखे भेड़िये सी नज़र रखने लगा था। अमला जानती थी मां के घर से रतन अब कभी भी उसे उठवा सकता था। इसलिए उसने अपनी बहन को अपने आश्रय और सख्त पहरे में रख लिया था। कुछ दिन और बीत गए।

तीन वर्ष पहले की उस मनहूस दोपहर को वह कैसे भूल सकती है। उस दिन कमला नहाने के बाद ऊपर छत पर कपडे सुखाने गई थी। अचानक परछत्ती के कमरे से रतन निकला और उसका हाथ पकड़कर उसे प्यार से समझाने लगा। "देख कमला मुझे कोई आपत्ति नहीं है। मैं तुझे रानी बनाकर रखूंगा। अरे, एक घर में दो बहनें आराम से रहना। नहीं तो कल तू किसी गरीब-गुरबा की झोपड़ी में ब्याही जाएगी। फिर बैठकर अपने फूटे-भाग को लेकर रोना। तेरी मर्जी..." उसके नहीं मानने पर वह जोर-जबरदस्ती करने लगा। कमला डरकर चीखने लगी तो घरवाले इक्ठ्ठा हो गए। सब कुछ बताती हुई डर से वह बेइंतहा सुबक रही थी। परन्तु उसका दर्द भरा आंर्तनाद सुनकर भी कोई कुछ नहीं बोला। और एक-एक कर नीचे चले गए। रतन अपमानित होकर क्रोध और दुत्कारे जाने से भूखे शेर सा दहाड़ उठा। "देख लूंगा मैं तुम दोनों बहनों को।"

घर के लोगों का रवैया देखकर दोनों बहनें ठगी सी खड़ी रह गईं। अपमान और क्रोध से वह पगलाने लगी। आखिर ये किस तरह का जीना हुआ? यहां इंसान बसते

हैं या फिर अंधे, गूंगे और दरिंदे?" सोचती हुई अमला, घायल नागिन सी आंखों में आंसू लिए फुफकार दी। उसका सारा अभिमान और कष्ट अपनी हदों को तोड़कर सैलाब सा बह निकला। "तू क्या देखेगा रतन सिंह। अब मैं तुझे दिखाउंगी तेरी सही जगह। लगता है अब समय आ गया है। तेरे पापों का घड़ा भर चुका है। अब तेरे अत्याचार और जुल्म से बचने के लिए तुझे सलाखों के पीछे रखना ही होगा। यहाँ से मैं सीधे पुलिस स्टेशन जा रही हूँ। इस घर के काले धंधों और गुनाहों के राज उनके सामने रख दूंगी। देखती हूं अपने आप को कैसे बचाते हो तुम लोग। एक-एक को सजा दिलवाउंगी। कोई रोक के दिखाओ मुझे तुम जानवरों का तो..." वह चिल्ला उठी थी।

"तू दो कौड़ी की औरत...तेरी इतनी हिम्मत...तू मुझे धमकी देगी?" कहते हुए उसने अमला के बाल पकड़कर उसे दूर झटक दिया। 'बहुत अकड़ है न तुझे? अभी निकलता हूँ तेरी सारी अकड़।' कहता हुआ वह कमला का हाथ पकड़कर उसे परछत्ती की तरफ घसीटने लगा। अमला अपनी बहन को बचाने के लिए रतन सिंह पर झपटी। दोनों बहनें एक दूसरे को बचाने लगीं और रतन उन्हें हाथों और लातों से अधमरा करने पर आमादा हो गया। अपमान से उस पर पागलपन सवार हो गया था। वह अमला को भी घसीटने लगा और चिल्लाया। "तेरी ही आँखों सामने आज तेरी बहन का वो हाल करूंगा कि फिर तुम दोनों कभी सर नहीं उठा सकोगी। तू मुझे जेल भिजवाएगी...? ठाकुर रतन सिंह को?" वह क्रोध से चिंघाड़ा। अनर्थ के अंदेशे से अमला की रूह काँप उठी।

इसी अफरा-तफरी में कमला, रतन के चंगुल से निकल भागी। जाने उसमें कहां से इतनी ताकत आ गई कि उसने वहां पर पड़ा मुन्ने के खेलने का लकड़ी का बल्ला उठा लिया, और पूरी ताकत से खिंचाकर रतन के सर पर दे मारा। वह घायल शेर की तरह बौखला उठा। फुर्ती से उसके हाथ से बल्ला झपटकर क्षण भर को एक पंथ दो काज सोचते हुए, उसने उसी बल्ले से एक भरपूर वार कमला के सर पर कर दिया। उसके सर से रक्त का फव्वारा छूट पड़ा। एक ही बार में उसका काम तमाम हो गया। यह देखकर अमला अर्ध विक्षिप्त होकर वहीं लुढ़क गई। रतन ने बल्ले से अपने हाथ के निशान साफ किए और बल्ला अमला के हाथ में थमा दिया। उसने सभी को आवाज़ देकर ऊपर बुलाया और समझा दिया कि अमला ने जलन से भरकर अपनी बहन कमला का खून कर दिया। पुलिस की प्रथम सूचना रिपोर्ट (एफ.आई .आर.) में भी यही बात लिखवाई गई।

सरपंच उसे धमकी दे गया था। 'सुन छोकरी, अगर जो तूने मुंह खोला तो सोच

लेना...तेरी माँ की लाश पेड़ से टंगी मिलेगी। कहा जाएगा बेटी के गम में उसने खुदकुशी कर ली..." इस हादसे और बहन की मौत से वह पहले ही सदमे में थी। अब माँ भी? नहीं-नहीं...वह इन जालिमों से नहीं लड़ सकती। सोचती हुई तब से वह हवालात में अपने भाग्य पर आंसू बहाने और चुप्पी साधने के सिवा और कुछ नहीं कर सकी थी।

अदालत में भी रतन सिंह के गवाहों द्वारा यही बयान दिया गया था। कठघरे में खड़े रतन सिंह ने कसम खाकर झूठा बयान दिया। "हुजूर कमला मुझसे प्यार करती थी और मेरे साथ ब्याह करना चाहती थी। इस बात को लेकर अक्सर दोनों बहनों में झगडे हुआ करते थे। मैंने कमला को बहुत समझाया। उससे कहा कि-तुम मेरे लिए मेरी छोटी बहन सी हो।" परन्तु वह बिलकुल नहीं मानती। थी। हुजूर अमला की बहुत कोशिशों के बावजूद भी कमला इस घर को छोड़कर अपनी मां के पास जाने को राजी नहीं हुई। दोनों बहनों में सर फुटव्वल तो रोज ही होती थी परन्तु उस मनहूस दोपहर को मैं घर पर नहीं था जब दोनों बहनों की फिर से लड़ाई हुई थी। बहसबाजी ने इतना खूंखार रूप ले लिया था कि अमला ने क्रोध और पागलपन के उन्माद में अपनी बहन को लकड़ी के बल्ले से इतना मारा कि वह बेचारी अपनी जान से हाथ धो बैठी। हुजूर आप इन गवाहों से पूछ सकते हैं। ये तीनों छत पर अपने-अपने काम से गए थे और मौका-ए-वारदात पर वहां पर मौजूद थे।" कहते हुए उसने अपनी तिरछी नज़र और कुटिल मुस्कान गवाहों और पुलिस वालों की तरफ डाली। गवाहों के बयान, तथ्यों और बल्ले पर अमला के हाथ के निशानों की पुष्टि के आधार पर तब से अमला हवालात में थी।

अब वकील साहब की बातों को समझते हुए उसे हौसला मिलने लगा। अचानक उसका चेहरा सख्त हो उठा। बाप-बेटे के तमाम जुल्मों को याद करके उसकी मुट्ठियाँ भिंचने लगी, आंखें अंगारे बरसाने लगी। उसने सोचा सही कह रहे हैं वकील साहब। अब जो होगा देखा जाएगा। उसके इस तरह चुप रहने से गांव वालों की तबाही के सिवा कुछ हासिल नहीं होगा। क्रोध और घृणा से वह कांपने लगी। और अचानक बोली। "वकील साहब...मैं बयान देने के लिए तैयार हूँ।" मुकद्मे की तारीख आ गई थी।

उस दिन सुबह से ही अदालत खचाखच भरी हुई थी। पिछले तीन वर्षों से किसी भी तरह की जिरह अमला की चुप्पी नहीं तुड़वा सकी थी। इन तमाम वर्षों में वह अदालत में अपनी मूक गवाहियाँ देती हुई लाई और ले जाई जाती रही थी। वहां पर बैठे सरपंच ने अपनी मूंछों को ताव देते हुए अपने बेटे रतन और वकील की तरफ इत्मिनान और गुरूर से देखा। वह अपनी पहुँच जनता था। किसी में इतनी हिम्मत नहीं थी कि कोई उसके विरुद्ध गवाही दे सके। उसका कोई बाल बाँका भी नहीं कर सकता था। उसकी

वह बहू जो उसकी ऊंची आवाज़ से कांपती है। भला उसकी क्या हैसियत?

अमला की अब तक की चुप्पी से सरपंच को इस बात का पूरा भरोसा था कि वह आज भी अपनी जुबान नहीं खोल पाएगी। उसने अहंकार से भरी अपनी खूँखार आँखों से कटघरे में खड़ी अमला को घूरा, परन्तु ये क्या? हमेशा की तरह सकपका कर नज़रें झुका देने वाली अमला आज सर ऊपर कर के तनी खड़ी रही। हिम्मत और आक्रोश से उसका चेहरा दमक रहा था। आवेश से उसका चेहरा रक्तिम हो उठा। अमला का यह रूप देखकर सरपंच अचानक भयभीत होने लगा। उसके अपने और आसपास के गांव के लोग उम्मीद और उत्सुकता से अधीर हो रहे थे।

अदालत में सभी अमला की तरफ देख रहे थे। उसने जब अपने गांव के लोगों की आँखों में उम्मीद और याचना के भाव देखे तो उसकी आँखें भर आईं।...एक नेक निर्णय लेने में उसने इतनी देर क्यों कर दी? उसे अपने आप पर बेहद क्रोध आया। तभी वकील सिद्धेश्वर की आवाज़ पर वह चौंकी। 'हुजूर मेरी मुवक्किला अमला देवी अपने बचाव में खुद गवाही देंगी।' यह कहते हुए वकील साहब ने इस बात की एक दरख्वास्त (अर्जी) न्यायाधीश को दे दी। अदालत के आदेश पर अर्दली ने अमला को सच बोलने की कसम दिलाई।

अब तक मूक बनी जिस अमला ने अदालत में कभी नज़र उठाकर नहीं देखा था वही अमला आज गरज उठी। ''हुजूर...मेरा दोष सिर्फ इतना ही था, कि मैं एक गरीब घर की लड़की थी। हाँ, मैंने रतन के प्रेम को पूरी ईमानदारी से स्वीकार करके इससे शादी की थी। परन्तु इसका प्रेम फरेब निकला। मैंने पत्नी और बहू का धर्म खूब निभा लिया। अब और नहीं। अब मैं न्याय और सच्चाई का साथ दूंगी। गुनाहों के दलदल में फँसे हुए ये दोनों बाप-बेटे और इनके आदमियों की घटिया करतूतों का ब्यौरा मैं देती हूँ हुंजूर!'' बोलती हुई वह आवेश से हांफने लगी। उसकी एक लंबी और दर्द भरी सिसकी वहाँ के स्तब्ध माहौल में बिखर गई।

'अमला...चुप हो जा...अपनी जुबान पर लगाम दे, वर्ना हमसे बुरा कुछ नहीं होगा।' डर, घबराहट और अमला के खूंखार तेवर देखकर रतन सकपकाता हुआ चिल्लाया।

'आप लोग शांत होकर बैठिए।' काम में बाधा आने पर न्यायाधीश ने कड़क आवाज़ में रतन सिंह से कहा और फिर अमला देवी की तरफ मुखातिब होकर बोले। 'अमला देवी, तुम अपनी बात बेखौफ होकर कहो।'

'अब बहुत हुआ रतन सिंह। अब मैं चुप नहीं रह सकती। हुजूर! अब भरी अदालत में, मैं बताऊँगी इनके सारे राज और बुरे कर्मों का लेखा-जोखा। इनके साथ

कौन-कौन से मुखौटे लगाए सफेदपोश लोग मिले हुए हैं। उनको भी कटघरे में खड़े होकर अदालत को जवाब देना होगा। मेरे पास पुख्ता सुबूत हैं। हुजूर...अब कोई गुनहगार नही बचना चाहिए। मेरी ये जुबान अब वह सारा लावा उगलेगी जो अब तक मेरे अंदर दहक रहा था। वे सारे भुक्तभोगी गांव वाले भी मेरे साथ हैं।'

'हां...हुजूर, ये गांव वाले भी अमला देवी के साथ हैं और गवाही देने को तैयार हैं।' वकील साहब ने अपना वक्तव्य जोड़ा और एक दरख्वास्त और दे दी।

पिछली तारीख के बाद से अचानक गांव वालों को न्याय पर भरोसा होने लगा था। उसी रात कुछ लोग चुपचाप वकील साहब के पास पहुंच गए थे। उनमें से हरिया ने बताया था। 'वकील बाबू उस दिन मैं वहीं पर था। नीचे सरपंच की भैंसों को नहला रहा था। रोने-चिल्लाने की आवाज़ पर मैं भी ऊपर दौड़ा था। मैंने साफ-साफ देखा था कैसे रतन ठाकुर ने कमला देवी को मारा था।' रामचंदर ने भी उन्हें अपना प्रत्यक्षदर्शी बयान दिया। वकील साहब ने उनसे कुछ और पूछ-ताछ करके तसल्ली कर ली कि वे सही गवाही दे पाएंगे कि नहीं। वकील साहब की हिम्मत और सत्यप्रियता को देखकर गांव वालों को सरपंच रतन सिंह और उनके गुर्गों से मुक्ति की उम्मीद जाग उठी थी। आखिर खुली हवा में जीने का सपना हरेक की आंखों में पलता है। सभी गांव वाले खुश थे। दबे स्वरों में फिर बातें होने लगीं।

''आप लोग शांत हो जाइए। जिसे जो कहना हो कटघरे में आकर कहे।'' न्यायाधीश ने अपनी गहरी आवाज़ में कहा।

''हाँ तो अमला देवी, तुम आगे बताओ... ।'' न्यायाधीश का हौसला पाकर अमला फिर गरजी उठी।

''हुजूर इसके पास गोदाम में कच्ची शराब और नशीली दवाइयों के...हथियारों का जखीरा इसके पुराने मकान की...ये चंद पुलिस वाले भी इसके इस साम्राज्य के....इस मंत्री के आदमी...'' न जाने कितनी देर तक अमला की आँखें अंगारे और जुबान लावा उगलती रही। गांव वालों की आँखें सुकून और चैन की आहट सुनाई देते ही नम होने लगीं। भुक्तभोगी व्यक्तियों के भीतर का दर्द सैलाब बनकर बह निकला। उनकी दर्द भरी सिसकियों की आवाज़ें अमला की ऊंचीं और निडर आवाज़ के नीचे हमेशा के लिए दम तोड़ रही थी। और वह बुलंद आवाज़ में बोलती ही जा रही थी।

''हुजूर अब समय आ गया है...अब कोई सताया नहीं जाना चाहिए, किसी की आंखों में आंसू न हों। इस रावण की लंका का दहन हो ही जाना चाहिए...हुजूर!''

''हुजूर यह सब झूठ है। ये...'' अमला की इस गवाही को सुनकर सरपंच बौखलाकर बोला। न्यायाधीश ने सरपंच को भी चुप रहने का ईशारा करते हुए कहा।

'सच और झूठ का फैसला अदालत करेगी।'

तब सरकारी वकील बोला ''श्रीमान! अमला देवी की इन बातों का इस हत्या के मुकदमे से कोई संबंध नहीं है।'' इस बात से सहमत होते हुए न्यायाधीश ने बचाव वकील को आरोपों की इस्तगासा (कम्प्लेंट केस) निचली अदालत में देने को कहा। और अमला देवी से फिर पूछा। ''हत्या वाले दिन क्या हुआ था अमला देवी? तुमने जो देखा उसका सच्चा और निडर होकर ब्यौरा दो।''

इसके बाद अमला देवी ने हत्या वाले दिन की वारदात का सारा घटनाक्रम अदालत के सामने बयां किया। उसने बताया कि कैसे कमला के सर पर वार करके हत्या करने के बाद सबूत मिटाये गए। कैसे रतन सिंह ने बल्ले से अपने हाथ के निशान मिटाए। किस तरह पुलिस की मदद से कमला का खून उस के कपड़ों पर लगाया गया। कमला की मुट्ठी में उसके सर के बाल फंसाकर झूठा सबूत जुटाया, जिससे यह लगे कि उसने कमला की हत्या जलन और सौतिया डाह से भरकर अमला ने ही की। हर बारीकी को जितना अमला देख सकी थीं उसने बखूबी वर्णन कर दिया। फिर हरिया और रामचंदर की गवाहियाँ भी दर्ज की गईं। सरकारी वकील ने भी गवाहों से जिरह की। परन्तु सांच को आंच कहां।'

निर्णय सुनने के लिए दम साधे बैठा हर व्यक्ति न्यायाधीश की तरफ टकटकी लगाए हुए देख रहा था। उनका फैसला आने से पहले वहां पर तूफान आने के पहले की सी शांति छा गई थी। अदालत के सन्नाटे में न्यायाधीश की गहरी आवाज़ गूंज उठी- ''पुख्ता सबूतों के आभाव व गवाहों के बयानों की रोशनी में यह न्यायलय इस नतीजे पर पहुँचती है कि अभियोजन, अमला देवी के ऊपर अपनी बहन कमला की हत्या का आरोप सिद्द कर पाने में असफल रहा। अतः अभियुक्ता अमला देवी को बाइज्जत बरी किया जाता है। अदालत इस नतीजे पर भी पहुँचती है कि सबूतों और गवाहों के बयानों के आधार पर मृतका कमला की हत्या में रतन सिंह की संलिप्तता पहली नजर में ज़ाहिर होती है। अतः न्यायालय रतन सिंह के विरुद्ध कमला की हत्या का मुकदमा चलाने का हुकुम देती है। इसके साथ ही रतन सिंह, उसके पिता सरपंच व इस मुकदमे के विवेचक सब इंस्पेक्टर राम सिंह के ऊपर सबूतों से खिलवाड़ करने और झूठे सबूत तैयार कर के अमला देवी के खिलाफ इस हत्या को आरोपित करने के लिए मुकदमा चलाए जाने का हुकुम देती है।''

वो हमसफ़र

वह पिछले दस मिनट से लगातार ट्रेन की खिड़की के शीशे से बाहर देख रही थी। कुछ कहा नहीं जा सकता था कि वह कुछ सोच रही थी या फिर बाहर की उस नाचती हुई दुनिया को देख रही थी।

गाड़ी की विपरीत दिशा में उसी गति से भाग रहे थे पेड़, खेत, सड़कें, आकाश, खंभे, और इमारतें आदि। इतनी देर तक उसका यूं बेवजह वही सब देखते रहना नलिन की समझ में नहीं आया। इसलिए उसने अनुमान लगाया कि उसकी नज़रें तो जरूर ट्रेन से बाहर है परन्तु वह ट्रेन के भीतर बैठी अपनी सोचों में खोई हुई थी। वह नलिन के सामने वाली बर्थ पर बैठी हुई थी। जहां वह स्वयं बैठा था वहां से खिड़की के बाहर देखती हुई उस नवयुवती के चेहरे के दायीं तरफ की केवल कुछ ही भंगिमाएं दीख रही थीं। जैसे कि उसका पीलापन लिए हुए वर्ण, लंबी- घनी पलकों वाली कहारी रंग की सूनी दायीं आंख और छोटी परन्तु मासूम सी उठान वाली नासिका। सादगी भरा व्यक्तित्व लिए वह डेनिम जींस और सफेद कुर्ता पहने हुए थी। उसके सौंदर्य को बढ़ाता हुआ सफेद रंग की धरती पर गुलाबी फूलों वाला रेशमी स्टॉल उसकी गर्दन पर बेतरतीब लिपटा हुआ था। कुल मिलाकर यह कि रह-रहकर उस लड़की को देखना नलिन को अच्छा लग रहा था। सौन्दर्यपान का आनंद किसी दिव्यानंद से कम नहीं होता।

वह सोचने लगा... ''अच्छा होता यदि वह युवती बाहर झांकने के बजाय ट्रेन के भीतर की दुनिया को देखती और उसमे उस आनंद को ढूंढती जिसे वह बेमतलब ही बाहर खोज रही थी। बाहर रफ्तार से भागती उन धुंधली आकृतियों में उसे क्या दिलचस्पी हो सकती है? और यदि वह कुछ सोच रही है तो भीतर की तरफ देखकर के भी सोचा जा सकता है।'' उसकी इस स्वार्थी सोच के पीछे उस युवती के सुंदर चेहरे को सामने से पूरी तरह देख पाने की जिज्ञासा मात्र थी। वरना कोई कहीं भी

देखे, इससे भला उसको क्या लेना-देना? बेचैन आत्मा सा वह ट्रेन में गर्दन घुमाकर इधर-उधर देखने लगा। कोई और सूत्र हाथ लगे तो ट्रेन का ये दिल्ली से कोलकाता तक का लंबा सफर ठीक से कट जाए। कुछ नहीं बस थोड़ा मन बहल जाता है और मंजिल की बेमजा दूरी, कुछ कम महसूस होती है।

ट्रेन के भीतर का संसार भी कम दिलचस्प नहीं होता है। उस युवती के बगल में एक बीस-इक्कीस वर्ष का बड़ा बालक बैठा था, जो आजकल के फैशन के अनुसार तन्मयता से अपने बड़े से स्क्रीन वाले मोबाईल में न जाने क्या-क्या कर रहा था? जो भी कर रहा हो परन्तु वह उसी में व्यस्त दीखता हुआ मस्त था। उसकी बगल में एक अधेड़, स्थूल शरीर वाली अम्मा बैठी हुई थीं। उनके साथ उनका करीब छह -सात वर्ष का पोता सतेंद्र था। उन दोनों की बातों से दादी-पोते का ही हवाला मिल रहा था। अम्मा बात बे बात अपना हक़ जताती हुई उसे घुड़क रही थी। जिसे पोता लगातार अनसुना कर रहा था। पोता अपनी परवरिश में हुई खामियों का जीता-जागता विज्ञापन था। अम्मा बोली। 'हैं रे सत्तू...क्या कहे था, तेरा पापा? कित्ते बजे पहुंच जाएगी टरेन...कलकत्ता? हैं वो लेने आवेगा ना, सटेसन पर?' पता नहीं चंचल पोता उनकी बातें सुन नहीं रहा था, या फिर सुनकर भी अनसुनाकर रहा था, कौन जाने?

ये आजकल के नादान बालक भी हद हैं। आज़ाद परिंदे से ये बच्चे बेवजह ही बड़े-बूढ़ों की बकाबकी से खीजे हुए रहतें हैं। इन्हें कितनी ही अच्छे संस्कारों वाली घुट्टी पिला दो परन्तु ये 'जैनरेशन गैप' वाली खाई पटने में ही नहीं आती है। पोता नटखट था। दादी की बातें सुनने के लिए वह कब टरेन में टिककर बैठने वाला था। अगल-बगल के कूपों में शिरकत करता वह जहां-तहां डोल रहा था। ट्रेन के बीच में बनी गैलरी के उस तरफ सामने वाली डबल सीट बर्थ पर दो पुरुष बैठे हुए थे। एक जैंटलमैन बने अंग्रेजी का अखबार पढ़ रहे थे और दूसरे एक भद्र से व्यक्ति लग रहे थे जो अपने लैपटॉप पर गंभीर होकर कुछ काम कर रहे थे। सत्तू उनसे रह-रहकर फरमाईश कर रहा था।

"हैं अंकल...दिखा दो ना, डोरेमोन। एक बार बस...फिर नहीं कहूंगा...सच्ची अंकल...कसम से, ओ अंकल..."

"इसमें कोई डोरेमॉन नहीं आता। इसमें केवल ऑफिस का काम होता है। अब यहाँ से जाओ बच्चे, और मुझे काम करने दो।" उन्होंने कुछ परेशान होते हुए कहा।

"आता है न अंकल...मेरे मुन्ना भय्या कभी-कभी दिखाते हैं मुझे। ऐसा ही लैपटॉप है उनके पास भी।" सत्तू तुरंत बोला।

"...... " अपनी खीज दबाते हुए वे सज्जन से अंकल चुप ही रहे।

'अच्छा फिर सिनचौन ही दिखा दो...हैं अंकल।' सत्तू फिर शुरू हो गया।

'ओ सत्तू रे...' खीजी हुई दादी ने फिर बाँग सी दी।

'क्या है दादी...जब देखो बड़बड़...खुद ही कर लो पापा से बात और पूछ लो. .....हाँ नई तो...' सत्तू उन अंकल के लैपटॉप से बिना नज़रें हटाए ही दादी पर झुंझलाया।

'अंकल...अंकल जी...' वह फिर से अपना डोरेमॉन देखने का राग आलापने लगा। उन सज्जन के चेहरे पर खीज का भाव साफ दिख रहा था। परन्तु वे सज्जन पुरुष ही रहें होंगे जो इतनी देर से चुप थे। वरना कोई और होता तो अपने काम में बाधा बर्दाश्त न करके कब का सत्तू को घुड़क चुका होता। फिर भी यदि सतेंद्र जल्द ही वहां से नहीं गया तो ज़ाहिर है वह डांट खाकर ही मानेगा। आखिर धैर्य भी कोई कितना रखे? आजकल की अधीर आबादी अपने ही बच्चों को बहुत देर तक बर्दाश्त नहीं करती फिर दूसरों के बच्चों की क्या मजाल? वहीं पर दो छोटे से नटखट बच्चे चिप्स और चॉकलेट खाते-फैलाते पूरी ट्रेन में फुदक रहे थे।

नलिन की खुद की बर्थ में उसके बगल में एक पाँच-छह वर्ष की सभ्य और दुबली सी बच्ची सलीके से सजी हुई अपने स्थान पर बैठी हुई टुकर-टुकर कभी शैतान सत्तू और अन्य लोगों को देख रही थी तो कभी अपनी टिंकल पढ़ लेती थी। उस बच्ची की बगल में एक छुटका अपनी मां की गोद में चैन से लेटा हुआ था। वह शायद पिछले एक-डेढ़ वर्ष से यहीं मां की गोद से ही दुनिया को समझने की कोशिश में लगा हुआ था। सलीकेदार बच्ची उस छुटके की बड़ी बहन थी। रह-रहकर वह छुटकू को सहला और पुचकार देती थी। इसके एवज में छुटका अपनी सारी प्रसन्नता बिखेरता, अपना पोपला मुँह खोलकर हँस देता था। उन महिला के बगल में एक अधेड़ से दीखते भद्र पुरुष बैठे ऊंघ रहे थे। सब अपने-अपने हिसाब से व्यस्त थे।

पिछले वाले कूपे में शायद पुरुष ज्यादा होंगे। वे लगातार गप्पें, बहसबाजियां और हंसी ठहाकों में मशगूल थे। इधर-उधर से बस पुरुषों की ही आवाज़ों का शोर सुनाई दे रहा था। राजनीति, अजनबियों से बातचीत शुरू करने का सबसे कमाल का विषय है। इन चर्चाओं में अच्छा-बुरा कुछ भी बोलो सब जज़्ब हो जाता है। कुछ सरकार के पक्ष में तो कुछ विपक्ष में होतें हैं इसलिए बहस का मंच हमेशा आसानी से कहीं भी तैयार हो जाता है।

''अजी साहब अब के कांग्रेसियों ने तो देश का सत्यानाश कर दिया। इंदिरा जी थीं तो बात ही कुछ और थी...'' एक स्वर उभरा।

''बीजेपी में कौन से सुरखाब के पंख लगे हैं जनाब। वाजपेयी जी कहा करते

थे...'' दूसरे ने अपनी बात रखी।

''और भय्या अब इस नई पार्टी '', ''...आप'' का तो भगवान ही मालिक है। दोनों कांग्रेस और बीजेपी से आजिज़ आकर जनता ने इसमे थोड़ा उम्मीदें खोजी थीं, इन पर भरोसा किया था परन्तु ये पहले अपने घर के भीतर आपस के कलह को तो संभाले तब न देश संभालेंगे...'' तीसरे ने अपना पक्ष रखा।

''ऐसे- ऐसे कारनामे हो रहे हैं...क्या होगा इस देश का...? अजी मेरा तो मानना है कि...'' कुछ गड़मड़ से स्वर एक साथ उभरे।

उनकी बातों के शोर से उन सभी लोगों का खूब मनोरंजन हो रहा था, जो संकोचवश चुप्पी लगाए बैठे हुए थे। ऐसी भीड़-भाड़ वाली जगहों पर चुप अक्सर वही लोग बैठे रहते हैं जो या तो स्वभाव से कम ही बोलतें हों। या फिर कुछ नीरस किस्म के वे लोग जो जल्द खुलना नहीं जानते। कुछ ऐसे जिनके भीतर का मौसम उस दिन खराब हो। मसलन पत्नी से सुन-सुनाकर आएं हों, या फिर बॉस की झिड़कियां खाकर मजबूरी भरा सफर कर रहें हों। इसके इतर एक मानव कौम और भी होती है जो अपने को इस तरह की भीड़ से ऊपर आँकतें हैं। वे अपने आप को कुछ बुद्धिमान टाइप मानते हुए इन बेकार की बहस में नहीं पड़ते। ऐसे प्राणी अपनी नज़र कहीं और रखतें हैं परन्तु अपने कान इन चर्चाओं पर ही लगाए रखतें हैं?

एक वह सामने वाली मोहतरमा हैं...अपनी ही दुनिया में मगन। उन्हें इन लोगों की बातों में कतई दिलचस्पी नहीं। वह भीतर की इस दुनिया से दूर बस बाहर ही देखे जा रही थी। नलिन सोचने लगा। ''जरूर वह किसी परेशानी से घिरी हुई होगी।'' अव्वल तो वह स्वयं भी परेशान था और ज्यादा वक्त ट्रेन के भीतर की इस हलचल भरी दुनिया के इतर ही बैठा रहा था। फिर वक्त कुछ तो वह वहां पर उस युवती की पूरी झलक देखने की जिज्ञासा लिए था, और कुछ खुद के भविष्य को लेकर चिंताओं से माथे पर सिलवटें डालने में व्यस्त। वह अपने घर कोलकाता जा रहा था। उसके जीवन में कोई कन्या नहीं थी, इसलिए बाबा ने उसके लिए एक कन्या तय कर रखी थी। आखिरकार अपनी पसंद की न सही कम से कम मां-बाबा की पसंद की बहू तो आए। उसने उनकी पसंद के लिए अपनी सहमती जता दी थी।

वह नलिन निरंजन था। दिल्ली की एक प्रतिष्ठित कंपनी का सीनियर मैनेजर। दिल्ली शहर में वह चौबीस वर्ष का होने पर आया था और अब अट्ठाईस वर्ष का हो गया था। अपने जीवन के चार वर्ष उसने उसी कंपनी के हित में कुर्बान किए थे, जिसमें वह आज भी कार्यरत था। इसके एवज में कंपनी ने उसे एक इज्ज़तदार पद, फ्लैट, कैब और उसकी देखभाल व ऑफिस के कार्य में हाथ बंटाने के लिए दो

मुलाजिम दे रखे थे। वैसे तो उसकी ज़िंदगी लयात्मक गति से चल रही थी। परन्तु मां और बाबा उसे लेकर थोड़ा चिंतित रहने लगे थे। पिता अक्सर उसको सुनाते हुए पत्नी से कहते थे।

“भई सुनती हो...अब नलिन सेट हो गया हैं। क्या कहता है, कब करेगा शादी? कोई लड़की- वड़की हो इसकी नज़रों में, तो बता दे। हमें किसी भी तरह का कोई एतराज नहीं। बस ये घर बसा ले तो हम भी इसके अकेले रहने-खाने की चिंता से फारिग हो जाएं। खामख्वाह...”

करीब सौ लोगों की उस बड़ी कंपनी में नलिन को पत्नी की तलाश में कभी कोई कन्या पसंद न आई हो या फिर लड़कियां उसके इर्द-गिर्द न मँडराई हों, ऐसा बिलकुल नहीं था। बहरहाल जो भी हो इन सबके बावजूद उसके जीवन में अब तक कोई लड़की ठहरी नहीं थी। वह छह फुट लंबा था। गंदुमी वर्ण, सधे हुए बदन का समझदार व्यक्ति। अव्वल तो लड़कियां उसकी लंबाई पर ही फिदा हो जातीं थीं। ऊपर से उसकी व्यवहार कुशलता एक और आकर्षण था। जहाँ ज्ञान का प्रकाश फैला होता है वहां आत्मविश्वास और सच्चाई दोनों खुद ब खुद डेरा डालने चले आतें हैं। उसके इसी आत्मविश्वास भरे व्यक्तित्व को वे खूब पसंद करतीं थीं। दिल्ली प्रवास के पिछले चार वर्षों में किसी न किसी मोड़ पर उससे तीन लड़कियां टकराईं थीं। इन तीन के अलावा कुछ अन्य आईं भी तो बिना उस के दिल में प्रवेश किए, सिर्फ बाहर से दस्तक देकर दूसरी तरफ को फिसल गईं।

किसी भी तरह का मनमुटाव न होने के बावजूद भी पिता और एकमात्र पुत्र अपरोक्ष रूप से बातें करते थे। बाप-बेटों का इस तरह का मुड़ा-तुड़ा, कुत्ते की दुम सा रिश्ता आम देखने को मिलता है। जिसको औरत, पत्नी और माँ बनकर लगातार सीधा करने की कोशिशों में अपनी पूरी ज़िंदगी लगा देती हैं। “वह कभी...माँ... बाबूजी को समझा देना” कहते हुए पुत्र को उसके पिता की तरफ से पैरवी करके समझाने लगती थी।

“देख बेटा तेरे बाबूजी का ये मतलब नहीं था...दुश्मन थोड़े ही हैं वे तेरे। देख. ..तेरे भले के लिए...” कभी इसी तरह ...और आजकल क्या महान कामकर रहें हैं तुम्हारे साहबजादे?” कहते हुए पति उस पर तंज की सुई चुभो देतें थे। फिर वह पुत्र की बचाव वकील बन जाती। “ऐसा क्यों कहते हो जी...आपकी इतनी इज्ज़त करे है छोरा, पूरे-पूरे दिन काम में और आपकी तबियत को लेकर परेशान रहता है. ..कल आपकी दवाइयाँ और चश्मा...”

बहरहाल वह जो भी करे, बाप-बेटे का रिश्ता जस का तस ही रहता या

कुछ महीनों पहले जब नलिन की तीसरी लड़की से भी बात नहीं बनी तब उसने बाबा को सुनाते हुए मां से कह दिया था। "मां मुझे कोई लड़की नहीं जंचती। आप लोग ही अपनी बहू देख लेना। मुझे कोई एतराज नहीं। ब्याह रचाने हफ्ते भर की छुट्टी लेकर मैं आ जाऊंगा।" इसलिए अब ब्याह रचाने वह अपने घर कोलकाता जा रहा था। नलिन की सोचों से परे सामने की बर्थ पर बैठी उस नवयुवती की दिलचस्पी अब भी ट्रेन के बाहर की दुनिया में यथावत बनी हुई थी।

नलिन उन दिनों को याद करने लगा। तब उसे दिल्ली आए वर्ष भर ही हुआ था जब स्टेनो मधुरिमा उसके जीवन में आई थी। सुंदर, बेखौफ, बिंदास। सेंडिल की हील खटखटाती हुई। मधुरिमा की खूबसूरती और तमाम कोशिशों के बावजूद भी वह नलिन के मन नहीं चढ़ सकी थी। दो मुलाकातों के बाद ही लड़की में मासूमियत को तलाशते नलिन ने तेज-तर्रार मधुरिमा को खारिज़कर दिया और अपना सारा ध्यान काम में लगाने लगा। इस बात के कई महीनों के बाद उसकी नज़र मासूम सी दीखती बॉस की पर्सनल सेक्रेटरी वैदेही से जा टकराई। फुर्सत मिलते ही दोनों स्टाफ कैंटीन में दोपहर का भोजन साथ कर लेते थे। उसने बताया था कि काम के सिलसिले में वह कानपुर से दिल्ली चली आई थी। वह हमेशा सलवार-कुर्ता पहनती थी और लहराते दुपट्टे के साथ खुद भी लहराती चलती थी। वह अपने सारे बाल पीछे समेटकर एक लंबी चोटी बनाती थी। दर्पण में देखकर आंखों में गहरा काजल लगाती और छोटी सी सुर्ख लाल बिंदी लगाते ही अपनी मासूमियत पर खुद ही रीझ उठती थी।

अभी दोनों की पहचान को तीन सप्ताह भी नहीं हुए थे जब एक रविवार को उसने नलिन को रात के खाने पर अपने कमरे में आमंत्रित कर लिया था। यहां तक भी बात ठीक थी। बात तब बिगड़ी जब नलिन उसके कमरे में पहुंचा। कमरे का वातावरण और मासूम सी दिखती उस देवी के नए रूप के दर्शन करके वह धन्य हो गया। कमरा विदेशी मोमबत्तियों की महक से भरा हुआ था और वहां का वातावरण पीली मध्यम रौशनी से धूमिल किया हुआ था। उसमें वह देवी मिनी स्कर्ट और बिना बाजू के टॉप में सजी हुई थीं। स्तब्ध नलिन आक्रोश से भर उठा और तमक कर बोला। "क्या है ये सब? और ये तुमने अपना क्या हुलिया बना रखा है?"

"असली रूप तो यही है नलिन।" वह बेशर्मी से उसके गले में बाहें डालकर हंसती हुई बोली।

"मुझे ये बेहूदगी बिलकुल पसंद नहीं। समझीं तुम। ऐसा खेल किसी और के साथ खेलो। आइंदा मुझसे मिलने की कोशिश भी मत करना।" क्रोध और क्षोभ से फुककारता हुआ वह उसके हाथों को झिड़कते हुए बोला और जाने के लिए दरवाजे

की तरफ बढ़ चला। पीछे से उसे मिमियाता हुआ सा स्वर सुनाई दिया था।

"नलिन रुको...मेरी बात तो सुनों...जीवन इतना आसान नहीं है। सुनो तो. ..केवल तनख्वाह से कभी घर चलते हैं क्या? सर पर पिता नहीं। बीमार मां, दो छोटी बहिने और एक भाई को पालना..." परन्तु वह बिना रुके आगे बढ़ता ही गया। अपने पीछे उसने गुस्से में भरकर बड़ी जोर से दरवाजा बंद कर दिया था। दरवाजे के भिड़ते ही कमरे के भीतर से आती हुई आवाज़ एक झटके से खामोश हो गई। उस दिन उसके विश्वास को बहुत ठेस लगी थी। असमंजस से भरकर उसकी समझ में नहीं आ रहा था आखिर किस पर विश्वास किया जा सकता है? क्या सभी के दो रूप होते हैं? बाहर कुछ और भीतर कुछ?

अभी वह अपने अतीत में ही था कि बगल वाली महिला की आवाज़ पर चौंककर वह वापस वर्तमान में आ गया। ट्रेन अपनी गति से चल रही थी।

"आप सामने बैठ जाएंगे, बच्चे को गोद में लिए हुए मेरी टांगे सुन्न हो गईं हैं। इसे यहाँ पर लिटा दूं, तो थोड़ा आराम मिले।" उसकी बगल में बैठी हुई महिला नलिन की तरफ मुखातिब होकर कह रही थी। उसने सामने की बर्थ पर देखा। उस खिड़की से बाहर झांकने वाली युवती की बगल में बैठा हुआ बड़ा बालक उतर चुका था। दादी ऊंघ रही थी और उनका नटखट पोता फिर से नदारत था। कितना समय बीत गया और उसे पता भी नहीं चला। कब ट्रेन रुकी और कब लोग चढ़-उतर गए? बहरहाल वह प्रसन्नता से उठकर सामने वाली बर्थ में उस नवयुवती के बगल में बैठ गया। बैठते समय दोनों की बाजू आपस में टकराने से युवती ने ट्रेन से बाहर झांकना छोड़ा और घूमकर चेहरे पर ढ़ेरों भोलापन लिए छोटी परन्तु गहरी उदासी ली हुई आंखों से नलिन की तरफ देखा। क्षण भर को दोनों की नज़रें टकराई और कुछ देर को आपस में उलझ गईं। जल्द ही दोनों झेंप गए और सीधे होकर बैठ गए। युवती फिर ट्रेन की खिड़की से बाहर देखने लगी।

उसका पूरा चेहरा देखने के बाद वह खुश होता हुआ खुद से बोला। "हम्म-चलो कुल मिलाकर ट्रेन के इस साथी को सुंदर कहा जा सकता है।" पिछली बर्थ से अब भी गरमा-गरम राजनैतिक बहस के हिस्से उसके कानों में पड़ रहे थे। उसने अपनी कलाई घड़ी की तरफ देखा। कोलकता पहुँचने में करीब दो घंटे और लगने थे। उसने वहाँ पर पसरी ऊब को दूर करने के प्रयास में नवयुवती से बातचीत करनी चाही।

"मेरे यहां पर बैठने से आपको कोई ऐतराज तो नहीं?" उसने बोलने की पहल की।

"......" युवती ने सर घुमाकर नज़र भरकर उसे फिर देखा और बिना कुछ

प्रतिक्रिया दिए वापस खिड़की के बाहर देखने लगी।

नलिन को थोड़ा अटपटा लगा। ...वह कर क्या रहा है? अब जब वह शादी करने घर जा रहा है तो इस तरह इस युवती की तरफ खिंचाव का क्या औचित्य? वह अपने आप को समझाने लगा। परन्तु रह- रहकर निर्निमेष उसके भोले सौंदर्य को देखने के लोभ से वह अपने आप को बचा भी नहीं पा रहा था। नवयुवती के शरीर और इत्र की मिलीजुली खुशबू मह-मह कर रही थी। उसने सोचा ''स्त्रियां फूलों की महक वाले इत्र ही क्यों पसंद करतीं हैं?'' खैर जो भी हो उसके अशांत दिमाग को इससे तरावट मिल रही थी।

''आप भी कोलकाता जा रहीं हैं?'' वह फिर शुरू हो गया।

''...''! युवती ने फिर से अपनी उदास आंखों से उसकी तरफ देखा परन्तु इस बार भी कुछ बोल नहीं सकी। असमंजस की स्थिती में फंसी हुई वह बेवजह ही अपनी बाएं हाथ की हथेली को देखने लगी और करतल को अंगूठे से सहलाने लगी।

''लगता है आप किसी बड़ी दुविधा में फंसी हुई हैं। होता है जी। ज़िंदगी में तकलीफें और परीक्षाएं न हों तो वह बहुत आसान नहीं हो जाएगी? ज़िंदगी सहूलियत का नाम थोड़े ही है...'', वह हल्के से मुस्करा दिया।

'हम्म... बहुत सही कहा।' इस बात पर युवती धीमा और गहरा ऊंसांस भरती हुई पहली बार बोली। वाकपटु नलिन ने बातों का सिलसिला आगे बढ़ाया।

''देखिए हम दोनों ही मुसाफिर हैं। कुछ घंटों के साथ के बाद बिछड़ जाना है। ये बात भी तय है कि जिंदगी में हम दुबारा कभी नहीं मिलेंगे। तब क्यों न अपने मन की उलझनों को आपस में साझा कर लें। और कुछ नहीं जी बस थोड़ा दिल बहल जाएगा और ये लंबा सफर सुकून से कट जाएगा।''

युवती के अति भोले चेहरे पर छाए विषाद के बादलों को देखकर उसे न जाने कैसा सा हो रहा था। मां-बाबा की पसंद की एक अनजान, अनदेखी लड़की से शादी करने से वह स्वयं भी कहां खुश था। बस मां-बाबा का मान रखना था और अपना मन। ऐसा तकलीफ से भरा व्यक्ति ही दूसरों का दर्द समझ सकता है।

''मैं अपनी बुआ जी के घर कोलकाता जा रही हूँ। शादी करने...मम्मा-पापा और परिवार के अन्य खास सदस्य वहां पहुंच चुके हैं। दो सप्ताह की छुट्टियों के बाद फिर वापस काम पर दिल्ली आ जाउंगी।'' मात्र इतना बताते हुए उसकी आंखों की नमी बेमन से होने वाले रिश्ते की चुगली कर गई।

''आप शादी से खुश तो नहीं हैं इतना तो मैं समझ रहा हूँ परन्तु...''

''जाने दीजिए अब बहुत देर हो चुकी है। मेरे पापा की इच्छा है। अब उसका

कुछ नहीं हो सकता। आप अपनी कहें।'' वह उसी तरह मायूस आवाज़ में नलिन की बात पूरी होने से पहले ही बोल पडी।

''आप और मैं एक ही कश्ती के सवार मालूम होते हैं। कोलकाता मेरा घर है। वहां पर परसों मेरी शादी है मां बाबा की पसंद की लड़की से।'' बताते हुए वह फीकी सी हंसी हंस पड़ा।

''दिल्ली जैसे शहर में आपको कोई लड़की पसंद नहीं आई? या फिर...!'' अपनी इस बात पर पहली बार युवती ने अपने दुःख को परे धकेलते हुए अति छोटी सी मुस्कराहट देते हुए उससे पूछा।

''अट्ठाईस वर्ष का हूं अब ऐसा भी नहीं है। बस कोई दिल के भीतर टिक नहीं सकी।'' एक पल के मौन के बाद वह फिर बोला। ''आप निहायत सुंदर हैं। आप को किसी ने न चाहा हो ऐसा भी नहीं हो सकता?'' प्रश्न करता हुआ वह उत्सुकता से उत्तर सुनने की उम्मीद से चहका।

''मुझे पसंद था 'शरद भटनागर' नाम का एक लड़का। हम दोनों ऑफिस में साथ काम करते थे और एक-दूसरे पर खूब भरोसा भी। हर दुःख-सुख के साथी। परन्तु वह शायद मुझे अपना अच्छा मित्र ही समझता था। जब तक मैं उससे अपने प्यार का इज़हार करती उसने मुझे बताया कि जल्द ही वह लंदन सेटल किसी व्यवसाई की बेटी से शादी करने वाला है। बावजूद इसके कि वह उच्श्रृंखल लड़की उसे कोई खास पसंद नहीं थी। आत्मविश्वास से भरे हुए अच्छी कद-काठी के लड़कों को ये पूंजीपतियों की बिंदास लड़कियां खूब पसंद करतीं हैं और लड़के उनकी दौलत को।' उसकी इस बात पर दोनों पहली बार थोड़ा खुलकर हंसे। अब उनके बीच औपचारिकता के रहे-सहे बादल भी छंट चुके थे।

''आप के जीवन में कोई तो होगा? उसी से शादी कर लेते। यूं इस तरह अनजान लड़की से शादी?'' युवती उसकी कहानी सुनने की गरज से बोली।

''हां थी तो...करीब वर्ष भर पहले बतौर जूनियर ऑफिसर मेरे ही साथ काम करने वाली एक क्रिश्चयन लड़की एलिजे मेरे जीवन में आई थी। वह गोवा की थी, और जीसस पर अटूट श्रृद्धा रखने वाली नेक लड़की थी। अक्सर वह मिडी-फ्रॉक पहनती थी और सौंदर्य के नाम पर केवल हल्का काजल आंखों में फैलाए रखती थी। एलिजे का शांत स्वभाव और सहज रहना उसका सबसे बड़ा आकर्षण था। मुझे सूरज की किरणों से तपी हुई वह ताम्बई रंगत वाली सरल लड़की खूब प्रिय लगने लगी थी। मेरे जीवन में आने वाली यह तीसरी लड़की थी।'

अच्छा...तो आप और एलीजे शादी के बंधन में बंधने जा रहे हैं? मनपसंद

जीवन साथी नसीब से मिलता है। आप दोनों को...'' उसकी बात पूरी भी नहीं हो सकी थी कि नलिन तपाक से बोला। ''अरे नहीं किस्मत मुझ पर इतनी मेहरबान भी नहीं है। मैंने आपको बताया न कि मां-बाबा की पसंद की लड़की से ब्याह करने जा रहा हूं।'' वह आगे बताने लगा।

''एलिजे और मैं अच्छे दोस्त बन गए थे और अपने घर परिवार की बातें साझा करने लगे थे। वे दो बहिनें थीं और उसकी बड़ी बहन की शादी हो चुकी थी। एक दिन जब उसने मुझे बताया कि उसके परिवार में अंतर्जातीय विवाह का चलन है तब उस रात मैं उसमे अपनी भावी पत्नी को देखकर सुकून की नींद सोया था। कुछ और दिनों तक हमारी दोस्ती आगे बढ़ती रही और हम एक-दूसरे को और करीब से जानने लगे थे। इससे पहले बात भावनात्मक मोड़ तक पहुंचती जल्द ही मेरा वह सपना बिखर गया। एलिजे किसी और से प्यार करती थी।''

उसे याद आने लगा उस दिन एलिजे कितनी खुश थी। दमकती हुई बोली थी। ''पता है नलिन, तुम मेरे सबसे करीबी मित्र हो। अब मुझे तुम पर खूब विश्वास हो गया है इसलिए आज एक राज की बात बताती हूँ। साइमन और मैं बचपन के मित्र हैं और एक दूसरे को बेहद पसंद करते हैं। हम दोनों ही अच्छी नौकरी पर हैं इसलिए जल्द ही शादी करने की सोच रहें हैं। घरवाले भी हमारी इस शादी से बहुत खुश हैं। कल ही साइमन की मम्मी का फोन आया था। वे लोग हमारी शादी प्लॉन कर रहे हैं।''

'यहां तक की उसने उन दोनों की शादी में मुझे उनका 'बेस्ट मैन' बनने को भी कह दिया था।

नलिन एक गहरी सांस लेकर फिर बोला। ''अब तुम ही बताओ मेरे पास और क्या चारा रह गया था? अब मुझे न अपनी किस्मत पर भरोसा रह गया था और न ही किसी और पर। इधर बाबा के मित्र की बेटी जिसे मां-बाबा दोनों ही पसंद करते हैं और उसके रूप-गुण को सराहते हैं तो मैंने सोचा उसी से ब्याह कर लूं। कम से कम बाबा-मां तो खुश हैं। अपन भी निभा जरूर लेंगे।'' वह हंस दिया। तकलीफ दबाकर हंसी बिखेरना बड़ा मुश्किल होता है।

''मतलब अब आप एक अनजानी-अनदेखी लड़की के साथ फेरे लेकर पूरी ज़िंदगी उसी के साथ गुखर देंगे?'' युवती ने चौंककर और उदासी से भरकर उससे पूछा।

''ऐसा ही समझो। बाकी सब ऊपरवाले का खेल-तमाशा...वह जो कराए वो मंजूर।'' नलिन ने एक ठंडी आह भरी।

''...!'' इस पर वह कुछ नहीं बोली और अगले कई पलों तक दोनों चुपचाप बैठे रहे। कुछ और देर बाद दोनों अपना-अपना सामान ठीक करने लगी। अगले कुछ मिनटों में उनका स्टेशन आने वाला था।

''बातें करते हुए सफर कैसे कट गया मालूम ही नहीं पड़ा। खैर... ईश्वर करे, आपको खूब प्रेम करने वाला जीवनसाथी मिले।'' अपना सामान समेटते और उसके सामान को सहेजने में मदद करते हुए नलिन ने मित्रवत होकर उस युवती से कहा।

''धन्यवाद। रब आपको भी बहुत प्रेमकरने वाली पत्नी दे।'' युवती मुस्कराई परन्तु उसकी आवाज़ में गंभीरता लिपटी रही।

''आमीन...!'' अचानक दोनों एकसाथ बोल पड़े और आखिरी बार फिर जोर से हंस दिए। स्टेशन आ गया था। गाड़ी रुक चुकी थी। दोनों नीचे उतरे और एक-दूसरे से अलविदा कहते हुए अपनी-अपनी उदासियों के साथ अपनी मंजिलों की तरफ बढ़ चले।

घर पहुंचकर नलिन ने देखा वहां खूब तैयारियां हो रहीं थीं। मां-बाबा बहुत खुश थे। एकलौते बेटे की शादी थी इसलिए पूरा घर फूलों और रोशनी से सजाया जा रहा था। मेहमानों के शोर और ब्याह के बन्ना-बन्नी से घर संगीतमय हो रखा था। परन्तु इस सब के बावजूद नलिन एक अपरिचिता के साथ घर बसाने के ख्याल से काफी विचलित था। उसकी इस परेशानी से अनभिज्ञ रिश्ते की भाभियां शरारत से उसे छेड़ रहीं थीं।

''अभी से गुमसुम...लाला, क्या बात है?''

''अरे नहीं भाभी...सोच रहा हूं आप की देवरानी लड़ाकी माई निकली तो आप लोगों का क्या होगा?'' उसने बनावटी ठहाका लगाया।

''हाय राम...अब ऐसा क्यों कहते हो लाला। शुभ-शुभ बोली जी। तुम तो अभी से पराये हुए जाते हो।'' वे सभी खिलखिलाती, इठलातीं हंसी बिखेरती रहीं। प्रसन्नता सभी ओर बिखरी हुई थी।

शादी वाले दिन जयमाल की रस्म अदायगी के लिए दोस्तों से घिरा नलिन स्टेज पर खड़ा था। घबराहट की वजह से मित्रों की चुहलबाज़ियों में उसका बिलकुल भी मन नहीं रम रहा था। वह कैसी होगी? उसका कैसा स्वभाव होगा? सोचकर ही वह परेशान और व्यग्र हो रहा था। तभी सामने से आती हुई हलके गुलाबी, लश्कारेदार लिबास में सजी और खूबसूरत धुला हुआ सौंदर्य लिए दुल्हन को देखकर वह थोड़ा खुश हुआ। ''कम से कम सुंदर तो है।'' उसने इत्मिनान की साँस ली। वह एकटक उसे देखने लगा। शादी के जोड़े का गुलाबी रंग उसकी रंगत को और बढ़ा रहा था।

दुल्हन सधे हुए कदमों से चली आ रही थी। उसके थोड़ा और पास आने पर उसका दिल जितनी जोर से धड़का उतने ही ऊँचे स्वर में वह बोल पड़ा। ''आप...?''

उसके सामने खड़ी दुल्हन सकपका गई। उसने आश्चर्य से भरी उस आवाज़ पर नज़रें उठाकर देखा। ''अरे आप...?'' वह नलिन से भी ज्यादा जोर से चौंकीं। कुछ पल दोनों स्तब्ध होकर खड़े रह गए। दो दिन पहले ट्रेन का सफर याद करते हुए और ईश्वर के इस आश्चर्य भरे वरदान पर दोनों अति खुशी से मुस्करा दिए। उनकी आंखें कुछ देर के लिए एक-दूसरे को प्रेम से देखने लगीं। कितना सही कहा जाता है कि ''जोड़ियां ऊपर से बनकर आतीं हैं।''

ट्रेन में हुई उनकी मुलाकात से अनभिज्ञ दोस्तों के हुजूम ने शोर किया। 'अरे भाई जल्दी से जयमाला पहनाओ अब तो पूरी ज़िंदगी एक-दूसरे को ही देखना है।' इस बात से दोनों पहले तो झेंपें और फिर ...खिलखिलाकर हंस दिए। खुले दिल से एक उल्लास भरी जिंदादिल हंसी। सहसा दोनों सम्वेत स्वर में बोल उठे।

''आमीन...!'' जयमाला डलते ही खुशी से दोनों के चेहरे दमकने लगे। निराशा ने अपने पंख समेट लिए थे। उनके जीवन का कैनवास अब सतरंगी हो उठा था।

श्यामली

"मैं कल सुबह बारह बजे तुम्हारा इंतज़ार करूंगा। वहीं कॉलेज की कैंटीन में जहाँ तीन वर्ष पहले हम आखिरी बार मिले और विदा हुए थे। जानता हूं तुम जरूर आओगी।" *निशांत*

शुक्रवार की एक भीगी शाम थी। बरसात थमने का नाम ही नहीं ले रही थी। पिछली शाम से जो झड़ी शुरू हुई तो बस झरती ही जा रही थी। श्यामली ने कॉलेज से घर आकर डाक से आए उस पत्र को कुछ देर पहले ही पढ़ा था। मात्र तीन पंक्तियों के उस पत्र ने उसे झकझोर दिया था। उसके कॉलेज के सहपाठी निशांत का पत्र था। तब से उस पत्र को न जाने वह कितनी ही बार पढ़ चुकी थी। विचलित होती हुई वह कभी खिड़की से लगातार बरसते हुए बादलों को देखने लगती तो कभी नहाते हुए शहर को और कभी पास में रखी हुई, आराम कुर्सी पर ढह जाती। आंखें बंद करके इत्मिनान से सोचने लगी। "आज तीन वर्षों के बाद अचानक इस तरह निशांत मुझसे क्यों मिलना चाहता है? आखिर क्या वजह हो सकती है?" बहुत सोचने पर भी वह कोई सिरा पकड़ नहीं सकी। रह-रहकर इसी उहापोह में डूबती-उतरती वह थकने लगी थी। रात के दस बज चुके थे।

घर पर रात का खाना नौ बजे तक निबट जाता था। उसके बाद सभी अपने-अपने कमरे में चले जाते थे या फिर अपने हिसाब से कोई काम करते थे। सभी में मां, पापा, बड़े भैया, भाभी और उनकी छह वर्ष की दो जुड़वां बेटियां रिनी और रितु आते हैं। मां और पापा वहीं बैठक में लगे टीवी पर कुछ देर सत्संग देखते या फिर समाचार सुनते थे। उन्होंने टीवी को अपने कमरे में नहीं रखवाया था। उनका मानना था कि यदि फुर्सत के क्षणों में वे बैठक में बैठकर टेलीविजन देखेंगे तो उनसे बातें करने का जिसका जब मन करेगा वह वहां पर आराम से कर सकेंगे। जैसा कि आजकल का हिसाब है। कुछ और न होने पर सभी अपने-अपने कमरे में चले जातें

हैं। पापा को यह पसंद नहीं आता। बंद किवाड़ पर दस्तक देना उन्हें कभी ठीक नहीं लगता। क्यों खामख्वाह किसी को तंग किया जाए? उनके अनुसार।

"बंद किवाड़ उपेक्षा करता हुआ सा लगता है। वह स्वागत के बदले एक संकोच के भाव से भर देता है, दस्तक दी जाए या नहीं? अगला आराम कर रहा हो तोड़...वगैरह।"

घर पर सभी सुकून से जीतें थे। अपनी-अपनी दिनचर्या के हिसाब से व्यवस्थित। कोई बिना वजह दूसरे के काम में हस्तक्षेप नहीं करता था। चार वर्ष पूर्व पापा स्कूल के हेडमास्टर की पोस्ट से रिटायर हुए थे। तब से माँ और पापा ज्यादा वक्त बैठक वाले कमरे में ही नज़र आते थे। जिससे सभी का उन पर बराबर हक़ बना रहे। वे सभी पर अपना स्नेह और आशीर्वाद बनाए रखते थे और अपने इस छोटे से घर-परिवार में मगन रहते थे। दोनों कभी कथा-सत्संग सुनने बाहर जाते और कभी रिश्तेदारी निभाने, कभी डिस्पेंसरी तक और रोज सुबह छह बजे पार्क में टहलने।

सामान्य दिनों में सुबह सात बजे रिनी और रितु की स्कूल वैन आ जाती थी और दोपहर तीन बजे तक वे घर वापस आतीं। वे दोनों कक्षा एक में पढ़तीं थीं। उनके जाने के बाद आठ, साढ़े, आठ बजे तक भैया घर से निकलते थे। घर और बाहर की जिम्मेदारियां बखूबी संभालते हुए वे शाम आठ बजे तक वापस घर पहुंच जाते। फिर नौ बजे वह स्वयं कॉलेज के लिए निकलती और विद्यार्थियों को जन्तुविज्ञान पढाने के बाद चार बजे तक वह भी वापस आ जाती थी। शाम को भैया और भाभी बच्चियों के स्कूल के कार्य में मदद करते और वह स्वयं या तो अगली सुबह के लैक्चर के लिए नोट्स बनाती थी या फिर गज़लें सुनती हुई सो जाती थी। कुछ विशेष करने के लिए न होने पर भैया और वह अक्सर माँ-पापा के पास बैठकर टेलीविजन में कुछ महत्वपूर्ण खबर हो तो उसे देखते वरना आपस में बातें कर लिया करते थे। हर शनिवार की शाम सभी बैठक में साथ बैठकर देर तक जरूरी और गैर जरूरी बातें करते और कुछ खास मुद्दों पर सलाह मशिवरा भी कर लिया करते थे। कभी-कभी बच्चों के साथ मौज-मस्ती करते सभी बच्चे बन जाते थे। बच्चों से ही घर में रौनकें होतीं हैं।

भाभी सारे घर को सुरीली और कान्ता अम्मा के साथ मिलकर बखूबी संभालती थीं। कान्ता अम्मा आठ वर्ष पहले दहेज़ में उनके पीहर से साथ ही आई थी। वह पचपन वर्ष की विधवा और अपने बच्चों द्वारा उपेक्षिता महिला थीं। वहाँ वे भाभी का कई वर्षों से ध्यान रख रहीं थीं। अब वह अति सरल और ममतामयी महिला इस घर की सदस्य हैं। सभी उन्हें अम्मा कहते हैं। यूं तो भाभी घर वालों का और घर पर आए

अतिथियों का भरपूर स्वागत करतीं थीं। उनके चेहरे पर कभी शिकायत की शिकन नहीं होती। परन्तु अपनी आदत के रहते वे बोलतीं कम ही थीं। श्यामली से और भी कम। उससे किसी को अन्य कोई परेशानी नहीं थी सिर्फ इस बात की फांस सबको थी कि उसने अभी तक ब्याह करके अपना घर क्यों नहीं बसाया? क्यों वह उस एक व्यक्ति के पीछे अपनी ज़िंदगी बर्बाद करने पर आमादा है? घरवालों की नज़र में वह एक व्यक्ति निशांत है। निशांत मेहरा। उसके कॉलेज में साथ पढ़ने वाला एक सहपाठी मात्र।

कॉलेज के दिनों में चंद सहेलियों के द्वारा अफवाह के रूप में उड़ती हुई यह खबर उस के घर तक पहुंच गई थी कि निशांत उससे प्रेम करता है। उसे आज तक यह नहीं मालूम हो सका कि वह खबर बनी कैसे? बल्कि उसे बेहद हैरानी हुई थी कि बिना आग के ये धुंआं आखिर उठा कैस? उनकी एक अलग तरह की मित्रता थी। जिनमे इस तरह की बातों का कभी कोई जिक्र नहीं होता था। दरअसल बेमेल सीरत और सूरत होने की वजह से उनकी कहानी न तो कभी इस मुकाम तक पहुंचनी थी और न ही कभी पहुंची। हां यह अलग बात है कि उसने अपने रुमानियत भरे क्षणों में कभी किसी का हाथ थामने के बारे में सोचा तो वह सिर्फ और सिर्फ निशांत ही था। परन्तु यह बात अब तक उसने अपने दिल के भीतर ही छुपाकर रखी थी। यहाँ तक की निशांत को भी यह उसने कभी जाहिर नहीं होने दिया था।

एक ही कॉलेज में निशांत और वह अलग-अलग विषय पढ़ते थे। वह राजनीति शास्त्र पढ़ रहा था और श्यामली जंतु विज्ञान। इसलिए वे एक दूसरे से कम ही टकराते थे। कभी पुस्तकालय, कॉलेज परिसर, कैंटीन में एक दूसरे को दीख जाते थे तो कभी बस में। दोनों में जरा भी मेल नहीं था। इसलिए कम से कम उसकी तरफ से ऐसा सोचना भी हास्यास्पद था। वह पांच फुट ग्यारह इंच लंबा, गेहुवें रंग का अच्छी गढ़न वाला बांका नौजवान था। अलमस्त और खूब हंसने-बोलने वाला इंसान। उसके चेहरे की भंगिमा कुछ ऐसी थी कि लगता था मानो खुशी का पक्का पता उसी एक चेहरे पर लिखा हो। इसके चलते निशांत का लड़कियों से घिरे रहना कोई आश्चर्य की बात नहीं थी। निशांत के सर पर उसके पिता का साया नहीं था। सेवानिवृत्त सरकारी मुलाज़िम रह चुके उसके पिता की पेंशन से दोनों मां-बेटे का गुजारा होता था।

वह पांच फुट पांच इंच लंबी थी। सांवलें से ज्यादा दबे हुए वर्ण की, रूखे, बेजान और संजीदा चेहरे वाली लड़की। अपने टूटे हुए आत्मविश्वास और तमाम खामियों के साथ जीना उसकी आदत बन गई थी। वह गर्मी और सर्दी की आड़ में अक्सर दुपट्टे से सर और आधे चेहरे को ढ़के रहती थी और बाकी का आधा उसका

नंबर वाला मायोपिक चश्मा ढ़क लेता था। वह पढ़ने में अव्वल थी और अन्य विषयों को पढ़ते रहना और ज्ञान अर्जित करना उसका शौक था। इसलिए लड़के उसके करीब तब ही आते थे जब उन्हें पढ़ाई से सम्बंधित कोई कार्य होता था। अन्यथा उसकी तरफ देखने और उससे मित्रता करने का न तो किसी के पास समय था और न ही किसी को दिलचस्पी। कॉलेज के शुरुआती दिनों में उसे बहुत सी मुश्किलों से दो-चार होना पड़ा था। उसे याद आता है शुरू-शुरू में कैसे उसे देखकर अन्य विद्यार्थी तंज करते उसका उपहास करते थे।

"तुम्हारा नाम श्यामली क्यों रखा?" "कृष्णकली ज्यादा अच्छा रहता।"

"तुम जब दर्पण में देखती हो तो वह तुमसे क्या कहता है?" जैसी फब्तियां सुनकर वह मुस्कराना भी भूल चुकी थी। कभी जब वह गहरे रंग का सलवार- कुर्ता पहन लेती थी तब भी उसे कोई. न कोई जुमला सुनने को मिल जाता था। "कृष्णे आज कहां पर बिजली गिराने का इरादा है?" अक्सर इस तरह की बातें सुनते हुए उसका दिल टूटने लगा था परन्तु धैर्य जरूर पुख्ता होता गया था। इसी तरह सुनते, सिमटते हुए बी. एस. सी. हो गई।

इस संसार में मां अकेली ऐसी ताकत होती है जो अपनी संतान को हर हाल में सहारा देती है। वह उसकी परेशानियां बखूबी समझती थी। भीगे हुए भावों को और उसके टूटे हुए दिल को सांत्वना देते हुए कहतीं थीं। "तू मन छोटा मत किया कर श्यामल। तेरा रंग दबा हुआ है तो क्या हुआ? तेरे नैन नक्श की गढ़न और तेरी सीरत बहुत सुंदर है। देखना एक दिन मेरी श्यामल को लेने एक सजीला वर आएगा।" उसका डूबा हुआ मन मां की इस तरह की बातों से हौसला लेता हुआ थोड़ा सर उठा लेता था।

"श्यामल तुम अपने आप को पहचानो। बहुतों से बहुत अच्छी है मेरी बहन। बेकार की कुंठा मत पालो। आत्मविश्वास से जीना सीखो और फिर अपने में बदलाव देखना।" भैया भी कह देते थे।

"श्यामल तेरा केवल थोड़ा सा रंग दबा हुआ है। वरना कद-काठी और तेरे नैन नक्श सुंदर हैं रे।" कभी कुछ प्रिय सहेलियां भी हिम्मत बढ़ाया करतीं थीं। सबकी इस तरह की बातें सुनकर तब कभी उसका मन एक अंगड़ाई लेता था। वरना भरी जवानी में किसी में यौवन की खुमारी न छलके...असंभव।

कॉलेज में मौका मिलते ही उसकी आंखें निशांत को खोजती चोरी-चुपके उसका पीछा करती रहती थीं। कभी निशांत की आंखें उसकी आंखों से उलझती तो वह इस तरह सकपका और घबरा जाती थी जैसे चोरी करती हुई पकड़ी गई हो। उसे लेकर

वह दिवा स्वप्न देखती और झूठी कल्पनाएं गढ़ती थी। कभी उसके साथ हाथ में हाथ लिए वह दूर तक चलती, कभी गुलमोहर के दरख्त तले बैठेकर बातें करती। फिर अपनी इस उटपटांग सोच पर वह खुद ही शरमा जाती। निशांत के प्रति इस तरह की सोच को वह तब से संजोने लगी थी जब वह एम. एस. सी प्रथम वर्ष में आई थी। उन दिनों निशांत और उसकी मुलाकातें अक्सर हो ज़ाया करतीं थीं।

"उन दिनों समय मिलते ही वह कैंटीन में चाय पीने चली जाती थी। कैंटीन हरभजन काका चलाते थे जो उससे बेहद स्नेह करते थे। वे उससे कहा करते थे। 'चाहा पीने रोज ही आ ज़ाया करो बिटिया, तुम्हे देखकर इन बूढ़ी आंखों को चैन मिल जाता है।" एक दिन उन्होंने बताया कि यदि उनकी बेटी आज जिन्दा होती तो उसकी तरह ही होती। दो वर्ष पहले एक सड़क दुर्घटना में वह इस संसार से विदा हो गई थी। बताते हुए काका अपनी गीली आंखे पोंछने लगे थे। उसके भीतर भी कुछ चटका था। वह बुदबुदाई। 'पता नहीं, ये ऊपरवाला गरीबों को क्यों सताता है? इतना स्नेह करने वाले पिता को तो बख्श दिया होता।' कॉलेज के शुरुआती दिनों में वह अक्सर अकेली ही रहा करती थी। अपने आप के साथ।

"काका क्या मुझे स्टील के ग्लास में चाय दे देंगे? चीनी मिट्टी के कप और कांच के ग्लास में चाय पी हुई सी नहीं लगती।" कैंटीन में उसने पहले ही दिन काका को कह दिया था।

"काहे नहीं देंगे बिटिया...अभी लियो।" कहते हुए उन्होंने तुरंत स्टील के गिलास में चाय भिजवा दी थी। तब से उसने दुबारा ऐसा कभी नहीं कहा परन्तु उसे चाय हमेशा स्टील के गिलास में ही मिली। इस बात पर भी उसने खूब फब्तियां सुनी थीं। उसके कैंटीन में जाते ही बातें शुरू हो जाती थीं।

"बहनजी को भी एक ठो चाय दो काका, स्टील के गिलास में।" इस बात पर वहां खूब तेज हंसी का फव्वारा छलक जाता था। परन्तु उसकी समझ में यह कभी नहीं आया कि इस तरह के तंज करके हंसने पर ये लोग अपनी किस बुद्धिमता का परिचय देते थे? प्रतिक्रिया स्वरूप उनकी तुच्छ सोच पर वह भी मुस्करा देती थी। याद नहीं पड़ता कब ये फब्तियां जल्द ही फिर बंद हो गईं। वह बहनजी से दीदी और बहन में तब्दील हो गई थी। कभी किसी को नोट्स चाहिए होते थे तो वे बेझिझक उसके पास ही आते थे। "बहन बताना कैसे करना है, ये असाइनमेंट?. ..ये फाईल...?" आदि। कभी उसके जूनियर्स को भी उसकी आवश्यकता पड़ जाती थी। "दीदी थोड़ी आपकी हेल्प चाहिए थी...ये डार्विन ने...एनाटॉमी के..." वह सबकी मदद के लिए हमेशा तैयार रहती थी। बुद्धि सम्मान दिलाती है बचपन से पढ़

करते थे।

एम. एस. सी के प्रारंभ के दिनों की बात थी। अन्य दिनों की तरह उस दिन भी वह कैंटीन की तरफ बढ़ी। वहाँ बैठे सभी लोग मस्ती में हंस-बोल रहे थे और खा रहे थे। उसने हरभजन काका की तरफ मुखातिब होते हुए कहा। ''काका एक चाय और बटर टोस्ट भिजवा दीजिए हम्म...'' कहकर वह कुछ लोगों से हाई-हैलो करती, उनकी मुस्कराहटों का उत्तर देती चुपचाप एक कोने वाली खाली टेबल पर बैठ गई थी। हाथ में ली हुई पुस्तक को पढ़ने का उपक्रम करती हुई वह चाय का इंतज़ार कर रही थी। तभी वहाँ पर निशांत आ गया था।

''हॅलो मैं निशांत...निशांत मेहरा।'' उसने श्यामली के आगे मित्रता का हाथ बढ़ा दिया था। वह चौंक उठी और एक बार उसकी तरफ देखकर फिर उसने एक सरसरी नज़र पूरे हॉल में डाली। उसका अंदेशा था यदि ये इन लड़कों की कोई शरारत हुई तो सभी उसकी तरफ देख रहे होंगे। और उसकी किसी भी प्रतिक्रिया पर बाद में उसका मज़ाक बनाया जा सकता था। परन्तु वहां पर ऐसा कुछ नहीं था। अपना बढ़ा हुआ हाथ पीछे खींचते हुए वह हंसकर फिर बोला। ''इजाजत हो तो बैठ जाऊं?'' और बिना उत्तर की प्रतीक्षा किए वह बैठ गया। बिना किसी भूमिका के फिर शुरू हो गया। ''बहुत दिनों से आपसे एक बात पूछना चाह रहा था। आप इतना अलग-थलग क्यों रहतीं हैं?''

''मेरी आदत है और मैं ऐसे ही खुश रहती हूँ।'' उसने अपने को समेटते हुए कहा था। उसकी नज़र अब भी किताब पर ही टिकी हुई थी। निशांत ने उसके हाथों से किताब लेकर टेबल पर रख दी। इस बार कुछ संजीदा होकर बोला।

'सार्वजानिक स्थानों पर अकेले बैठकर कोई खुश नहीं होता।' इसी बीच उसका टोस्ट और चाय आ गई। वह बिना किसी औपचारिकता के टोस्ट कुतरने लगी।

'मैं तुमसे दोस्ती करने आया हूँ।' निशांत ने एकटक उसकी आंखों में झांककर कहा। उसके इस वाक्य पर श्यामली को लगा जैसे सैकड़ों बिच्छुओं ने उसे एक साथ डंक मार दिए हों। कॉलेज के एक होनहार और जाने-पहचाने नाम वाले निशांत को दोस्तीकरने को मैं ही मिली? इससे बड़ा मज़ाक और क्या हो सकता था। घबराहट से भरकर उसने चाय और आधा खाया हुआ टोस्ट वैसे ही छोड़कर झट अपना सामान उठाया और तेज़ कदमों से कैंटीन से बाहर निकल गई। निशांत कुछ देर तक समझ नहीं सका। भला उसने ऐसा क्या गलत कह दिया था?

''तुमने उसे परेशान करके अच्छा नहीं किया बेटा।'' तभी उसे अपने पीछे से काका की आवाज़ सुनाई दी।

''काका मैंने उनसे कुछ ऐसा-वैसा नहीं कहा। वे बेहद नेक हैं, इसलिए मैं सच में उनसे दोस्ती करना चाहता था।'' निशांत असमंजस से बोला।

''उस दिन घर जाने के बाद वह अपने कमरे में रुआंसी होकर बैठ गई थी। थोड़ा सा रूप उसके हिस्से में क्यों नहीं आ सका?'' इस बात की शिकायत ईश्वर से करती हुई और लड़ती हुई वह न जाने कितनी देर तक रोई थी। इसके बाद से निशांत यदा-कदा उससे टकराता और बोलता रहा। अक्सर वह उससे मिलने के बहाने उसे खोजता हुआ आ ज़ाया करता था। वह उसकी विद्वता का कायल था। उससे हर बार एक नए विषय पर चर्चा करना उसे अच्छा लगता था। ''कॉलेज में केवल एक आप ही हैं जिनके साथ डिस्कस करके उस टॉपिक के कॉन्सेप्ट क्लियर हो जातें हैं।'' कहता हुआ वह मुस्करा देता था। परन्तु श्यामली के चेहरे की संजीदगी में कोई फरक नहीं पढ़ता था। समय कुछ और आगे सरका।

एक दिन उसने गंभीर होकर कहा था। ''तुम अपनी सरल और सच्ची आंखें इस चश्मे के पीछे भी छिपा नहीं पाती हो। जो भरोसा और अपनापन मुझे तुम्हारी आंखों में दीखता है, वह और कहीं नहीं दीखता।'' परन्तु वह इसका कोई जवाब नहीं दे सकी। संकोचित होती हुई वह उससे इस तरह की बातें करने से बचती रहती थी। अव्वल तो इसका वक्त कम ही मिलता था। यदि कभी कुछ पलों के लिए दोनों साथ होते भी थे तब निशांत बोलता था और वह मूक होकर सिर्फ सुनती थी। बीच-बीच में नज़रें उठाकर उसके चेहरे की तरफ देख लेती थी। मानो उसके कथन और विश्वास को परख रही हो। पढ़ाई समाप्त होते ही दोनों अपनी-अपनी में पीछे चल दिए। कॉलेज की कैंटीन में बैठकर आखरी बार कहे गए निशांत के शब्द उसे हमेशा याद रहे।

''श्यामली तुम मुझे समझने की कोशिश करना और मेरा इंतज़ार भी?'' अविश्वास से भरी आंखों से उसने निशांत की आंखों में देखा परन्तु बोल तब भी कुछ नहीं पाई थी। वह समझ नहीं पा रही थी कि आखिर निशांत ने उसमें ऐसा क्या पा लिया? कहीं ये सब मजाक तो नहीं? उसे कभी विश्वास नहीं हुआ। बहरहाल जो भी हुआ हो परन्तु निशांत उसके जीवन को झंकृत करने वाला अकेला पुरुष था। फिर पिछले तीन वर्षों में वे कभी नहीं मिले। निशांत अपने कमरे में कैद होकर यू.पी-एस सी के दूसरे प्रयास की तैयारी करने लगा और वह पी.एच-डी।

पिछले वर्ष उसे मालूम पड़ा था कि निशांत का आई ए. एस. के लिए चयन हो गया और वह प्रशिक्षण के लिए मसूरी चला गया। उसने कभी नहीं सोचा था कि निशांत से इस जीवन में उसकी फिर कभी मुलाकात होगी, परन्तु उस दिन उसकी

सफलता पर वह बहुत खुश हुई थी।

अपनी पी.एच-डी. पूरी होते ही वह कॉलेज में पढ़ाने लगी। उसकी विद्वता की वजह से उसे उसके हिस्से का भरपूर सम्मान मिलता था। इससे ज्यादा उसने कभी कुछ नहीं चाहा। न जाने क्यों वह बहुत बड़े सपने नहीं देख सकी थी। निशांत ने एक बार उससे कहा था। "तुम होनहार हो। तुम भी यू. पी. एस. सी की तैयारी कर लो। हम आपस में नोट्स बदलकर एक दूसरे की मदद कर दिया करेंगे।" उसने बिना किसी प्रतिक्रिया के सिर्फ "देखूंगी" कहकर इस विषय पर विराम लगा दिया था।

भारत एक ऐसा देश है जहाँ साफ रंग ही सुंदरता की श्रेणी में आता है। सीरत बाद की बात है। उसके रंग-रूप की वजह से अव्वल तो कोई अच्छा रिश्ता कभी आया नहीं। शादी के लिए, उसके लाख मना करने के बाद जो एक-दो आए भी तो भारी दहेज़ की मांग की वजह से बात आगे नहीं बढ़ सकी थी। कुछ और आए समझौते करने जैसे। शिक्षा में उससे ऊपर होते हुए भी घोर गरीबी या बेरोजगारी के मारे हुए व्यक्ति। मां और भाभी उसे शादी करके घर बसाने के लिए कहते रहते थे परन्तु बड़े भैया के शब्द उसे खूब हौसला देते थे। "देख श्यामल तुझे जो करना दैकर, परन्तु जीवन से कभी समझौता मत करना। हमेशा आत्मविश्वास और आत्मसम्मान के साथ जीना। जीवन ढोने का नहीं, जीने का नाम है।" अब कुछ समय से वह संतुष्ट जीवन जी रही थी।

निशांत के पत्र को पढ़ने के बाद से वह विचलित थी। उसमे लिखे शब्द उसके शांत जीवन को तरंगित कर गए थे। उसके शब्द रह-रह कर उसकी आंखों के सामने आ जाते थे। "कल सुबह बारह बजे तुम्हारा इंतज़ार करूंगा। वहीं कॉलेज की कैंटीन में जहाँ तीन वर्ष पहले हम आखिरी बार मिले और विदा हुए थे। जनता हूं तुम जरूर आओगी।" "जानता है" भला क्या जानता है वह? कैसे? तीन वर्षों के बाद आज जब वह अफसर बन गया है। तब मुझ से उसे क्या काम हो सकता है? कहीं वह अपने प्रेम का इजहार करने आ रहा हो?" अपनी इस बचकानी सोच के साथ ही ग्लानि और अपनी बेवकूफी भरी सोच पर उसे हंसी आ गई। देर रात तक किसी नतीजे पर न पहुंच पाने की कसमसाहट और घबराहट लिए वह करवट बदलती रही और बारिश का संगीत सुनती रही। जब उसने निशांत से न मिलने का पक्का मन बना लिया था तब कहीं जाकर उसे चंद पलों की नींद नसीब हुई।

सुबह छह बजे बादलों की गड़गड़ाहट से उसकी नींद खुली। जिस दिन वह अपने लंबे बालों को धोती है उस दिन अपने आप को बेहद प्रफुल्लित महसूस करती

है। दैनंदिन कार्यों से निपट कर उसने घड़ी पर नज़र डाली। नौ बज चुके थे और दस बजे उसका पहला लेक्चर था। आलमारी से साड़ियां निकालते समय अनायास ही उसका हाथ जार्जेट की सफेद धरती पर गाजरी रंग के पोल्का डॉट वाली साड़ी पर फिसलने लगा। उसे याद आया कभी कॉलेज में बी.एस.सी. के आखिरी दिनों में वह सफेद प्लेन सलवार सूट पर गाजरी और सफेद छोटे फूलों वाला दुपट्टा पहनती थी। उस दिन भी उसने वही सूट-दुपट्टा पहना हुआ था जब बस में उसे निशांत मिल गया था। सीट न मिलने से दोनों-आस पास खड़े रहकर अपने आप को एक-दूसरे की छुंअन से बचाने का प्रयास करते रहे थे। बीस मिनट के इस सफर के दौरान दोनों बिना कुछ बोले हिचकोले खाते हुए बस कभी-कभी एक-दूसरे को देखकर मुस्करा देते थे। स्टॉप आने पर बस से उतरते हुए निशांत बोला था। ''सफेद के ऊपर ये लाल फूल वाला दुपट्टा तुम पर खूब जंच रहा हैं। जैसे बर्फ पर बिखरे लाल फूल।'' और दोनों अपनी-अपनी कक्षाओं की तरफ बढ़ गए थे। तब उसने सोचा था।...यदि मेरी रंगत साफ होती तो इस बात से उपजी हुई लाजमयी लालिमा वह मेरे चहरे पर जरूर देख लेता परन्तु अच्छा है मेरे गहरे रंग की गहराई में वह भाव ज़ज्ब हो गया होगा।'' भ्रम ही सही परन्तु उसके लिए वह एक खुशी भरा दिन था।

उसे जल्दी से तैयार हो जाने के लिए सचेत करते हुए बादल फिर जोर से गड़गड़ाये। अतीत को झटकते हुए उसने प्लेन गाजरी रंग के ब्लाउज़ के साथ वही साड़ी पहन ली। कमर तक लहराते बालों का गर्दन पर ढलका हुआ जूड़ा बनाया। उसे एक हेयर स्टिक से अटका दिया। पैरों पर कोल्हापुरी चप्पल डालकर पर्स उठाया और बाहर निकलते हुए टेबल पर से चश्मा उठाकर आंखों पर लगा लिया। उसने प्रफुल्लता से भरकर पहला दस बजे वाला लेक्चर लिया। अगला लेक्चर बारह बजे था। ग्यारह बज चुके थे। निशांत ने भी बारह बजे का ही वक्त दिया था। उसने डिपार्टमेंट में जाकर हेड से ईजाजत ली। बहाने इंसान को संकोच से भर देते हैं। वह उसी तरह बेजान आवाज़ में बोली।

''तबियत ठीक नहीं लग रही दीदी। आप इजाजत दे तो घर चली जाऊं?''

''तुम्हे देखकर तो ऐसा नहीं लग रहा श्यामली, बल्कि बारिश से धुली हुई सी तरोताजा लग रही हो। हां...घर पर कोई लड़का देखने आ रहा है तो भाई मुझसे क्या छिपाना। तुरंत जाओ।'' वह हँसते हुए और उसे छेड़ते हुए बोली। उनका श्यामली पर विशेष स्नेह था।

''क्या दीदी आप भी...'' कहती हुई वह उनसे विदा लेकर दरवाजे की तरफ बढ़ गई। दीदी की बात पर गौर करने पर उसे आश्चर्य हुआ। आखिर वह कर क्या

रही है? कहां जाने के लिए झूठ बोल रही हैं?...क्यों? बारह बजकर पांच मिनट हुए थे और वह कैंटीन पर निशांत के सामने बैठी थी। कुछ देर दोनों मूर्तिवत बैठे रहे। आला अफसर वाला रूआब निशांत के चेहरे पर साफ दिख रहा था।

''अरे तुम तो मैडम लगने लगी हो। पहले से ज्यादा परिपक्व और सलीकेदार।'' हँसते हुए वह अपनी भारी आवाज़ में बोला।

''...!''

उसे चुप्पी साधे देखकर वह फिर शुरू हो गया। ''कोई ज्यादा वक्त नहीं बीता है सिर्फ तीन वर्ष हुए हैं। अब ये मत कहना कि तुम मुझे भूल गई हो।''

''नहीं भूली नहीं हूँ निशांत। कैसे हो तुम?'' उसने धीमे से कहा।

''कैसा दीख रहा हूँ फिट...है कि नहीं?''

''तुम्हें अफसर बनने की बहुत बधाई!''

''ओहो तो आपने हमारे बारे में जानकारी पूरी रखी हुई थी। चलिए किसी बहाने से याद तो रखा।' उसने अपना अलमस्त कह-कहा लगाया। परन्तु श्यामली होंठों पर एक छोटी सी मुस्कान चिपकाये बैठी रही।

''मैंने सोच रखा था अफसर बनते ही सबसे पहले तुमसे मिलूंगा। जानती हो मुझे इस दिन का दिल से इंतजार था।''

''मुझसे क्यों मिलना चाहते थे?'' उसने धड़कते दिल से पूछा।

''तुम्हारे साथ चाय जो पीनी थी। स्टील के ग्लास में।'' उसने फिर ठहाका लगाया।

''......'' धड़कते दिल से वह भी मुस्करा दी।

''मुझे तुम्हारी चश्मे के पीछे से झांकती हुई पवित्र और स्निग्ध आँखों से भी मिलना था...तुम्हारा गाम्भीर्य, बुद्धिमता और तुम्हारी सादगी मुझे हमेशा से पसंद थी श्यामल।'' उसकी आंखों में झांकते हुए वह सहज और गंभीर होकर बोला।

''यदि इस बीच मेरी शादी हो जाती तो?''

''तो क्या?''

''अरे तुम तो आ भी नहीं पाते। इसलिए कह रही हूँ।'' वह हंस दी।

''ऐसे कैसे हो जाती? तुम्हे क्या लगता है मुझे तुम्हारे बारे में कुछ मालूम नहीं था? जासूस लगा रखे थे मैंने। जो मुझे तुम्हारी खैर-खबर बताते रहते थे।'' वह शरारत से बोला। उसे मालूम था कि संकोच वश वह उससे कुछ कह नहीं पाती थी, परन्तु उसकी आँखों में प्रेम का सागर लहराता था।

''अच्छा आज तो बता दो। क्या आगे का सफर हम दोनों साथ तय करें? मेरा

साथ दोगी न श्यामल?'' अब वह गंभीर था। श्यामला खुशी के अतिरेक में मूक हो गई। उसे अपनी आँखों पर विश्वास ही नहीं हो रहा था कि निशांत उसके सामने बैठा उसे शादी का प्रस्ताव दे रहा है। ''माँ, देखो मेरा सजीला राजकुमार आ गया है।'' वह खुश होकर चिल्लाना चाहती थी। परन्तु वह खामोश रही।

''कुछ तो बोलो श्यामली।'' निशांत ने उसके टेबल पर रखे हुए हाथ को अपने दोनों हाथों से थाम लिया था। वह प्रेम की मीठी छुअन से सिहर उठी। कुछ देर तक उसने सहज होने की भरपूर कोशिश की।

''पसंद तो मैं तुम्हें बहुत करती थी निशांत परन्तु हम दोनों में अंतर इतना अधिक था कि मैं कभी कुछ कह ही नहीं सकी।'' वह अति संकोच से बोली। प्रसन्नता से उसका चेहरा दमकने लगा था।

''श्यामल...कितनी बुद्धू हो तुम...निरी बुद्धू...फिर भी, मुझे पसंद हो। अब चाय पियो, अपनी स्टील की ग्लास में, वरना ठंडी हो जाएगी।'' कहते हुए उसने ठहाका लगाया। सामने ग्राहकों से ऑर्डर लेते हुए प्रसन्न हरभजन काका रह-रहकर उनकी तरफ देख लेते थे। कुछ देर बाद निशांत और श्यामला, हरभजन काका की तरफ बढ़ गए। एकमात्र वे ही थे, उन दिनों उनके पनपते, दबे हुए प्रेम के साक्षी।

''बाकी का कहना-सुनना फिर करेंगे। घर पर बता देना। कल मैं मां के साथ तुम्हारे घर आऊंगा। तुम्हारा हाथ मांगने।'' निशांत की इस बात पर दोनों मुस्करा दिए। प्रेम से भरी एक ऐसी पवित्र मुस्कान जो शरीर के मेल से नहीं वरन दिलों के मेल से उपजती है।

दौलत का नशा

'रवि... तुम ये तीनों फाईल निबटाकर ही घर जाना। ये कल सुबह की मीटिंग की बेहद जरूरी फाईल हैं।'

अपने केबिन से निकलते हुए श्री के के वर्मा ने रवि को कड़क स्वर में आदेश दिया और उसकी तरफ से बिना कुछ सुने ही ऑफिस से बाहर निकल गए। वर्मा जानते थे लड़के में इतना साहस नही है कि वह उनकी बात की अवहेलना करे। रवि ने फाईल में डूबा हुआ अपना सर ऊपर उठाया। दीवार घड़ी शाम के सात बजे का समय दिखा रही थी। ऑफिस के अन्य मुलाजिम लगभग जा चुके थे। चपरासी आकर तीनों फाईल उसकी टेबिल पर ऐसे रख देता है मानो उसके लिए कोई ईनाम लाया हो। ''मतलब और दो घंटे यहीं पर काम करते हुए बैठना पड़ेगा?'' एक थकी हुई ऊंसांस लेता हुआ वह खिन्नता से भर उठा।

ऑफिस में सभी उसके शांत स्वभाव और काम के प्रति लगन को देखते हुए उसे बेहद पसंद करते थे। कुछ सात महीने पहले तक यही वर्मा भी उससे आपार स्नेह दर्शाते हुए कहा करते थे। ''रवि तुम मेरे लिए पुत्र स्वरूप हो। तुम में मुझे समीर दिखता है। कभी किसी भी तरह की परेशानी हो बेटा तो निस्संकोच कहना।''

के.के वर्मा यानि कमल कांत वर्मा। कंपनी के मैनेजिंग डायरैक्टर। वर्ष भर पहले जब रवि इस कंपनी में आया था तभी उसे बता दिया गया था कि वर्मा एक दंभी और बेईमान व्यक्ति है। उसके उल्टे-सीधे कामों से बच के रहना। उसकी दो सुंदर परन्तु नकचढ़ी और अशिष्ट बेटियां हैं। उनकी उम्र चौबीस और छब्बीस वर्ष है। बेटियों ने अहंकारी और अक्खड़ पिता से विरासत में ऐशो आराम के साथ-साथ उनके यही कुछ गुण भी ले लिए थे। लड़कियों से बड़ा एक बेटा समीर था जो चार वर्ष पहले एक दिन दोस्तों के साथ बाइक रेस लगाता हुआ अपनी ज़िंदगी की रेस हार गया था। अक्सर योग्य वरों की तलाश में वर्मा की नज़र जवान और होनहार

लड़कों पर डोलती रहती थी। जब से रवि इस कंपनी में आया था तब से वर्मा को लगने लगा था, कम से कम किसी एक बेटी के लिए उनकी वर की तलाश अब पूरी हो गई।

रवि पिछले वर्ष ही इंदौर से दिल्ली आया था। एम. ए, एम. बी. ए की डिग्रियां और बेरोजगारी के दिनों के कड़वे अनुभव साथ लाया था। मां के लाख मना करने के बावजूद भी वह घर का इकलौता चिराग रोजगार तलाशता हुआ, यहां तक आ पहुंचा था। पिता के रोज-रोज़ के ताने और आरोप उसे दिल्ली तक धकियाने के लिए बहुत थे। आए दिन दोनों में जिरह और सवाल-जवाबों का सिलसिला नियम से चलता था। वह उनके सामने अपना जितना भी सच्चा और ईमानदार पक्ष रखता पिता उसे खारिज़ करके उसे अपमानित करने का एक भी मौका नहीं छोड़ते थे। हमउम्र ताउजी के बच्चों की देखा-देखी, वह भी पिता को चाचा ही कहता था।

''चाचा आज भी दो जगहों पर आवेदन कर के आया हूं। और कल बारह बजे एक इंटरव्यू के लिए बुलाया है।'' उस दिन उसने हताशा से भरी आवाज़ में कहा था।

''बरखुरदार झूठ ऐसा बोला करो जिसके पैर हों। यही सब सुनते हुए जब मैं ऊपर चला जाऊंगा तब होगा तुम्हारा ये राग खत्म।'' विचलित पिता खिन्न होकर रूखे स्वर में बोले थे।

''एक पद लिए न जाने कितने ही दावेदार होते हैं। ऐसे में थोड़ा मुश्किल हो जाता हैं। परन्तु जल्द ही सब ठीक हो जाएगा।'' अपराध भाव से वह फिर बोला।

''खामख्वाह इतना रुपया खर्च करके इनको एम. बी. ए. कराया। अब साहबजादे के रोज नए बहाने सुनों।'' पिता मई माह के चटक धूप वाले अति गर्म दिन में अपनी जुबान से वातावरण में कसैलापन और घोल देते थे। घर के माहौल में घुटन भर जाती थी। एक तो सर पर तपती धूप में रोज-रोज़ का सड़कों की खाक छानना, फिर घर आकर यही सब सुनना। रोज की मिचमिच से उसका मन क्लांत होने लगा था। मां कई बार पिता को समझाती थी।

''मिश्रा जी बेटे से थोड़ा नम्रता से बात किया करो। जवान खून जल्दी उबाल खा जाता है। कल कुछ उंच-नीचकर दिया तो बैठे रहना फिर अपनी किस्मत का रोना लेकर। भाग-दौड़ कर रहा है न फिर उसे घर आते ही क्यों काट खाने को दौड़ते हो?''

परन्तु चिंतित पिता जानते थे। दो वर्ष बाद वे सेवानिवृत्त हो जाएंगे। तब तक छब्बीस वर्ष पार कर चुका उनका यह बेटा एक अच्छी सी नौकरी पाकर अपनी

घर गृहस्थी बसा लेता तो वे भी निश्चिंत हो जाते। उन्हें एक संतुष्टि रहती कि उन्होंने अपनी जिम्मेदारी बखूबी निभा दी। ऐसा नहीं था कि उन्हें अपने एकमात्र पुत्र से प्रेम नहीं था वरन अतिरिक्त प्रेम ही इन सारी चिंताओं, रूखेपन और परेशानियों का सबब था। अपनी सरकारी नौकरी में क्लर्क के पद पर रहकर उन्होंने बहुत ईमानदारी और मेहनत से इंदौर में किसी भी तरह दो कमरों का मकान बना लिया था। बेटे को लेकर अनंत सोचों में डूबे पिता अंदर ही अंदर उसके सुखद भविष्य को लेकर चिंतित और भयभीत रहते थे परन्तु बाहर से उसके साथ रूखा व्यवहार कर बैठते थे। इसी छींटाकसी में दिन कटते रहे।

पिछले वर्ष रवि को जब दिल्ली की इस प्रतिष्ठित कंपनी से नौकरी के लिए नियुक्ति पत्र मिला तब कहीं जाकर पिता और पुत्र के रोज-रोज के इन अप्रिय संवादों को विराम मिला। उसने बिना देर किए तुरंत जाना तय किया। शुरू में मां और पिता भी उसके साथ दिल्ली आए थे। कुछ जान पहचान वालों की मदद से वहीं ऑफिस के पास ही उसके लिए कमरा देखा गया। रसोई और घर की सामान्य जरूरतों का सामान रखकर मां ने घर को व्यवस्थित कर दिया था।

पिता और उसके बीच वैचारिक मतभेद और मनभेद के रहते ज्यादा समय अबोल ही रहा था। वापस जाते समय वे उसे हितायदों का थैला थमा गए। "देखो रवि, खूब मन लगाकर काम करना। एक रोटी कम खा लेना परन्तु खुद्दारी और ईमानदारी से जीना। पैसे के लिए और जिस बात के लिए मन न माने उसके लिए कदापि बिकना मत...अगर ऐसा कुछकर बैठो, तो उधर आकर हमें मुंह दिखाने की हिम्मत मत करना...आई बात समझ में?"

रवि पूरे मन और मेहनत से नए काम और माहौल को समझने लगा। तीन महीने बाद रवि जब ताउजी की बेटी की शादी के लिए चार दिन की छुट्टी लेकर घर गया तब पिता ने पूछा। "हां भई...सब ठीक चल रहा है? कोई परेशानी है तो बताओ।"

"परेशानी होगी तो बता दूंगा।" संकोचवश इतना कहकर वह चुप हो गया था। पिता इस बात से संतुष्ट हुए कि बेटे के साथ सब ठीक चल रहा है और बेटा इस बात से खुश कि पिता ने बेवजह सवाल पूछकर उसे उपदेश नहीं दिए। नौकरी और दो शहरों के बीच की दूरी ने रिश्ते पर मरहम लगा दिया था। अब कभी-कभी पिता को पुत्र मोह जाग उठता था और पुत्र को जीवन में परेशानियों के चलते पिता और उनका अनुभव ज्ञान याद आ जाता था। अकेलेपन और अवसाद के क्षणों में उसे मां का स्नेह व्यथित कर देता था। परन्तु घर फोन करने पर होता फिर वही था। मन

के भीतर कुछ और होता था और बाहर शब्द कुछ और निकलते थे। पिता मशवरे देते हुए उसे फिर जीवन के पाठ पढ़ाने लगते थे और वह केवल हूं-हां तक सीमित रह जाता था। मां ठीक से खाना, ठीक से रहना आदि कहकर अपना प्रेम न्योछावर करने लगती थी। वह फिर से हां मां, और ठीक है मां, कहकर अपने मन की बातों को कहे बिना अपने आप को समेट लेता था।

लगभग पांच महीने तक ऑफिस में सब ठीक चलता रहा। बात तब से बिगड़ी जब एक दिन सभी ऑफिस के लोग नया वर्ष मनाने के लिए वर्मा के घर पर एकत्रित हुए थे। उसी रोज़, वहीं पर उनकी छोटी बेटी कोमल का दिल रवि को देखकर हिरण की तरह कुलांचें भरने लगा। रवि से निकटता बढ़ाने की उसकी बहुत सी कोशिशों के बावजूद भी रवि उससे दूर ही रहा। वर्मा की अनुभवी नज़रों से यह सब बच नहीं सका। उस दिन से कोमल की भावनाओं का ध्यान रखते हुए वर्मा बात-बेबात रवि को अपने घर भेजने-बुलाने लगे। दोनों बाप-बेटी उससे अतिरिक्त प्रेम दिखाते थे, परन्तु रवि अपने काम तक ही सीमित रहता था। वर्मा जी का यह प्रयास जब सफल नहीं हुआ तो एक दिन उन्होंने रवि से स्पष्ट शब्दों में कहा। "रवि...बेटा तुम्हारे माता-पिता से बात करनी थी। कोमल तुम्हें पसंद है न?"

चौंककर रवि ने वर्मा की तरफ देखा। अपने काम से मतलब रखने वाले इस व्यक्ति को उस समय अहसास हुआ कि क्यों गाहे-बगाहे उसे घर बुलाया जाता है, और कोमल क्यों उसके इर्द-गिर्द मंडराती रहती है। उसे सोच में डूबा देखकर वर्मा ने फिर कहा। "रवि तुम आराम से सोच लो बेटा, कोई जल्दी नहीं है।" अपना पाला मजबूत करते हुए वे फिर बोले। "देखो रवि बेटा...हमारा क्या आज हैं, कल नहीं। सब कुछ इन दो बेटियों का ही है। इनके घर बस जाएँ तो हम गंगा नहा लें।" इससे पहले बात इतनी आगे तक बढे कि पीछे लौटना मुश्किल हो जाए रवि विनम्रता से बोला। "सर कोमल एक अच्छी लड़की है। उसे शीघ्र अच्छा लड़का मिल जाएगा। आप नाहक परेशान न हों।"

वर्मा जानतें थे होनहार और मेहनती रवि लंबी रेस का घोड़ा है। इसलिए उन्होंने कई तरह के प्रलोभनों से उसे लुभाना चाहा। उनके तरह-तरह के प्रयासों पर विराम लगाते हुए एक दिन दोस्तों से राय-मशवरे के बाद रवि ने वर्मा से साफ शब्दों में फिर कह दिया। "सर कोमल मेरी छोटी बहिन जैसी है। आपने मुझे बेटा माना है इसलिए मैं उसके लिए योग्य वर तलाशने की हर संभव कोशिश करूंगा। मेरे लिए अन्य किसी भी तरह की सेवा हो तो अवश्य कहिएगा।"

के.के वर्मा की बात की इतनी अवहेलना? वे दंभ और अपमान से भर उठे।

तब से बात-बात पर रवि को परेशान करना उन्होंने अपनी आदत का हिस्सा बना लिया। उसका छुट्टी मांगने पर स्टाफ की कमी और काम का बोझ ज्यादा होने की बात कह देते थे और आवेदन खारिज़ कर देते थे। फाईलों का ढेर उसकी टेबल पर पहुंचा देना, टाईम-बेटाइम उसे देर तक ऑफिस में रोके रखना उनका आए दिन का काम हो गया था। परेशान रवि समझ नहीं पा रहा था अब इन सब से कैसे निबटा जाए? महानगरों और शहरों की यही कलाबाजियां इंसान के भीतर का भोलापन सोखकर उन पर चालाकियों का मुलम्मा चढ़ा देतीं हैं। परन्तु रवि यह सब सीख नहीं सका। उसके गहराई तक समाये हुए संस्कार उसके आड़े आ जाते थे।

वर्मा की नफरत की वजह वह समझ रहा था। परन्तु इसके सुधार में वह कुछ कर भी नहीं सकता था। परेशान होकर उसने दूसरी जगह नौकरी करने का मन बना लिया। तब एक दिन उसने पिता को फोन करके इस बात की इत्तला दी। उन्हें वर्मा के कारनामों के विषय में बताया और कहा कि इस नौकरी को छोड़कर अब वह दूसरी जगह नौकरी ढूंढ लेगा और सारी बातें उनके सामने रख दीं। ध्यान से उसकी बातों को सुनकर पिता उसे घुड़ककर बोले। ''बरखुरदार होनहार हो जवान हो इसलिए ये सब होता ही रहेगा। तुम समझदारी से काम लो। तुम्हें क्या लग रहा है दूसरी कंपनी में रामराज्य होगा? वहां कोई परेशानी नहीं होगी? मैं दिल्ली आता हूँ। तब तक तुम यहीं पर काम करते रहो।'' अब तक ईमानदार छवि वाले परन्तु खुद्दार पिता को के. के. वर्मा का ये हिसाब नागवार गुज़रा। फोन रखकर बड़बड़ाने लगे। ''पैसे वाला होगा तो अपने घर का। अरे रवि की इच्छा, नहीं पसंद उसको तुम्हारी बेटी। कोई जबरदस्ती है क्या? ऑफिस के काम में इस तरह घर की बातों की वजह से मतभेद पैदा करना कहां तक जायज है? देख लूंगा इस वर्मा के बच्चे को।'' मां भी अपने पुत्र की परेशानी से दुखी होकर वर्मा पर लानतें भेजने लगी। अगले ही दिन बिना देर किए पिता और मां दिल्ली पहुंच गए।

दूसरे दिन सुबह उन्होंने वर्मा से मिलने के लिए रवि के द्वारा संदेश भिजवाया। ऑफिस पहुंचकर रवि ने वर्मा के केबिन के दरवाजे पर दस्तक दी। और बुलाने पर भीतर जाकर कहा। ''गुड मॉर्निंग सर।''

''ठीक है, ठीक है...क्या काम है?'' वर्मा ने बिना उसकी तरफ देखे हुए ही उसे घुड़का।

''सर घर से मां और पिताजी आएं हैं और आपसे मिलना चाहते हैं। यदि आप... उन्हें थोड़ा वक्त...''

वर्मा का चेहरा खुशी से खिल उठा। उसकी बात पूरी करने से पहले ही वह जल्दी से बोले। ''अरे तुम खड़े क्यों हो भाई। बैठो, उनसे कहना मुझे बहुत खुशी होगी

उन से मिलकर। आज रात के खाने पर मैं मेरी कोठी पर उनका इंतज़ार करूंगा।'' वे अच्छी तरह जानते थे अपनी तमाम दौलत लुटाकर भी उन्हें अपनी बेढ़ंगी और अशिष्ट बेटी के लिए रवि जैसा होनहार और सजीला वर नहीं मिल सकता। उन्हें पक्का यकीन था, कैसे भी हो वे रवि के माता-पिता को इस शादी के लिए तैयार कर ही लेंगे।

शाम करीब आठ बजे रवि के पिता, पत्नी के साथ वर्मा की आलीशान कोठी पर पहुंचे। खूब रौशनी से नहाई हुई कोठी किसी राजमहल से कम नहीं लग रही थी। मिश्राजी की आंखें चौंधियां गईं। उत्साह से पत्नी से बोले। ''हे भगवान...! इतनी दौलत होती है लोगों के पास? मेरे मालिक ये कैसा इंसाफ है? किसी के पास मेहनत और ईमानदारी से अपनी पूरी ज़िंदगी लगा देने के बाद भी दो कमरों का छोटा सा अभावों से भरा हुआ जीवन है और उल्टे-सीधे धंधों की कमाई से ये ठाट-बाट। वाह रे देने वाले।'' व्यक्तित्व और हाव-भाव में उन गरीबी के तमगे लगे स्त्री-पुरुष को वहां पर आश्चर्य से खड़ा देखकर दरबान रूखे स्वर में बोला। ''क्या काम है? देख लिया सब... तो चलो... खिसक लो अब।''

''अरे भाई वर्मा जी ने बुलाया है। उनसे जाकर कहो मिश्रा आएं हैं, रवि मिश्रा के पिता।'' दरबान ने थोड़ी हिकारत से उन दोनों की गरीबी की तरफ देखा और भीतर संदेश पहुंचाने के लिए वहीं से इण्टरकॉम मिलाया।

''साहब कोई मिश्रा जी आएं हैं आपके दर्शन के लिए रवि मिश्रा...'' उसकी बात पूरी होने से पहले ही स्पीकर पर वर्मा का आह्लादित स्वर गूंज उठा।

''नालायक, वहां क्यों रोक रखा है? उन्हें तुरंत सम्मान के साथ भीतर लेकर आओ।''

पिता सोचने लगे। ''किसी भी कीमत पर ऐसा वैभव उन्हें अब इस जनम में तो देखने को नहीं मिल सकता। रवि का क्या है, वह तो अभी बच्चा है उसका बुरा-भला हमें ही तय करना है।'' ''दौलत की जगमगाहट ने उनकी खुद्दारी पर लोभ का आवरण चढ़ा दिया और सोच कलुषित कर दी। पत्नी, बंग्ला, मोटर, गाड़ी उस पर तरक्की अलग से। यह केवल रवि की तरक्की नहीं होगी वरन इस रिश्ते से पूरे घर की तरक्की हो जाएगी?'' उन्होंने खुशी से छलकते हुए पत्नी से कहा। 'अपनी तमाम ईमानदारी और मेहनत के बावजूद जो काम मैं अपनी पूरी ज़िंदगी लगाकर नहीं कर सका वह केवल वर्मा का दामाद बन जाने से रवि चुटकियों में कर दिखाएगा।' पिता का ईमान डगमगा गया और बेटे के बाप की छाती गुरूर से दुगनी हो गई। बेटे के सौभाग्य पर मां के होंठों पर भी तृप्त मुस्कान सज गई। भीतर जाते हुए दोनों सोचने लगे। ...बेटे की कीमत कितनी आंकी जाए?'

शक़

"आप इधर आराम से बैठिए। आप का सामान लगा दिएं हैं।" कुली सामान को जगह पर लगाकर पैसे लेकर चलते बनने की मुद्रा में खड़ा हो गया।

सीट पर बैठते हुए उसने अपने सामान की तरफ देखा और कुली को पैसे देकर विदा किया। ट्रेन चलने में अभी कुछ वक्त था। वह चुपचाप उसकी खिड़की से बाहर देखने लगी। उसे ट्रेन की यात्रा इसलिए भी खूब पसंद आती है क्योंकि ट्रेन की भीतरी और बाहरी दुनिया की हलचल और दौड़ती-भागती शोर मचाती हुई दुनिया उसके जीवन के अकेलेपन को कुछ समय के लिए कमकर देती है।

सुबह के साढ़े छः बजे थे। दुनिया अलसाते हुए उठ ही रही थी और वह ट्रेन के अपने कूपे में बैठ चुकी थी। अन्य दिन वह सुबह छह बजे तक उठती थी लेकिन उस दिन सुबह पांच बजे उठ गई थी। उसे पौने सात बजे की ट्रेन जो पकड़नी थी। रेलवे समय सारणी के अनुसार अगले पंद्रह मिनट में ट्रेन के चल पड़ने की आशा थी। वैसे पक्की तौर से कह नहीं सकते। भारतीय रेल और समय की पाबंदी का आपस में झगड़ा है।

राघव पिछले महीने भर से लखनऊ गया हुआ था। ट्रेनिंग समाप्त होने पर अब वह वापस देहरादून जा रहा था। पिछली रात ही उसकी राघव से फोन पर बात हुई थी। पता नहीं कहां व्यस्त था? जरा जल्दी में बोल रहा था।

"सुनो सुमि...मैं कल घर जा रहा हूं। तुम अपनी मम्मी के घर कुछ दिन और आराम करना चाहो तो कर लो। फिर मैं तुम्हें लेने उधर आ जाऊंगा।"

"नहीं राघव मैं अब बिलकुल ठीक हूं। मैं भी कल वापस आ रही हूँ। डॉक्टर ने कह दिया है। अब मैं सफर कर सकतीं हूं।" उसने तपाक से उत्तर दिया था।

"गुड...परन्तु मुझे अगले सप्ताह फिर से लखनऊ जाना है। कुछ दिन और आराम कर लो...देख लो...जैसा तुम्हें ठीक लगे। मैं कल शाम चार बजे तक पहुंच

जाऊंगा।''

''अरे फिर से क्यों जाना है? बार-बार इस तरह जाना। इससे तो ये लोग तुम्हारा वहीं तबादला करा दें। ये तुम्हारे ऑफिस वाले भी न...'' यह खीज उठी।

''चलो अभी रखता हूं, जरा जल्दी में हूं। तुम, दोनों का खूब ध्यान रखना।'' और उधर से फोन कट गया। दोनों का मतलब सुमिता को दिन चढ़े हुए थे। तीन महीने हो गए थे। प्रसव सम्बंधित कुछ शारीरिक दिक्कतों की वजह से डॉक्टर ने उसे पूर्ण रूप से आराम करने को कहा था। इसलिए पिछले दो महीनों से वह अपनी मां के पास दिल्ली में थी। अक्सर राघव सप्ताह के अंत में उससे मिलने वहीं चला जाता था। वह देहरादून में स्थित एक विदेशी कंपनी में फाइनेंस ऑफीसर था।

वहां पर कंपनी की तरफ से उसे एक फ्लैट मिला हुआ था। राघव का ख्याल रखने के लिए एक सहायक था जो उसका और घर-बाहर सब का ख्याल रखता था। एक बुजुर्ग अम्मा भी थीं जो रसोई की सार-संभाल देखती और खाना बना दिया करती थी। अपनी सामर्थ्य के अनुसार जो भी उनसे बन पड़ता था, वह करती थीं। अम्मा ने सुमिता से कहा था। ''परेशान काहे होती हो मेमसाब। हम तुम्हारा बहुते ख्याल रखेंगे। बिस्तर से नीचे पैर भी ना धरने देंगे। तनिक सा भी काम ना करने देंगे। बबुआ ठीक-ठाक आ जाए। हे भगवान, बस हमको और कुछ ना चाही।'' उन्होंने ऊपर आकाश की तरफ देखते हुए दुआ में हाथ जोड़ दिए थे। परन्तु अपने पहले बच्चे के साथ दोनों किसी भी तरह की असावधानी नहीं चाहते थे। महीनों ईलाज करवाने के बाद उन्हें ये अच्छे दिन देखने नसीब हुए थे। उनकी डॉक्टर ने साफ तौर पर दोनों को समझाया था।

''देखिए मिस्टर राघव, कम से कम दो महीने इन्हें पूरा आराम करना होगा। ज़रा सी भी लापरवाही नुक्सानदायक हो सकती है। मैं कुछ दवाईयां लिख रही हूं। वक्त से लेतीं रहें और अपनी खुराक का ठीक से ख्याल रखें। जरा सा भी दिक्कत होने पर मुझे तुरंत फोन करें। ठीक है मिसिस सुमिता?''

''जी डॉक्टर साहब।'' कहते हुए उसने चिंता से राघव की तरफ देखा।

''देखो सुमि, यहां तो तुमने कर लिया आराम मुझे किसी भी तरह की कोताही नहीं चाहिए, इसलिए तुम्हें तुम्हारी मम्मी के पास दिल्ली पहुंचा देता हूं। ऐसे वक्त पर मां से अच्छा ख्याल भला और कौन रख सकता है?'' उसे ध्यान से कार में बैठाते हुए राघव ने फिर समझाया था।

''मैं वहाँ क्या करूंगी? लेटे-लेटे बोर हो जाउंगी राघव। और यहाँ तुम्हारा ख्याल कौन रखेगा?'' वह रुआंसी होकर बोली थी।

“तुम अभी अपनी चिंता करो। मैं रख लूंगा अपना ख्याल। वैसे भी अगले महीने मुझे ट्रेनिंग के लिए लखनऊ जाना है। वहाँ से आते ही फिर तुम्हें लेने आ जाऊंगा। ठीक है?” चिंतित होता हुआ वह थोड़ा सख्ती से बोला। दो महीने पहले राघव उसे, उसकी मां के पास छोड़ आया था। वहां आराम करने से उसकी तबियत सुधरने लगी थी। वह हर शनिवार, रविवार सुमिता से मिलने दिल्ली चला जाता था। पिछले महीने लखनऊ जाने से पहले वह फिर गया था।

“मां आप को सुमि की आदत का मालूम ही है। मेरे ऑफिस जाते ही ये सबके साथ मिलकर घर-गृहस्थी समेटने में लग जाती है। मेरी बात तो इसकी समझ में आती नहीं। इसलिए केवल आप ही समझा सकतीं हैं। इसे अभी और कुछ दिन आराम की जरुरत है। मैं कल महीने भर के लिए लखनऊ जा रहा हूँ। वापस आकर मिलता हूँ।” उसे वही छोड़कर लौटते समय राघव ने मां से शिकायत सी कर दी थी।

“मां इन्हें सेवा न करनी पड़ जाए इसलिए मुझे आपके पास छोड़ रहें हैं। देख लेना राघव...अब मैं कभी वापस नहीं आउंगी तुम्हारे पास।” सुमिता कुनमुनाई और रुठते हुए उसने राघव पर आरोप लगाया था।

“बिलकुल ठीक...तुम मत आना। तुम्हारे ठीक होते ही मैं खुद तुम्हें लेने आ जाऊंगा।” राघव की इस बात पर सभी हंस पड़े थे। वह निश्चिंत होकर ट्रेनिंग पर चला गया था।

अब दो माह के आराम के बाद वह काफी स्वस्थ थी और ट्रेन से वापस देहरादून जा रही थी। सड़कें ज्यादा खराब होने की वजह से वह ट्रेन से जा रही थी। दिल्ली से देहरादून तक करीब तीन सौ पंद्रह किलोमीटर की दूरी तय करने में उसे कम से कम छह घंटे लगने थे। कल राघव ने बताया तो था कि रेलवे के किसी अफसर की पत्नी भी उसके साथ देहरादून तक जाएंगी। दोनों का साथ हो जाएगा और राघव की चिंता थोड़ा कम हो जाएगी। परन्तु ट्रेन में अभी तक कोई आया नहीं था। कोई न भी आए उसे फर्क नहीं पड़ता। वह अपना सफर का सारा साजो सामान साथ लेकर चलती है। मसलन उपन्यास, पत्रिकाएं, बुनने के लिए कुछ ऊन, सुनने के लिए मोबाईल में गीत और टूंगने के लिए कुछ चटपटा जैसे मट्ठी, नमकपारे, काजू और चॉकलेट आदि। आजकल उसे नमकीन व्यंजन खूब पसंद आ रहे थे।

वह बाहर की व्यस्त दुनिया को देखने में तल्लीन थी। अक्सर प्लेटफार्म की छोटी सी दुनिया को देखने में उसका बड़ा मन लगा रहता है। नाना प्रकार की गतिविधियों में लगे हुए लोग दीख रहे थे। सभी तरफ अफरा-तफरी का सा माहौल था। कुली कंधे पर अंगोछा लटकाए चुस्ती से मुसाफिरों का सामान गंतव्य तक पहुंचा

रहे थे। कोई धीमी चाल से चल रहा था, तो कोई सामान लेकर दौड़ता हुआ। कुछ चाय-ठंडा पिलाते हुए वहाँ पर बैठे बीबी और बच्चों की सेवापूर्ति में लगे थे। बच्चे कहीं के और किसी के भी हों, गाँव के या फिर शहर के वे शरारत करना नहीं छोड़ते। सभी दौड़ते-भागते, शोर मचाते, रोते, चिल्लाते हुए बस धमाल करते रहतें हैं। अंकल चिप्स और कैम्पा कोला वालों का भगवान भला करे। न जाने ऐसा क्या है इनमें कि इनसे हर बच्चा बहल जाता है। कुछ मुसाफिर ज़मीन पर चादर बिछाकर और बैग को तकिया बनाकर निश्चिंत सोये हुए थे। उसे इस बात से बड़ी हैरानी होती है। इतने शोर में लोगों को ऐसी बेफिक्री की नींद आ कैसे जाती है? मुसाफिरों से प्लैटफॉर्म भरा हुआ था। कुछ मुसाफिर गाँव के परिधान में थे तो कुछ आधुनिक वेशभूषा में सजे हुए। जवान लड़कियों की अलग ही ताब थी। वे कनखियों से जवान लड़कों को देखकर इतरा रहीं थीं। बदले में लड़के मुस्कराकर उन्हें खुलकर घूर देते थे। एक गुटका चबाता हुआ मनचला, जींस और पेट दिखाऊ टॉप वाली लड़की की बगल से गीत के कुछ जुमले उछालता हुआ निकला। "ओ मनचली, किधर चली. .." बस...ये लड़के भी न अपनी भावनाओं को काबू में नहीं रख पाते। इसीलिए इनको बेशर्मी का दर्जा मिल जाता है। बहरहाल लड़के-लड़कियां अपने-अपने हिसाब के मस्ती करते प्रसन्न थे।

"ठीक है...सामान यहां पर लगा दो और तुम जाओ।" इस मीठी सी आवाज़ पर सुमिता ने बाहर की दुनिया से अपने आप को विमुख किया और उस आती हुई आवाज़ की दिशा में देखने लगी। परदे के उस तरफ से आती हुई आवाज़ पर उसने अनुमान लगाया। जिसकी आवाज़ इतनी मीठी है वह जरूर सुंदर भी होगी। पर्दा एक तरफ सरकाकर एक सरकारी वर्दी वाले मुलाजिम ने हाथ में दो सूटकेस और कंधे पर एयर बैग लेकर प्रवेश किया। सारा सामान सीट के नीचे सेट करके, अपनी मैडम को नमस्कार करके वह बाहर चला गया।

कूपे में जिस महिला ने प्रवेश किया वह उसकी सोच के अनुरूप ही खूबसूरत थी। स्वस्थ भरे हुए बदन और मध्यम कद की। गौर वर्ण पर सधे हुए नैन नक्श। उसने हलके आसमानी रंग पर सुर्ख गुलाबी फूलों वाला पटियाला सलवार कुर्ता पहन रखा था जिस पर गुलाबी दुपट्टा लहरा रहा था। बालों को थोड़ा उठाकर बनाया गया बड़ा सा सजीला जूड़ा उस पर खूब जंच रहा था। उसके लंबे और रेशमी बालों को बड़े अच्छे से हेयर स्टिक से अटकाने के बावजूद भी कुछ लापरवाह सी लटें चेहरे के इधर-उधर से निकलकर उसके रूप को और निखार दे रहीं थीं। बीच से निकाली गई मांग पर छोटा सा सिंदूर का निशान मात्र। उसके होंठों पर दुपट्टे से मेल खाती

हुई गुलाबी लिपस्टिक उसके रूप को पूर्णता दे रही थी। महिला होते हुए भी सुमिता उसके भोले रूप और लावण्य को प्रशंसा की दृष्टि से देखने लगी। अक्सर ऐसा होता है। रूपवान महिलाओं को केवल पुरुष ही नही ताड़ते बल्कि कनखियों से महिलाएं भी अच्छे से निहार लेतीं हैं।

"नमस्ते। मेरा नाम संध्या है। आप ही..." वह अति प्रसन्नता से चहकती हुई बोली और फिर बोलतीं ही चली गई। उसमे अपनी नमस्ते का प्रत्युत्तर लेने का भी धैर्य नही था। अनजान व्यक्तियों से सुमिता एकदम से खुल नहीं पाती इसलिए सिर्फ मुस्कराकर रह गई। उसे बातें करना नहीं आता है। वह सुन सभी की लेती है परन्तु बोले क्या? यह संशय उसे हमेशा हैरान करता है। तब एक-एक शब्द बोलने के लिए उसे ऊर्जा की जरुरत सी होती है। इसीलिए उसे अधिक बोलने वाले खूब पसंद हैं। वे अपने साथ-साथ उसका भी मन बहला देते हैं। वरना उसके लिए एक ही बात कही जाती है। ...मिसिस राघव को बातें करनी नहीं आतीं।'

"अब नहीं आतीं तो ना सही..." वह खीज उठती थी। इसलिए उसकी दुनिया राघव के इर्द-गिर्द ही घूमती रहती है, चकरघिन्नी सी। वह इसी में मगन रहती है।

"तो आप हैं मिसिस संध्या भटनागर?" सुमिता ने मुस्कराते हुए उससे मित्रवत होने की भरपूर कोशिश की।

"जी...मैं ही हूँ। आप निश्चिंत रहें मैं आपका पूरा ख्याल रखूंगी।" वह जिस भोलेपन और स्नेह से बोलीं उससे सुमिता को हंसी आ गई। वह जितनी सुंदर थी उतनी ही मासूमियत से बोल रहीं थीं।

"मैंने कह दिया था भाईसाहब से कि मेरे रहते आपको देहरादून तक कोई दिक्कत नहीं होगी।" उसने अपनी ही रौ में आगे कहा।

"कौन भाईसाहब?" सुमिता ने संकुचित होकर आश्चर्य से पूछा।

"आपके मिस्टर...राघव साहब।"

"आप जानतीं हैं उन्हें?" सुमिता ने संशय से भरकर झट पूछा।

"वे मेरे पति के मित्र हैं न।" वह उसी लापरवाही से बोली।

सुमिता, राघव को लेकर अति प्रेम से ग्रसित रहती है। इसलिए बात- बात पर शक का कीड़ा उसे काटता ही रहता है। उसे झटका सा लगा। ...राघव इतनी सुंदर महिला को जानता है और उसने मुझसे इस बात का कभी ज़िक्र भी नहीं किया।" झटपट उसके शक के पंख उग आए। मन रुआंसा हो गया। सोचने लगी। ...सारे पुरुष एक जैसे होते हैं। सुंदर स्त्री दिखी नहीं कि लगे अपनी पत्नी से

दुराव-छिपाव करने। ...'राघव'...आई हेट यू। मुझे तुमसे कोई बात नहीं करनी।' उसके शक की उड़ान और सोच न जाने कहां तक पहुंचती। शायद यहीं ट्रेन के इस कूपे मैं बैठे-बैठे ही उनका तलाक हो जाता कि अचानक संध्या की आवाज़ से वह चौंककर सकपकाती हुई वर्तमान में लौट आई।

"क्या हुआ? कहां खो गईं आप? भाईसाहब की याद आ गई? राघव साहब बहुत ही शानदार व्यक्ति हैं। मुझे तो खूब पसंद हैं। मैं..." अनजाने में ही सुमिता के शक को हवा देती हुई वह फिर शुरू हो गई।

"आप कब और कहां मिलीं उनसे?" आवेश से संध्या की बात बीच में ही काटकर उसने तुरंत पूछा और एक रूमानी कहानी सुनने के लिए वह अपने आप को मन ही मन तैयार करने लगी। ...मिस्टर राघव क्या समझ के रखा है हम औरतों को? अभी सब पता लगाकर रहूंगी। फिर बताती हूँ तुम्हें।" कहतें हैं न शक एक ऐसी बीमारी है, जिसका इलाज़ हकीम लुकमान के पास भी नहीं। हमेशा की तरह उसकी जेम्स बॉन्ड नुमा सोच गहराने लगी।

"नहीं जी...मैं कहां मिली उनसे। उनसे मिलती तो क्या आप से मुलाकात नहीं होती? अब आएंगे न हम, आप के घर, आप लोगों से मिलने। मुझे हैरी ने बताया था। मेरे पति हरीश ने...वे दोनों दोस्त हैं न। हैरी कहते हैं बहुत मजेदार और जिंदादिल आदमी हैं राघव साहब। उन्होंने यह भी बताया था कि एक बार..." न जाने वह फिर से क्या-क्या बताने लगी।

सुमिता को अपनी सोच पर कोफ्त होने लगी। वह खिसियाहट से भर उठी।

मैं भी न जाने क्या सोचने लगी थी। पागल हूं न "जो मैंने अपने इतने प्यारे राघव पर शक किया। आई लव यू राघव..." वह मन ही मन बुदबुदा उठी। उसे राघव पर खूब प्यार आने लगा था। राघव के साथ उसका ये लव-हेट का रिश्ता पिछले दो वर्षों से चला आ रहा था। अपने पिछले दो वर्षों के शादी-शुदा जीवन में उसने न जाने इसी तरह राघव को कितनी ही बार त्यागा और अपनाया था, जिसके बारे में राघव कुछ नहीं जानता। कहीं ऐसा तो नहीं कि औरतें पतियों और पुरुषों पर शक करने के लिए अभिशप्त होतीं हैं। हर बार शक करो फिर गलत साबित होने पर ग्लानि से भर जाओ। ये भी अजीब मनोदशा होती है।

उसे अपनी शादी के शुरुआती दिन याद आने लगे। तब उसे शादी करके देहरादून में आए हुए मुश्किल से पांच महीने हुए थे। राघव के ऑफिस चले जाने के बाद वह उस बड़ी सी चार कमरों वाली कोठी में इधर-उधर रूह की तरह बेवजह भटका करती थी। खाली, सुनसान घर उसे काट खाने को दौड़ता था। पीहर से वह

भरे-पूरे घर से थी। जहां वे दो बहने, दो भाईयों, दादी, पापा, मां और काम में मदद के लिए गंगा मौसी रहतीं थी। और वहाँ केवल तीन प्राणी थे। उन दोनों के अलावा एक सहायक था जो अल्ल सुबह आ जाता था। जरूरत के अनुसार घर-बाहर के काम कर देता और देर शाम अपने क्वार्टर में चला जाता था।

एक रविवार की सुखद, सुबह थी। सहायक के साथ मिलकर वह नाश्ते की तैयारियाँ कर रही थी। एक अधेड़, भूख और संताप से भरी हुई मटमैली आंखों वाली बुजुर्ग अम्मा खुद ब खुद उसके मुख्य गेट पर आ गईं थीं। सहायक रसोई से निकलकर बाहर गया और उसे वहाँ से हटाते हुए बोला। ''चलो अम्मा...आगे बढ़ो कोई और घर देखो।'' परन्तु दयालू सुमिता कुछ नाश्ता प्लेट में डालकर उसे देने चली आई थी। ''बैठकर खा लो अम्मा।'' कहती हुई उसने अम्मा की तरफ प्लेट बढ़ाई। अम्मा ने कांख में दबाई हुई अपनी पोटली नीचे रखी और वहीं घास पर बैठ गई। अम्मा भूखी थी। झटपट खाने लगी और सुमिता उसे गौर से देखने लगी।

परेशानियों का भी अपना इतिहास होता है। वह किसी को अपना हाल बताये बिना ही सब कुछ समझा देतीं हैं। अम्मा के तन पर उसके बदहाल जीवन की कहानी कहती हुई बदरंग धोती लिपटी हुई थी। चेहरे पर भूख और कष्टों की पीड़ा साफ देखी जा सकती थी। उसे देखते ही सुमिता का दिल पसीज गया। तभी भीतर से राघव ने सुमिता को गेट पर खड़े देखा तो जिज्ञासावश वह भी चला आया। सुमिता ने राघव की तरफ सिफारिश नज़रों से देखा।

'क्या...?' बिलकुल नहीं सुमि पूछ भी मत लेना...नो वे...' उसके मनोभावों को समझते हुए राघव ने साफ मना कर दिया था। पुलिस सत्यापन की बात भी उठाई थी। परन्तु सुमिता अम्मा की मासूम आंखों का दर्द पढ़कर भावुक हो गई थी। आखिर दुनिया के रिवाज के अनुसार नई-नवेली, खूबसूरत पत्नी के आगे राघव की एक नहीं चली। वह एक मीठी झिड़की देते हुए बोला। 'जो तुम्हारे मन में आए करो। बाद में कोई परेशानी हो तो हम जैसे बीबी के गुलाम बैठे ही हैं।'

''नहीं न राघव, ऐसी बात नहीं है। कुछ गड़बड़ नहीं होगा। मुझे इंसान की इतनी पहचान है। अम्मा अब इसी घर में रहेंगी। फ़ाईनल डिसीसन अब तुम पुलिस सत्यापन कराते रहो। मैंने कब मना किया।'' वह कुछ सख्त होकर बोली थी। उस रोज़ तभी सुमिता ने अम्मा को कमरा दिखाकर कहा था। ''अम्मा अब तुम यहीं रहोगी। ठीक है? यहां तुम्हें कोई दिक्कत नहीं होगी।'' दरिद्रता में लिपटी अम्मा ने पल्ले से अपनी गीली आँखें पोंछते हुए हाथ जोड़ दिए थे। तब से लगभग डेढ़, वर्ष हो गएं हैं। खाना-रसोई, घर वगैरह वह बहुत कुछ देख लेतीं हैं। साफ-सफाई और

पूजा-पाठ वाली ऐसी कि कई बार देखने वालों को उससे सुमिता की सास होने का भान हो जाता था। कौन जाने किस भले घर की हो। हालात इंसान को कब कहां पहुंचा दे और क्या करवा दे, किसी को कहां मालूम होता है?

उनका इस दुनिया में और कोई नहीं था। पिछले डेढ़ वर्षों से न तो वे कहीं गईं, न ही कोई उनसे मिलने आया और न ही उन्होंने अपने किसी नाते-रिश्ते या जानकार का कभी कोई जिक्र ही किया। एक बार यूं ही खाली बैठे हुए सुमिता ने उनसे पूछ दिया था। ''अम्मा कोई तो होगा न तुम्हारा?''

''अब तुम लोगन ही मेरे हो। जिसने मालदा से टरेन में बैठाकर इहां अनजान देश में फेंक दिया उसे कैसे अपना कह देई?'' वे खिसियानी हंसी हंसती हुई बोलीं थीं। हमेशा खुश रहने वाली अम्मा की भीगी आंखें देख उसका दिल भर आया था। ''ऐसे नालायक लोग भी जी रहें हैं इस दुनिया में।'' बड़बड़ाती हुई वह दया से भरकर तिलमिला उठी थी। झटपट उनका हाथ सहलाकर उसने कहा था। ''बिलकुल ठीक कहा तुमने। तुम हमारी ही अम्मा हो। हमेशा हमारे पास ही रहोगी।'' उसके बाद फिर कभी इस तरह का कोई जिक्र नहीं उठा। अम्मा उसका खूब ध्यान रखतीं हुईं खुश रहती थीं।

दिल को थोड़ा सा ठेस लगी नहीं कि बीता-बिसरा न जाने क्या-क्या याद आने लगता है। वह फिर सोचों से घिर गई। एक और दिन महिला मंगल की अध्यक्षा मिसिस आनंद ने कहा था।

'इन पुरुषों की भोली सूरत के पीछे का सच बड़ा खतरनाक होता है, इसलिए हर पत्नी को अपने पति पर नज़र बनाए रखनी चाहिए। इनके मीठे-चुपड़े, झूठों का कोई अंत नहीं।'

आखिर अट्ठावन वर्षीय मिसिस आनंद कह रहीं थीं। अपने अनुभव के आधार पर ही कह रहीं होंगी। इसलिए उसे उनकी बातें सब सही लगीं थीं। तब से सुमिता बात बे बात राघव पर और ज्यादा शक करने लगी थी। उसके बयानों का मेल-मिलान करती रहती थी। जरा भी शब्द इधर-उधर हुए नहीं कि राघव को सुमिता की अदालत में हाज़िर होना पड़ता है। कितने ही अभियोग लगते। दलीलें दीं जाती और बहसें होती। अंत में जब राघव उसे जबरन अपने आगोश में भर लेता और चूमकर कह देता। ''क्यों भरोसा नहीं करती हो सुमित जहाँ भरोसा नहीं, वहां प्रेम नहीं।'' तब वह झटपट मोम की तरह एकदम पिघल जाती। सारे दावे खरिज़ हो जाते। बिना सफाई दिए ही अभियुक्त बाइज़्ज़त बरी हो जाता। शायद यही है, स्त्री-पुरुष का सच प्यार का स्पर्श, संबंधों का अपनापन।

राघव देहरादून के एक अन्य साथी अभय कुलकर्णी के साथ अपनी कार से आ रहा था। दोनों एक ही ऑफिस में थे। वे लोग लखनऊ से सुबह छः बजे निकल गए थे। उन्हें बहुत दूरी तय करनी थी। नौ घंटे तो हर हाल में लगने थे। दोनों साथी ''एफ.एफ. पर संगीत सुनते और बातें करते हुए अपना सफर तय कर रहे थे। चिन्तावश सुबह से सुमिता का दो बार फोन आ चुका था।

''राघव सुनो'', ''धीरे ड्राइव करना। मैं जानती हूं तुम्हारी मस्ती की आदत। अकेले हो या किसी को लिफ्ट दी हुई है?' उसने जानकारी लेते हुए पूछा।

''चिंता मत करो सुमि। कुलकर्णी है साथ में। मिलते हैं शाम को...टेक केयर।'' फोन रखते ही राघव एक आंख दबाता हुआ कुलकर्णी से बोला। ''यार ये पत्नियां भी बड़ी कमाल होतीं हैं। न इनकी शक करने की आदत कभी जाएगी और न हम अपनी हरकतों से बाज आएंगे।'' कार में दोनों का जबरदस्त ठहाका गूंज उठा।

दो घंटे बाद दूसरी बार फिर सुमिता का फोन आया। ''सुनों राघव...''

''ठीक है बाबा। ध्यान से चला रहा हूँ। अब बार-बार फोन मत करो। ड्राईव करूं या फिर तुमसे बात करूं?'' राघव हंसते हुए बोला। वह जानता था घर पहुंचने तक चिंता की बजह से सुमिता अपने आप को परेशान कर लेगी। मायूस सुमिता के पास फिर से मिसिस संध्या की बातें सुनने के अलावा कोई और चारा नहीं रह गया था। यूं तो संध्या उसका बहुत मन लगाए हुए थी फिर भी...संध्या फिर शुरू हो गईं।

'मैं आपको बता रही थी न। देहरादून में भी अब बहुत से मॉल बन गएं हैं। कभी मैं आपको उधर ले चलूंगी। उसमे बच्चों का इतना प्यारा-प्यारा सामान मिलता है कि मन करता है सब कुछ ले लो। अपनी टुकटुक के लिए मैंने वहां से खूब सामान लिया था। टुकटुक अब तीन वर्ष की हो गई है। दिल्ली में दादी के साथ खूब खुश रहती है। देहरादून में बहुत जरूरी काम है वरना इस तरह इतनी छोटी बच्ची को छोड़कर कहां आ सकतें हैं, है न? काम पूरा होते ही कल दोपहर की ट्रेन से वापस चली आऊंगी।'' बिटिया को यादकर के वह कुछ पल के लिए मायूस हो गई। कुछ देर के लिए वहां खामोशी छा गई। केवल ट्रेन की खटर-पटर सुनायी देने लगी। सुमिता ने पास में रखी हुई पत्रिका उठाई और अनमने दिल से पलटने लगी। पढ़ती क्या खाक उसका पूरा ध्यान तो बस राघव को याद करने में लगा हुआ था।

''मैं आपको बताती हूँ किस तरह अपना और बच्चे का ध्यान रखना चाहिए। अब आपको तीसरा महीना...'' न जाने वह उसे फिर से क्या-क्या समझाने लगीं। जिन्हें बोलने की खूब आदत हो उनके लिए कुछ देर चुप बैठना बड़ा मुश्किल काम

होता है। अपने को संभाल कर जल्द ही संध्या फिर शुरू हो गई। परन्तु सुमिता उसकी बातों को अनसुना करके केवल हूँ...हाँ कर रही थी। वह राघव के साथ बिताए अपने मीठे दिनों की यादों में आती-जाती रही।

उधर राघव कुलकर्णी से कह रहा था। 'शक करना इन पत्नियों का जन्मसिद्ध अधिकार होता है। जरा सा भी बात करने में टालमटोल करो फिर देखो कैसे इनके शक के पंख कैसे निकल आते हैं। कसम से...मुझे सुमि को छेड़ने में बड़ा मजा आता है। जब वह रुंआसी हो जाती है "फिर उस पर प्यार आ जाता है।"

"क्यों तंग करते हो बेचारी को? छोटी सी मजाक कब खतरनाक मोड़ ले लेती है मालूम भी नहीं पड़ता।" उम्र में दो वर्ष बड़े कुलकर्णी ने उसे गंभीर होकर समझाया।

"यार...इन पत्नियों का भी जवाब नहीं होता है। जब प्यार से बुलाओ तब इनके पास घर के काम धरे रहते हैं। सारे काम उन्हें तभी याद आतें हैं। ज़रा सा भी दूर जाओ तो ये शक और घबराहट से भर जातीं हैं। सुमिता का बस चले तो वह मुझे अपने दुपट्टे से बांधकर रख ले।" इस बात पर दोनों ने फिर कहकहा लगा दिया। दोपहर के दो बज गए थे। सुमिता घर पहुंच चुकी थी। सब कुछ सहेज-सिमटवाकर वह आराम से लेटकर राघव का इंतज़ार करने लगी। उससे महीने भर बाद मिलने की बेचौनी से वह पुलक उठती थी। राघव को बताने के लिए उसके पास कितना कुछ था। बच्चे के बारे में, अपने बारे में। वहां पर उससे मुलाकात करने आई हुई सहेलियों आदि के बारे में।

कुछ देर बाद उसने अम्मा के साथ मिलकर राघव की पसंद का खाना बनवाया। बार-बार उसकी नज़र खुद ब खुद घड़ी की तरफ उठ जाती थी। उसके पहुंचने में अभी वक्त था, परन्तु सुमिता क्या करे? एक तो उसके पास कोई काम नहीं फिर इंतज़ार में वैसे भी समय जरुरत से ज्यादा लंबा महसूस होने लगता है। बड़े प्रेम से खाना टेबल पर लगवा कर वह अपने कमरे में जाकर फिर लेट गई। यूँ ही सोचों में खोये रहना भी कभी-कभी खूब आनंद देता है। वह राघव के खयालों में खो गई। शादी के बाद से उसने हर पल राघव के प्रेम को भरपूर जिया था। वह बहुत ख्याल रखने वाला प्यारा पति था। उसके प्रेम के आगे वह सब कुछ भूलकर अपनी छोटी सी दुनिया में प्रसन्न रहने लगी थी। तभी दीवार घड़ी ने चार बजाये। "चार बज गए. .." उसने एक गहरा उसांस भरा। अब सुमिता के सब्र का बांध टूटने लगा।

उसने फिर पति को फोन मिलाया। राघव और कुलकर्णी बीच में कुछ देर एक रेस्त्रां पर विश्राम करने लगे थे। परन्तु अब वे देहरादून से कुछ आधे घंटे की दूरी पर थे। जब सुमिता का नंबर उसके मोबाईल पर चमका उस वक्त वह ट्रैफिक जाम को

कोसता हुआ ध्यान से गाड़ी आगे बढ़ा रहा था। कार के एफ. एम. पर रेडियो जॉकी हँसते-खिलखिलाते हुए पति-पत्नियों की चुहलबाजियों पर प्रोग्राम दे रही थी। इससे पहले कुलकर्णी एफ. एम. की आवाज़ कम करता राघव ने अपना फोन उठा लिया।

"बस सुमि अगले आधे घंटे में तुम्हारे सामने हाजिर होता हूँ। अभी ट्रैफिक जाम का बुरा हाल है। इस उत्तराखंड की संकरी और खराब सड़कों और ट्रैफिक से तो राम बचाए। आता हूँ फिर बात करेंगे। ठीक है।" कहकर उसने फोन काट दिया और गाड़ी को भरसक जाम से बाहर निकालने की परेशानी से जूझने लगा। थकान और परेशानी उस पर हावी होने लगीं थीं।

अक्सर अति प्रेम दुःख का कारण भी बन जाता है। सुमिता की आँखें भर आईं। जो सुमिता अभी तक राघव के गले लगने को आतुर थी अब वह मायूस हो गई। शक ने फिर उसे जकड़ना शुरू कर दिया था। उसने फोन पर राघव की आवाज़ सुनी परन्तु साथ में उसके कानों में रेडियो जॉकी की बिंदास खिलखिलाहट का एक छोटा सा हिस्सा भी पड़ गया था। वह खुद ही से बुदबुदाई। ...तुमने मेरा फोन काटा? तुम्हें मेरी बिलकुल भी चिंता नहीं। तुम क्या समझते हो राघव। तुम मुझे नहीं बताओगे और किसी सुंदरी को लिफ्ट दोगे तो क्या मुझे मालूम भी नहीं पड़ेगा? नाम कुलकर्णी का लेते हो। खूब समझती हूँ मैं तुम पुरुषों को। आई हेट यू राघव। तुम घर आओ ज़रा। तुम्हारी सारी खिलखिलाहटों का हिसाब करती हूं। वह कमरे में गुस्से और बेसब्रेपन से चक्कर लगाने लगती है। न जाने उसकी कल्पनाएँ क्या-क्या रंग दिखाने लगीं। शक का संसार कुछ ज्यादा ही रंगीन होता है।

"आए बड़े...झूठ बोलोगे मुझसे...सुमिता से...हाउ डेयर...यू लायर...राघव हाउ मच आई हेट यू...आई..." वह जब भी शक से भरकर पगलाती है तब अंग्रेजी में बकबकाती हुई ही पगलाती है।

गीली आंखें लिए उसके ख्याल बे-पर की उड़ान भरते हुए न जाने कहाँ-कहाँ तक पहुँचने लगे थे। बिसात बिछ चुकी थी। शीत युद्ध का आगाज़ हो चुका था। बस राघव के घर पहुंचने भर की देर थी।

खुशनुमा सुबह सी वह

''हाई दैर...क्या ठंडापन बसाए रखते हो तुम लोग गाईस जागो ...आंखें खोलो...'' ऑफिस में प्रवेश करते हुए वह शोर मचाती हुई बोली।

''संजू धीमी आवाज़ में भी बात की जा सकती है। ये बैंक है, तेरा घर नहीं।'' रचना ने उसे टोकते हुए कहा था।

''अरे नही की जा सकती हैं। काम करो फटाफट, धीरे-धीरे क्यों? घोंघें हैं हम क्या...?'' उसकी बातों पर सभी हंस देते थे। परन्तु माहौल की सुस्ती भी जाती रहती थी। कई बार वह बेमतलब भी बोल देती थी। परन्तु ये वाज़िब है जरुरत से ज्यादा बोलने पर जुबान कभी-कभी फिसल जाती है। दो बातें फालतू की हो ही जातीं हैं। सुन्दर लड़कियों को इस बात के लिए माफी मिल जाती है।

''तुझसे तो बात करना बेकार...'' रचना ने उसके आगे हाथ जोड़ दिए। उसकी इस अदा पर दोनों फिर हँस पड़ी थीं।

जरूरी नहीं दो लोगों की आदतें एक सी हों तभी उनके मन का मेल होता हो। संजना और रचना दोनों के व्यवहार में अंतर होने पर भी उनकी अच्छी दोस्ती थी। संजना हमेशा हवा के घोड़े पर सवार रहती थी। उसका मानना था हर काम जल्दी और तुरत-फुरत होना चाहिए। बैंक में उसके प्रवेश करने के साथ ही लचर और उबाऊ माहौल में चुस्ती आ जाती थी। भीतर पहुंचते ही वह ऊंची आवाज़ में बोलना शुरू कर देती थी।

''हाई...ऑफीसर्स...आज...'' जब तक वह अपना उस दिन का काम शुरू नहीं कर देती थी तब तक उसका वजह-बेवजह का हँसना बोलना चलता रहता था।

शांत स्वभाव की रचना कम ही हँसती-बोलती थी। वह टेबल पर सर झुकाये और कंप्यूटर पर नज़रें टिकाये हुए अपने रोज के काम निपटाती थी। वह घर में सबसे बड़ी थी। माँ, रिटायर पिता और दो छोटे भाइयों के साथ अपनी ज़िंदगी साझा करती

थी। चौबीस की हो जाने पर भी उसके जीवन में इन जिम्मेदारियों को पूरा करने के अलावा और कोई रौनक नहीं थी। बैंक आए तो बैंक की नौकरी और काम, घर गए तो घर की जिम्मेदारियां। उम्र हो जाने पर भी उसकी शादी का जिक्र न तो कभी उसके घर पर उठा और न ही उसके खुद के दीमाग में। कभी कोई रिश्तेदार दबी ज़ुबान में जिक्र छेड़ भी देते थे तो सभी की ठंडी प्रतिक्रिया देखकर जल्दी ही वे चुप हो जाते थे। रचना ने इसे ही अपनी नियति मान लिया था और इसी तरह जीने की अभ्यस्त हो गई थी। शुरू-शुरू में संजना उसकी तरफ जितना बड़ा दोस्ती का हाथ बढ़ाती, संकोच से रचना उतना ही पीछे को खिसकती थी। जब से वे दोनों मित्र बने तो हर जगह साथ ही दिखाई देने लगे थे। संजना और उसने करीब ढाई वर्ष एक ही बैंक में बतौर सीनियर-ऑफिसर काम किया था।

एक वर्ष होने को था। संजना का स्थानांतरण बैंक की कोलकाता ब्रांच में हो गया था और रचना को लखनऊ भेज दिया गया। उसके बाद से दोनों का संपर्क सिर्फ फोन तक ही सीमित रह गया था। अमूमन जैसा होता है, वही होने लगा। ज्यादा वक्त बीत जाने पर दो शहरों के बीच की दूरियां दो मित्रों के दिलों के बीच की जगह को भी घेरने लगीं। करीब दस माह पहले जब कोलकाता से उसे संजना की शादी का कार्ड और निमंत्रण मिला था तब उसकी माँ अस्पताल में बाई पास सर्जरी से गुज़र रही थी। इसलिए उसका शादी में जाना मुमकिन नहीं हो सका था। बेशक संजना की शादी के बाद उनमें थोड़ी दूरियां और आने लगीं थीं। परन्तु छूटा कुछ नहीं था। उस बार जब उसे चार दिन के लिए बैंक के काम से कोलकात्ता जाना पड़ा तो उसने-झटपट खुशी से भरकर संजना को फोन लगाया।

''संजू चार दिन के लिए तेरे कोलकाता आ रहीं हूं। अपनी छुट्टी का हिसाब देख लेना।'' करीब एक वर्ष बाद वह संजना से मिलने जा रही थी।

''रचना तू आ तो सही, फिर देख। यहाँ तुझे कुछ और मस्त तबियत के दोस्तों से मिलवाऊंगी। तू अकेली ही बोर दोस्त है मेरी।'' संजना की हंसी में मित्र के आने की आपार प्रसन्नता झलक रही थी।

दिन के तीन बजे जब रचना की ट्रेन कोलकाता पहुंची तब अप्रैल माह की धूप गर्माने लगी थी। धूप से बचने के लिए उसने दुपट्टे का शामियाना बनाया और ट्रेन से नीचे उतरी। सामने प्लेटफॉर्म पर ही उसे संजना का दमकता हुआ चेहरा नज़र आ गया। नई शादी की चमक उसके चेहरे पर साफ देखी जा सकती थी। संजना के गोल और गोरे चेहरे पर महरून रंग की छोटी सी बिंदी लगी थी और मांग में थोड़ा सा सुर्ख लाल सिंदूर। गुलाबी रंग के पटियाला सलवार और कुर्ते पर फुलकारी के

काम वाला लहराता हुआ दुपट्टा गज़ब ढ़ा रहा था। हालांकि उसका जिस्म थोड़ा भर गया था परन्तु उससे, उसकी सुंदरता पर थोड़ा और निखार आ गया था। नहीं बदले थे तो केवल उसके वही बिंदास तेवर।

''आओ, आओ आज मुद्दतों बाद हमारे शहर में रौनकें बरसीं हैं।'' उसे देखकर वह चहकती हुई बोली।

प्रसन्नता से हंसते हुए दोनों गले लगीं। संजना ने उसकी अटैची कार की पिछली सीट में रखी और उसके लिए सामने का दरवाजा खोलती हुई झुककर बोली। ''मोहतरमा हमारे कोलकाता शहर में आपका स्वागत है।''

''तू शादी के बाद भी बिलकुल नहीं बदली संजू।'' रचना ने अपनी उसी शांत लय में कहा। संजू से मिलकर वह भी बेहद खुश थी।

''बदलने के लिए थोड़े ही शादी की थी भाई। सबको हम बदलतें हैं, हमें भला कौन बदलेगा?'' कहती हुई संजना ने गाड़ी स्टार्ट की। हंसते-बतियाते आधे घंटे में वे घर पहुँच गईं। खाना-चाय सब निबट चुका था। वे दोनों आराम करने भीतर कमरे में आ गईं। बेड पर तकिए के सहारे बैठकर दोनों फिर शुरू हो गईं। दो महिलाएं मिल जाएं और वह भी मित्र फिर कहने ही क्या। पता नहीं कहाँ-कहाँ की खबरें और कहाँ-कहाँ की बातें मन की अतल गहराइयों से खुद ब खुद निकलती चली आती हैं।

''तेरी शादी में नहीं आ सकी थी संजू, बताया था न मां की तबियत के बारे में...'' रचना मायूसी से बोली।

''कोई बात नहीं दोस्त। तू बैठ, मैं तुझे शादी की एल्बम और वीडिओ दिखाती हूँ। बड़ा शानदार जश्न था। प्रतीक समृद्ध घर का एकलौता चिराग है न, ये सब तो होना ही था।'' वह आलमारी से अपनी शादी की एल्बम निकालकर लाई और रचना को दिखाने लगी। संजना सब के बारे में बताती जाती और वह सुनती जाती। एल्बम पलटते हुए रचना की नज़र एक चेहरे पर बार-बार अटक जाती थी। चमकदार मासूम सा चेहरा था। उस पर चश्में के भीतर से झाँकतीं प्यारी सी आंखें जिनमें थोड़ी सी शैतानी भी झलक रही थी। वह एल्बम में कई जगहों पर दिखी। मित्रों के साथ बैठी हंसती-खिलखिलाती हुई। कुछ तो अलग था उस चेहरे पर।

''ये लड़की कौन है?'' उसने उत्सुकतावश पूछा।

''ये तूफान मेल है।'' उसने हँसते हुए कहा। ''छवि नाम की तूफान मेल ये भी न...किसी की नज़रों से नहीं बच पाती है। लंबी कहानी है इसकी, फिर कभी सुनाऊंगी।'' कहते हुए संजना के चेहरे पर भावुकता तैर गई। दूसरे दिन शाम को

बैंक से वापस आकर दोनों सहेलियां कॉफी पीते हुए बतरस में डूबीं हुईं थीं। सहसा रचना को फिर से छवि का ख्याल आया। उसने संजना की तरफ मुखातिब होकर पूछा। "उस छवि की क्या कहानी है? मुझे उसकी शैतानी भरी और स्नेहिल आंखें खूब याद हैं।"

"अरे पूछ मत, शैतान की नानी है वह। उम्र में हमसे कुछ छोटी है, परन्तु सोच में बराबर। यहाँ कोलकाता में एक इंस्टीट्यूट चलाती है। अपनी मेहनत और लगन से कुछ ही वर्षों में उसने अच्छा नाम और अपनी एक जगह बना ली है।"

"तुझे कहाँ मिली?" रचना ने उत्सुकता से पूछा।

"बैंक में...दुनिया हमसे मिलने वहीं तो आती है।" दोनों ने कहकहा लगाया।

"तब मुझे यहां कोलकाता आए हुए कुछ महीने ही हुए थे। मुझे आज भी अच्छी तरह से याद है।" वह आगे की घटना याद करने लगी। "उस दिन वह अपने काउंटर पर झुकी हुई काम कर रही थी कि एक मधुर, साफ परन्तु ठसक के साथ बोली हुई आवाज़ सुनाई दी।"

"एक्सक्यूज्मी...हलो...एक अकाउंट खुलवाना था। कहाँ से होगा?" वह लड़की संजना की तरफ देखकर मुस्करा रही थी।

"यहीं से होगा। लीजिए ये फॉर्म भरिए।" संजना ने फॉर्म उसकी तरफ बढ़ाते हुए कहा था।

"आप ये लीजिए फॉर्म, फोटो अन्य कागजाद और रोकड़ा। मेरा सब काम फिट होता है, मैडम।" उसने सब कुछ संजना की तरफ बढ़ाते हुए इत्मीनान से हंसते हुए कहा था।

"अरे वाह!! सारा होमवर्क पूरा कर के आई हो? गुड गर्ल।" दोनों हँस पड़ीं थीं। संजना ने फार्म पलटकर देखा। वह पच्चीस वर्ष की थी। हिम्मत और हौसले से भरपूर। अपनी उम्र से कुछ छोटी दिखती हुई वह चमकदार चेहरे और शरारती आँखों वाली प्यारी सी लड़की थी। शरारत भरी नोंक-झोंक करने के बावजूद भी उसके व्यक्तित्व में एक ठहराव व्याप्त था। उसके फार्म पर मोबाइल नंबर नहीं लिखा हुआ था। संजना ने पेन उठाया और उसका नंबर मांगा तो वह उसी मस्त आवाज़ में बोली। "मैंने ऑफिस का नंबर लिखा है न इसमें। मोबाईल नंबर का क्या करेंगी? लगता है आपका मुझसे गपशप करने का इरादा है? चलिए लिख ही लीजिए।" फिर से बिना किसी बात की परवाह किए बैंक में उसका अलमस्त कह-कहा गूंज उठा था।

"जानती है रचना उसकी जिंदादिली ऐसी थी कि वहां खड़े बाकी के ग्राहक और हमारे बैंक के मुलाजिम भी रह-रह उसकी तरफ देख लेते थे।

''संजना जी मैं तो आपके फोन का इंतजार ही करती रह गई। इतना धैर्य नहीं है मुझ में कि आप परीक्षा ही लेने लगें...'' फार्म जमा करवाने के पांचवे दिन वह फिर से मेरी सीट के सामने आकर उसी तरह बोली। उसकी बातों की लंबाई कुछ ज्यादा ही होती है। तभी हमारी मस्त दोस्ती बिना किसी औपचारिकता के आज तक बरकरार है। उसका बैंक में आना किसी चंचल हवा के झोंकें से कम नहीं होता है। तब से फोन पर तो कम ही होता है परन्तु बैंक में या फिर वक्त मिलते ही उसके इंस्टिटयूट में हम मिलतें रहतें हैं। चल आज उससे तेरी भी दोस्ती कराती हूँ। उससे मिलकर तेरी इस वीरान ज़िंदगी में कुछ रौनकें आ जाएंगी। छवि जैसी जिंदादिल और सकारात्मक सोच वाले व्यक्ति से मिलकर बहुत कुछ सीखने का मौका मिलता है रचना। हो सके तो कल सुबह उससे मुलाकात कर लेंगे। तू एक दिन और रुक जा ना?'' वह छवि को फोन मिलाती है। पहली घण्टी बजते ही छवि फोन उठा लेती है। इससे पहले वह कुछ कहती उत्साह से भरी हुई संजना झट बोली। ''छवि है कहाँ तू? बहुत दिन हो गए। आज तो तूने झट फोन उठा लिया? क्या कर रही थी?''

''शाम के सात पचपन हुए हैं मैडम...इस वक्त मैं कहां होउंगी? घर पर ही हूँ। तभी मैं सोचूं आज कोलकाता के मौसम को ये क्या हो गया? भई मैडम जी का फोन जो आने वाला था। अब तो आंधियां चलेंगी। मैं तो कहती हूँ'' वह खुलकर हंसती हुई बात को आगे बढ़ाती रही।

''अरे रुक-रुक तू जरा अपनी जुबान को ब्रेक दे...और सुन, आंधियां तो चल चुकी हैं, और उसके साथ मेरी एक सहेली रचना लखनऊ से उड़कर यहाँ मेरे पास पहुंच गई है। बोलने और हँसने को वाहियात काम समझती है। इसलिए उसके इस भ्रम को तोड़ने के लिए हम दोनों को मेहनत करनी होगी। बोल तैयार है? लगता है ऊपरवाले ने ये नेक काम हम दोनों के हिस्से में ही लिखा है। ले चल उससे बात कर।''

''अरे वाह! ऐसे निराले जीव से बात करके तो मैं धन्य हो जाऊँगी।'' फोन के दोनों तरफ से जोरदार ठहाकों का सम्वेत स्वर गूंज उठा। उस छोर से छवि की हँसी अभी रुकी भी नहीं थी कि वह फोन रचना की तरफ बढ़ा देती है।

'हैलो छवि ...मैं तुमसे मिले-बोले बगैर ही तुम्हारी प्रसंशक हो गई हूँ।'' रचना धीमे से बोली।

''अब इतनी अच्छी बात में जरा वजन तो लाओ रचना। इस संजना ने ऐसी क्या तारीफ कर दी मेरी? वैसे हम वो हैं जो...'' उधर से छवि की अंतहीन बातें शुरू हो गईं थीं। जिन्हें वह देर तक सुनती रही। न जाने रचना क्या समझती रही और

छवि क्या बोलती रही? संजना की समझ में बस इतना ही आया जब रचना बोली। "कल तो मैं वापस लखनऊ जा रही हूँ। अगली बार मिलते हैं वादा रहा। तुम कमाल हो छवि।" अगले दिन दोपहर को काम समाप्त करके वह वापस लखनऊ लौट आई थी।

"लखनऊ आकर रचना, छवि के बारे में सोचती रही। दोनों फोन पर एक दूसरे के बारे में और ज्यादा जानते-समझते रहे। रचना उसकी जिंदादिली और आत्मविश्वास से लबरेज जिंदगी जीने के तरीके की मुरीद हो गई थी। उसे छवि की आवाज़ में परेशानी, थकन या हताशा का आभास कभी महसूस नहीं होता था। एक सम पर खनकने वाली आवाज़, हर परिस्थिती में संतुष्ट लगती थी। कभी "आज जरा तबियत साथ नहीं दे रही है" कहती थी तब भी उसकी आवाज़ कमजोर नहीं लगती थी। गोया बीमार पड़ना कोई कष्ट न होकर महज़ कोई शगल हो। उसके इन्ही अंदाज और फलसफे को लेकर रचना उसके बेहद करीब होती चली गई। जब भी उसको शारीरिक या मानसिक कोई तकलीफ होती या फिर कभी किसी बात से उसका मन बैठने सा लगता, वह छवि को फोन मिलाकर उससे बातें कर लेती थी। और कुछ ही पलों में अपने मन के बोझ को हल्का हुआ पाती थी। नई ऊर्जा के साथ वह फिर प्रसन्न हो जाती थी।

लगभग पांच महीने की मित्रता के बाद उसे इतना इतना मालूम हो गया था कि छवि एक भरे-पूरे परिवार से है। अपने बड़े भाई की मदद से वह एक इंस्टीटयूट चलाती है और खुद उच्च शिक्षा भी लेती रहती है। वह अपने जीवन की अब तक की कामयाबी का श्रेय अपने पारिवारिक स्नेह और बड़े भाई को देती है। अपनी ही रॉ में एक दिन उसने बताया था। "जानती हो रचना, आज जिस आत्मविश्वास से मैं जीतीं हूँ, और जहाँ पर भी मैं पहुंची हूँ उसमे मेरे बड़े भैया का बहुत बड़ा योगदान है। उन्होंने कभी विपरीत परिस्थति के आने पर भी मेरे आत्मविश्वास को टूटने नहीं दिया। वे हमेशा मेरा मार्गदर्शन करते रहतें हैं।" धन्य हैं ऐसे बड़े भाई जो अपने से पहले अपने परिवार और छोटी बहन की जिम्मेदारियों को रखते हैं। उसके बड़े भैया वहीं कॉलेज में प्रोफेसर थे।

रचना को याद है जब एक बार छवि का फोन आने पर उसने डूबे हुए स्वर में छवि से कहा था। "पता है छवि अपने घर-बाहर की परेशानियों के चलते कभी-कभी मेरा मन बिलकुल बातें करने का नहीं होता है। तब मुझे लगता है सप्ताह भर मुझसे कोई कुछ भी बातें नहीं करता तो कितना अच्छा होता।"

"और मेरा मन करता है कोई मुझसे कभी चुप रहने के लिए नहीं कहता तो

कितना मजा आता। मेरा मन करता है मैं खूब बोलूं, और बोलती ही रहूँ। इतना बोलूं कि बस मेरे ही सर में दर्द हो जाए। और तू जानती है न दूसरों के भले ही हो जाए मेरा सर दर्द कभी नहीं होगा।'' छवि जोर से हँसी थी और उसी बुलंद आवाज़ में बोली। तब उसके साथ वह भी हँस दी थी।

''ज़िंदगी में परेशानियों और कष्टों से तेरा वास्ता नहीं पड़ा न छवि इसलिए तू नहीं समझ सकेगी ये सब। तू तो भरापूरा स्नेह वाला जीवन जी रही है न?'' उस दिन रचना फिर भी अपनी उदासी से बाहर नहीं आ सकी थी।

''तू समझा तो सही ऐसा क्या पहाड़ टूट पड़ा तेरे ऊपर रचना डार्लिंग? यदि समस्याएं हैं तो उनके हल भी अवश्य हैं। शक्लें बिगाड़ कर और परेशान रहने से इनके हल निकलने वाले होते न तो सब खड़ूस चेहरा बनाए ही नज़र आते। जैसे कि अक्सर तू आती है। परेशानियों को पकड़कर बैठे रहना...माय फुट, हुहुहु...ये जीना भी कोई जीना हुआ। मैं तो कहती हूँ...'' उसकी अंतहीन बातों और खिलखिलाहटों का सिलसिला अविराम गति से फिर चल पड़ा था। वक्त के साथ वे दोनों गहरे मित्र बन गए थे।

कभी यहाँ लखनऊ में किसी तरह की आपदाओं या हादसों की खबर होती तो सबसे पहला चिंता न करता हुआ फोन उसी का आता था। ''रचना सब ठीक है उधर?'' और उसे यह बताने पर कि इतना बड़ा हादसा नहीं था, छोटी सी बात थी। फिर वह टीवी, अखबार और सोशल साइट्स वालों को वाहियात बताती हुई शुरू जाती।

''ये टी.वी, अखबार वाले न पता नहीं क्या खाकर पले-बड़े होते हैं? संवेदनहीन लोग। खबरें इतनी बढ़ा-चढ़ाकर पेश कर देते हैं कि देखने-सुनने वाले मारे दहशत के ही मर जाए। हाँ नहीं तो...'' उसका आक्रोश जाहिर करने का भी अलग ही तरीका होता था। सिस्टम को जमकर कोसती थी।

''अरे नहीं छवि जो होता है वही दिखाते हैं।'' रचना ने उसके रौद्र रूप पर मुस्कराते हुए कहा।

''खाक वही दिखाते हैं। कैसे...ये भी साजिशों और राजनीति के हिस्से के तहत होता है। सब पैसा बनाने और टी.आर.पी पाने के लिए अंधी दौड़ लगातें हैं। किसी के दिलोदिमाग पर ऐसी फुटेज, चित्रों और खबरों का क्या असर पड़ेगा इतनी परवा कहाँ होती है इन्हें? बिकाऊ पत्रकारिता...हुंह्ह।'' कुछ भी गलत क्यों हो? उसे बिलकुल बर्दाश्त नहीं। इसके अलावा गरीबों, असहाय व्यक्तियों और जीव जंतुओं के प्रति स्नेह से उसका हृदय हमेशा सराबोर रहता था। झूठ, नकारात्मकता, आंसू बहाते और दया

की भीख मांगते लोगों से उसे नफ़रत होती थी। स्पष्ट वादिता उसका एक अनूठा गुण था।

"आंसू बहाने से यदि बात बनने वाली होती न रचना तो मैं भर-भर दोने आंसू बहाऊं। हट्ट...लचरपने की भीख मांगते हुए जीने में मजेदारी नहीं है। हिम्मत और आत्मविश्वास हमेशा बनाए रखना चाहिए तब बनती है बात। आज़मा के देख लेना।" कहती हुई छवि एक दिन थोड़ा गंभीर हो गई थी। उसकी बातें सुनते हुए अब रचना को धीरे-धीरे अपने पर विश्वास करना आने लगा था। वह पहले की तरह सिकुड़ी, सिमटी नहीं रहती थी। छवि की मित्रता उसके नीरस जीवन में बहार बनकर आई थी। फोन पर मित्रता को बरकरार रखते हुए उन दोनों को लगभग एक वर्ष हो गया था। परन्तु उन्हें कभी नहीं लगा कि वे अब तक एक-दूसरे से रू-ब-रू नहीं हुए हैं। दिल और मन का मेल प्रत्यक्ष मुलाकात पर भारी था।

उस दिन रचना बेहद खुश हुई जब बैंक ने दुबारा उसे कोलकाता भेजने की बात की। उस ने झटपट छवि और फिर संजना को फोन किया। "संजू पच्चीस तारीख से सत्ताईस तक उधर बैंक के काम से फिर आ रही हूँ। अट्ठाइस का दिन छवि के लिए रखा है। उसके घर पर मिलेंगे। मैंने उससे बात कर ली है।" वह अतिरिक्त जोश से बोली।

"रचना तू जितनी प्रभावित छवि की बातों से हुई है न उससे ज्यादा खुशी तुझे उससे मिलकर होगी। बता रहीं हूँ।" उधर से प्रसन्नता से संजना भी चहकी। रचना को छवि उस धूप की तरह लगती थी जो ठण्ड से ठिठुरते संसार को अपनी तपिश के आगोश में भर लेती है। वह सुबह की उस चह-चह करती चिड़िया सी है जो अपने कलरव से नए सवेरे का आगाज़ करती है। उस हवा-सी है जो ग्रीष्म ऋतु में अपने ठंडे स्पर्श से सबको सहला जाए। दूसरों को हरदम हौसला देती और उत्साहित करने वाली, ऐसी ही है उनकी प्यारी सखी छवि। उससे मिलने की खुशी से वह अभिभूत थी। संजना और छवि भी उसका बेसब्री से इंतज़ार करने लगे।

पच्चीस तारिख की दोपहर संजना उसे लेने रेलवे स्टेशन पर पहले से ही खड़ी थी। दोनों सहेलियों की प्रसन्नता का अंत नहीं था। वह चहक कर बोली, "सच रचना...जीवन में मेल-मुलाकातें होतीं रहनी चाहिए सच्ची, आनंद आ जाता है।" फिर अगले दो दिन तक दोनों बैंक के काम में व्यस्त रहीं।

अट्ठाइस तारीख की सुबह छवि से मिलने के लिए तैयार होती रचना उसके लिए लाए हुए तोहफे संभालते हुए सोच रही थी। "अपने कहकहों और बातों से फोन को आबाद करने वाली छवि कैसी दिखती होगी?" "मुझे देखते ही दौड़कर आएगी

और गले से लगा लेगी। फिर सभी...'' वह अंतहीन सोचों से घिर गई थी, कि संजना की आवाज़ पर चौंकीं। ''अब चल भी। ज़रा सा भी देर हुई न फिर हमारी शामत है। तूने उस तूफान मेल का गुस्सा कहाँ देखा है अभी?'' कहती हुई वह ऊँची आवाज़ में हँसी थी।

''छवि बेसब्री से हमारा इंतज़ार कर रही होगी।'' फ्लैट का दरवाजा बंद करके दोनों बाहर आईं और संजना ने कार स्टार्ट की।

''मुझे भी इस दिन का बेसब्री से इंतजार था।'' रचना ने उत्साह से भरकर कहा। वहां से छवि के घर की दूरी लगभग घंटे भर की थी। दोनों सहेलियाँ फिर से न जाने कितनी ही बातों की सर्जरी करतीं रहीं। घर परिवार की, बैंक की परेशानियां, सरकारी नीतियाँ, देश-विदेश की चर्चाएं आदि। छवि का घर आ गया था। घर क्या एक अच्छा-बढ़िया बंग्ला था।

गेट खुला हुआ था। उसने भीतर पहुंचकर गाड़ी पार्क की और दोनों आगे बढ़ीं। बड़ा सा हरा-भरा लॉन था जिसमे दोनों किनारों पर रंगबिरंगे फूलों की छटा बिखरी हुई थी। दो बिल्ली के बच्चे एक दूसरे के पीछे लॉन के एक सिरे से दूसरे सिरे तक दौड़ लगा रहे थे। अभी रचना फूलों को ही देख रही थी कि छवि की वही खनकदार आवाज़ सुनाई दी।

''आओ-आओ माय एंजल्स, बीस मिनिट देर से आए हो, उसके हर्जाने के लिए तैयार रहना तुम दोनों।'' अंदर से आती हुई छवि की वही ऊंची आवाज़ और खुशियों से भरी दिलबहार हंसी गूंज उठी। संजना ने दौड़कर छवि को गले से लगा लिया। परन्तु रचना जहाँ खड़ी थी वहीं पर मानो शिला बन गई। हैरान...तो ये है छवि? जो न तो खुद कभी उदास होती है और न ही दूसरों को होने देती है। यही है छवि जो कड़क आवाज़ में कहा करती थी। ''उदासी शब्द मेरी डिक्शनरी में नहीं है, हट्ट...मातमी चेहरा बनाकर जीना...हुंह...बुजदिली की निशानी होती है।'' यही है वह लड़की जिससे वह कहती थी। ''छवि तू क्या जाने तकलीफ भरी ज़िंदगी क्या होती है...?'' न जाने बुत बनी रचना क्या-क्या सोचने लगी।

''ओए...वही खड़ी रहेगी या फिर आती है इधर? कितनी बेताब हूँ मैं तुझे गले लगाने के लिए, मेरी दुखियारी दोस्त। आ अब... झटपट...'' छवि ने खिलखिलाते हुए मस्ती से कहा। रचना ने दौड़कर उस मासूम सी दिखती, आंखों में शैतानी का भाव लिए सूरजमुखी सी मुक्त हंसी बिखेरती, बैसाखी के सहारे खड़ी छवि को गले से लगा लिया। बहुत देर तक के लिए कभी न छोड़ने के लिए। न जाने कब स्नेह के अतिरेक ने आंसुओं को रास्ता दे दिया था ।

अनजान राहें तन्हा सफ़र

"चल...बॉय...मैं फोन करूंगी।"

"अच्छा नमस्ते काका...फिर मिलते हैं..."

"बाय गर्ल्स एन्जॉय...मिलते हैं ब्रेक के बाद।"

"मिस मी...ओके।"

चिड़ियां और लड़कियां, दोनों का चहकना हर मौसम को खुशगवार कर देता है। परन्तु यूं लड़कियों के जाने से उनके शोर-गुल और हंसी-ठहाकों से गुलजार रहने वाले पाईन व्यू वूमेन हॉस्टल में वीराना पसरता जा रहा था। जाते हुए दिसंबर की सर्दियाँ, हड्डियां चटकाने लगीं थीं। इसलिए हर वर्ष की तरह कॉलेज पद्रंह दिसम्बर से जनवरी के आखिरी दिन तक के लिए बंद हो गया था। भवाली में बने उस महिला हॉस्टल से लड़कियां एक-एक करके विदा हो रहीं थीं।

हिमंती पिछले पद्रंह वर्षों से उस हॉस्टल में वार्डन थी। ऊपर अपने कमरे की खिड़की में खड़ी वह पर्दे की ओट से लड़कियों को जाते हुए देख रही थी। वह हमेशा उन्हें इसी तरह विदा करती थी। जाती हुई लड़कियों को देखकर उसकी आँखों में नमी उमड़ आती। मजबूत इरादों और कठोर अनुशासन वाली वह महिला, अपने आप को कमजोर कैसे दिखा दे? उसकी खुर्राट छवि की वजह से ही लड़कियां उससे कुछ भय खातीं थीं। उसे देखते ही 'जे. एम' आ गई कहती हुई वे अपनी उटपटांग हरकतों को सिकोड़ लेतीं थीं। 'जे. एम' माने जल्लाद मैडम। अपने इस उपनाम को वह सार्थक करती रहती थीं। वरना अठारह से पच्चीस वर्ष के बीच की इन अल्हड़ जवानियों को संभालना उसके लिए कितने जीवट का काम होता होगा, इसका अंदाजा कोई भी लगा सकता है। यदि वह इस तरह का सख्त रवैया न अपनाये तो इन करीब डेढ़ सौ लड़कियों को संभालना उसे मुश्किल हो जाता। बाहर से सख्त दिखने वाली वह महिला भीतर से भावुक थी। छुट्टियों का वह सवा महीना उसे उदासियों और

एकांत का ताना-बाना लगता था। लड़कियों के रहने से कॉलेज और हॉस्टल में समय कब दिन से सरक कर रात में तब्दील हो जाता, उसे मालूम भी नहीं पड़ता था।

कुछ लड़कियां सुबह से जा रहीं थीं। कुछ ने दूसरे दिन चले जाना था। फिर वहां पर स्टाफ के उस जैसे कुछ ही लोग रह जाते थे। और रह जाता था थोड़ा सा एकांत और अजीब सी खामोशी, जिसे वह एक आदत की तरह पिछले कई वर्षों से जीती आई थी। सभी लड़कियों के जाने के बाद डॉक्टर नतालिया जातीं थीं। वह अठ्ठावन की वय में थीं और पांच वर्षों से लड़कियों के स्वास्थ्य संबंधी मामलों को देख रहीं थीं। विधवा थीं इसलिए हर वर्ष छुट्टियों में अपनी एकमात्र बेटी और दामाद के पास कानपुर चली जातीं थी। वे दोनों और उनके दो, आठ और दस वर्ष के प्यारे बच्चे वहां अपनी नानी का बेसब्री से इंतजार करते थे। तब उनका परिवार मिलकर क्रिसमस भी मनाता था।

हिमंती के अलावा जो चंद व्यक्ति हमेशा की तरह हॉस्टल में रह जाते थे, वे थे, प्रोफेसर द्रोण दीक्षित, बद्री काका, प्रधानाचार्या सविता शर्मा मैडम और उनके सेवानिवृत पति दीनदयाल। हालांकि ''घर-घर मिट्टी के चूल्हे'' कहावत को सार्थक करते हुए सविता शर्मा मैडम ने अपना उपनाम कभी नहीं बदला। न जाने क्या वजह थी? बाहर से देखने पर दोनों पति-पत्नी सामान्य जीवन बिताते दीखते थे। परन्तु सुनी-सुनाई बात यह थी कि प्रेम विवाह होने के बावजूद दोनों के दाम्पत्य में एक कभी न पाटी जा सकने वाली झीनी सी दरार पड़ी हुई थी। उनके दोनों बेटे दिल्ली के कॉलेज में पढ़ते थे और कभी-कभार इधर का रुख कर लेते थे। अक्सर वे अपने कुछ मित्रों को साथ लाते और सप्ताह भर सारा आसपास का पहाड़ी इलाका घूमकर वापस दिल्ली चले जाते थे। अमूमन आजकल के नवयुवकों में माता-पिता के प्रति संवेदनाएं लगभग लुप्तप्राय ही रहतीं हैं।

सविता मैडम थोड़ा सख्त स्वभाव की परन्तु बेहद आत्मीय महिला थीं। लड़कियों की शुभचिंतक, और हमेशा उनमें कुछ नया कर दिखाने का जज्बा भरतीं रहतीं थीं। उनका मानना था कि महिलाओं की सोच केवल शादी करके घर बसा लेने से ऊपर उठनी चाहिए। इसके अलावा उन्हें और भी बहुत कुछ सोचना चाहिए। खा-पका लिया, घूम-फिर लिए, थक-हार के बेमन से पांच मिनट का देह मिलन कर सो लिए, बच्चे पैदा कर लिए। इसके इतर भी उनकी एक अर्थपूर्ण जिंदगी होनी चाहिए।''

उनके पति दीनदयाल हालांकि फौज में कर्नल थे। पिछले वर्ष वे सेवननिवृत होकर फिर सविता मैडम के साथ उसी हॉस्टल में रहने लगे। विनम्र और समझदार किस्म के कर्नल साहब मजेदार व्यक्ति थे। उनका कुछ समय पढ़ने में और बाकी

प्रोफेसर द्रोण दीक्षित के साथ जंगल में घूमने, पीने-पिलाने और मस्ती में कट जाता था। प्रोफेसर कम बोलते थे और दीनदयाल ज्यादा देर तक चुप नहीं बैठ सकते थे। इसलिए दोनों का साथ बढ़िया चलता था। वे दोनों अच्छे मित्र थे।

विधुर प्रोफेसर द्रोण दीक्षित वहां दो वर्ष पहले लड़कियों को मनोविज्ञान पढ़ाने आए थे। वे लड़कियों के चहेते सर थे। अच्छी गठन के अल्पभाषी और विद्वता से परिपूर्ण। पचास की वयस में भी चुस्त, दुरुस्त। प्रोफेसर द्रोण कभी कर्नल साहब के साथ शतरंज की बाजी लगाते तो कभी गंभीर मुद्दों पर बातचीत कर लेते थे। अक्सर साथ में सविता मैडम डॉक्टर नतालिया और हिमंती को भी बुला लिया जाता था और फिर उस शाम वे चारों लोग खाना साथ ही खा लेते थे। उस हॉस्टल में कभी साथ में तो कभी अपने आप में मगन रहते हुए सभी खुश रहते थे। रात-दिन होते रहते, कैलेंडर की तारीखें बदलती रहती और समय अपनी गति से चलता रहता। हिमंती सभी के साथ सहज रहती थी। परन्तु प्रोफ़ेसर को हिमंती की उपस्थिती हर बार थोड़ा असहज कर जाती थी।

पैंसठ वर्ष के बद्री प्रसाद की अलग परन्तु सराहनीय कहानी थी। गांव के अनुसार जब वे ब्याह की उम्र के हुए तब अचानक एक दिन उनके फौंजी बड़े भाई के मोर्चे पर शहीद हो जाने का समाचार आ गया। घर पर कोहराम मच गया। घोर अनर्थ हो गया था। घर पर जवान भाभी और उसके दो मासूम बच्चे थे। उनका बेटा दो वर्ष का था और छोटी चार महीने की। भाभी प्रलाप करती पछाड़ें खाने लगी। 'किसके भरोसे छोड़ गए मुझे? मैं अनपढ़ दो बच्चों को कैसे पाल सकूंगी? इससे तो मैं इन्हें भी जहर दे दूँ और खुद भी खा रहूँ। "मेरा भाग फूटना ही था तो?" तब सब-कुछ देख समझ कर बद्री प्रसाद ने राम जैसे बड़े भाई की सौगंध खाकर मां समान ममतामयी भाभी को वचन दे दिया था, कि उन सभी की देखभाल की जिम्मेदारी उसकी हुई। जब तक वह दोनों बच्चों को पाल-पोसकर उनकी ज़िंदगी नहीं बना देता वह शादी नहीं करेगा।" उनके पिता पहले ही नहीं थे। बड़े भाई ही घर के एकमात्र कमाने वाले सदस्य थे। बुढ़िया मां, भाभी व बच्चों की परवरिश के लिए फिर वे फौज में भर्ती हो गए। वहां पर ज्यादा वक्त वे खानसामा का कार्यभार संभालते थे। वक्त सरकता रहा।

जैसे ही बच्चे थोड़ा संभले, एक दिन स्नेह और ममता से भरी भाभी बोली। "अहो बद्री सिंह। माफ करना तुमने भाई का परिवार पालने में अपना जीवन लगा दिया। तुम्हारा यह अहसान मैं कैसे चुका सकूंगी? अब मेरी तुमसे हाथ जोड़कर विनती है कि ये दोनों बच्चे कुछ समझदार हो गए हैं इसलिए तुम समय रहते अपना घर बसा लो। अभी मेरे हाथों में जान है, तुम्हारे बाल-बच्चे पाल दूंगी तो शायद इस

कर्ज का भार कुछ हल्का हो सकेगा।''

''ना भाभी...क्या ये मेरे बच्चे नहीं हैं? अब इतना पराया भी मत कर दो। जब तक बच्चे नौकरी पर नहीं लग जाते, अपना घर-परिवार लेकर नहीं बैठ जाते और तुम्हारी जिम्मेदारी संभालने लायक नहीं होते तब तक मैं अपने बारे में सोचूंगा भी नहीं। जब भाई अपने परिवार को सुखी देखेंगे तब ही उनकी आत्मा को भी शांति मिलेगी।' बद्री प्रसाद जिम्मेदारी के भाव से बोले। उसके बाद सब कुछ संभालते हुए इतना वक्त बीत गया कि फिर वे अपने बारे में कुछ सोच ही नहीं सके।

ठीक वक्त आने पर बेटी समान भतीजी गंगा राजी-खुशी अपने ससुराल चली गई। भतीजे कार्तिक की नौकरी ठीक हो गई। उसका भी ब्याह होकर घर बस गया। दोनों बेटा और बहू अपनी मां का खूब खयाल रखने लगे। सभी बद्री प्रसाद को पिता से बढ़कर सम्मान देते थे। परन्तु जब तक वे अपनी इन जिम्मेदारियों से मुक्त हुए तब तक उनकी ब्याह की चाह और उम्र दोनों बीत गई। फौज से सेवा अवकाश लेकर एक दिन वे सभी के लाख मनाने-समझाने के बावजूद शांति और सुकून तलाशते उस हॉस्टल तक पहुँच गए। तब से करीब सात वर्ष हो गए। फिर वह हॉस्टल ही उनका घर था, और सभी उनके बच्चे। सारी रसोई की जिम्मेदारी उनके ऊपर थी, जिसे वे बखूबी संभालते थे। उनके साथ हाथ बंटाने वाले अन्य चार व्यक्ति उन जाड़ों की छुट्टियों में घर चले जाते थे। परन्तु वे हॉस्टल में ही प्रसन्न रहते थे। कभी दो-चार दिन को वे बच्चों से मिल आते थे और कभी बच्चे उनसे मिलने वहीं चले आते थे। हॉस्टल में वे सबके बद्री काका थे। सभी पर खूब स्नेह लुटाते और खुद भी बहुत सम्मान पाते भी थे।

हेमंती ने भी अपना एकांत भरा संसार इसी हॉस्टल के इर्द-गिर्द रच लिया था। पहले वह मां-बाबा के पास अल्मोड़ा चली ज़ाया करती थी। परन्तु उनके देहावसान के बाद फिर पिछले करीब दस वर्षों से वह स्वेच्छा से उस दुनिया में अकेली रहने लगी। उस की अपनी अज़ीब दुःख भरी दास्तान थी। उसके एकमात्र बड़े भाई और भाभी को उससे कोई खास लगाव नहीं रह गया था। वजह थी भाई-भाभी के बहुत ऊंच-नीच समझाने के बावजूद भी उसका शादी न करना। भाई ने कुछ लड़कों के रिश्ते लाकर उसे राजी-खुशी विदा करना चाहा था। परन्तु सभी के बहुत समझाने के बावजूद वह ब्याह का मन नहीं बना सकी थी। इस बात से अनभिज्ञ रिश्तेदारों ने उसके भाई को, बहन की शादी के बारे में नहीं सोचने वाला गैर जिम्मेदार भाई करार कर दिया था। इसलिए भाई-भाभी की नाराजगी बनी रही। जब भी वह घर जाती हमेशा मुद्दा वही शादी का होता था। भाभी के तंज और ताने उसको भीतर तक दुखा देते थे। भाई भी सीधे मुंह बात नहीं करते थे। इसलिए उसने उन्हें अपनी उपस्थिती

से परेशान न करने का फैसला कर लिया था। फिर मां-बाबा के न रहने पर न उन्होंने हिमंती को कभी वहां बुलाया और न ही वह स्वयं वहां जा सकी।

ब्याह से विरक्ति होने के पीछे उसकी एक मार्मिक कहानी थी। ब्याह की उम्र में आने पर उसके जीवन में भी प्रेम का पदार्पण हुआ था। परन्तु उसके बाद क्या हुआ? इस बारे में कुछ सुनी-सुनाई कहानियां थीं। उसने अपने मुंह से न तो किसी को कभी कुछ बताया और न ही उसके गंभीर और संगठित व्यक्तित्व को देखते हुए किसी की कभी हिम्मत हुई, कि उसके कड़वे-खट्टे अतीत को कुरेदकर पूछता। वह स्वयं उन यादों को एक दुःस्वप्न मानकर दफन कर चुकी थी। इस हॉस्टल में वह पद्रंह वर्षों से थी परन्तु उसे मुस्कराते हुए शायद ही किसी ने देखा हो। जरुरत पड़ने पर उसकी मुस्कराहट तड़ित की तरह क्षण भर की होती थी। परन्तु यही हिमंती हमेशा से ऐसी नहीं थी। उसके अतीत की हिमंती अलमस्त जीती थी।

अल्मोड़ा जैसी सुंदर पहाड़ी नगरी में उनका दो मंजिला बड़ा सा मकान था। वहां से दीखता हिमाच्छादित हिमालय का विहंगम दृश्य और वहां का खनकता मौसम बेमिसाल था। उसके भरे-पूरे घर में जीवन खुशियों से भरा हुआ था। बात उन अच्छे दिनों की है। तब उसके जीवन में भी बहारें थीं। चाहतों पर उसका वश नहीं था। उसके भीतर का बसंत बेहद रूमानी होकर खिला था। चौबीस वर्ष की हिमंती खुशदिल और जीवन को भरपूर जीने वाली लड़की थी। वह प्राइवेट स्कूल में दसवीं, बारहवीं के विद्यार्थियों को गणित पढ़ाती थी। सादगी पसंद हिमंती का सौंदर्य प्रसाधनों से दूर-दूर तक कोई वास्ता नहीं था। वह सलीके से चरक की हुई सूती साड़ी पहनती जिसका लंबा खूबसूरत पल्ला लहराता रहता था। कमर तक लंबे बालों को चोटी में गूंथकर वह उन्हें अपने बाएं कंधे से हमेशा आगे की तरफ रखती थी। उसकी सांवली रंगत उस पर चमकदार ढलकी पलकों वाली पहाड़ी आँखें। उठी हुई नासिका पर गुलाबी आभा वाली लौंग उसके सौंदर्य को गरिमा से भर देती थी। पैरों में अंगूठे वाली साधारण चप्पल और कंधे पर पर्सनुमा जूट का थैला। सरल सौंदर्य की स्वामिनी हिमंती बात बे बात अपनी एकसार सफेद दन्त पंक्तियां चमकाती हुई हंस दिया करती थी।

उन्हीं दिनों उसके पिता के एक मित्र का बेटा आदित्य मिलेटरी की ट्रेनिंग के बाद छुट्टियों में अपने घर अल्मोड़ा आया हुआ था। एन.डी.ए पास आउट और आई. आई. एम किया हुआ वह ऑफीसर बनकर आया था। किसी पारिवारिक समारोह में दोनों का आपस में परिचय हुआ और फिर मेल-मुलाकातों का दौर चलने लगा। आदित्य, हिमंती की सादगी और मनमोहक हंसी का कायल हो गया था तो वह उस के शानदार अफसरी रुआब वाले व्यक्तित्व और उसकी लच्छेदार बातों पर रीझ उठी

थी। उनका प्रेम लता के समान तेजी से बढ़ने लगा। वह जब भी छुट्टियों में घर आता तब दोनों बहुत सा वक्त साथ बिताते थे।

एक गुनगुनाती धूप वाले दिन बुरांश के पेड़ के नीचे बैठे वे दोनों भावी जीवन के ताने-बाने बुन रहे थे। तभी एक सुर्ख लाल बुरांश हिमंती के सर से टकराता हुआ उसकी गोद में सर रखकर लेटे हुए आदित्य पर आ गिरा। आदित्य ने मुस्कराकर कहा। "देखा हिमंती आशीर्वाद था ये। तुम्हें ईश्वर ने मेरे लिए ही बनाया है। इसीलिए इस जीवन में हम यूँ अचानक मिल गए।"

"जबरदस्ती...ये क्या बात हुई?" वह हंसती हुई बोली। जिस पर फिर आदित्य भी प्रसन्नता से हंस पड़ा।

"जानती हूँ ऑफीसर, जताना चाहते हो, न कि तुम मुझे बहुत प्यार करते हो?" मुस्कुराती हुई हिमंती ने उसके बालों को सहलाते हुए कहा।

"तुम कुछ नहीं जानती हो। जानती होतीं तो अपने बाबा से हमारी जल्दी शादी कराने की बात करतीं।" आदित्य अनमना होकर बोला।

"अरे ...अजीब हो। भला एक लड़की अपने मुंह से अपने घरवालों से कैसे कह दे कि, मेरा जल्द ब्याह करा दो। मुझे आदित्य से मिलने की बहुत उतावली है अब ऐसी बेशर्म नहीं हूँ मैं।" इस बात पर दोनों फिर खिलखिला पड़े थे। इसी तरह एक-दूसरे के प्रेम में भीगते हुए उनके दिन बीतते रहे।

जब आदित्य ड्यूटी पर वापस चला जाता था तब वे फोन से एक-दूसरे की कुशल बात पूछते और बेसब्री से पत्रें का इंतज़ार करते थे। एक दूसरे के प्यार में डूबे हुए बेचैन रहते थे। जब वह दूसरी बार छुट्टियों में आया तब घरवालों ने आपसी रजामंदी से दोनों की सगाई कर दी और तय कर दिया कि अगली छुट्टियों में उनका ब्याह कर देंगे। सभी इस रिश्ते से बेहद प्रसन्न थे। दिन में दोनों अपने हिस्से के कार्य करते थे और शाम होते ही कहीं पर मुलाकात। देर रात तक फिर एक-दूसरे के सामीप्य को तरसते विक्षेह की अग्नि में जलते थे। दोनों का प्रेम अवरोह सा ऊपर चढ़ता रहा। प्यार-महोब्बत में भीगते फिर छह महीने और बीत गए।

उसे वह दिन कभी नहीं भूलता जब अगली सुबह आदित्य को वापस ड्यूटी पर जाना था, इसलिए वह उनसे विदा लेने उनके घर आया था। उस वक्त मां-बाबा घर पर नहीं थे। वे पड़ोस के घर में किसी के गुजर जाने पर उन्हें सांत्वना देने और अफसोस जताने गए हुए थे। एकांत पाकर दोनों भावुक होने लगे। बिछड़ने के दुःख में वह आदित्य की छाती पर सर टिकाकर सुबक पड़ी थी। "आदि...तुम्हारा जाना जरूरी है क्या? ऐसा नहीं हो सकता कि हम ब्याह कर लें और मैं भी तुम्हारे साथ ही चलूँ मुझे तुम्हारी यादों के साथ जीना बहुत कष्ट देता है।"

''पक्का वादा हिमी...अगली बार हम दोनों एक साथ चलेंगे। बस कुछ ही दिनों की बात है।' कहकर उसने हिमंती को अपनी बलिष्ठ बाँहों में कस लिया और उसका माथा चूम लिया। विक्षेह का गम दोनों को अपनी गिरफ्त में लपेटने लगा और सहसा भावनाओं के बहाव में बहते दोनों अपना संयम खो बैठे। उस अनियंत्रित तूफान ने अपनी सभी हदें तोड़ दी। जब वह तूफान थमा तो रिश्तों के मायने बदल चुके थे। थोड़ा ग्लानि थी परन्तु सम्पूर्णता के भाव से भरे दोनों के बीच करीबी और बढ़ गई थी। विदा होते समय भावुक आदित्य इतना ही कह सका था। 'अपनी यादों में बसाये रखना हिमी और मेरे भरोसे को थामे रहना। मैं जल्द ही तुम्हें अपने साथ ले जाऊंगा। अब जीना-मरना साथ है।' परन्तु नियति ने कुछ और ही खेल रचा। उस बार का गया आदित्य फिर कभी नहीं पलट सका। उसके नाम के आगे शहीद का तमगा लग चुका था।

इस खबर से वर्षों तक हिमंती के आंसू नहीं थमे और न ही वह इस सदमे से उबर सकी। भगवान ने क्या सोचकर उसका नसीब लिखा होगा? उस आखिरी मिलन के सरल समर्पण ने उसे तोड़कर रख दिया था। वह एक ऐसा दर्द था जिसे वह किसी के साथ बाँट भी नहीं सकती थी। दुःख इतना गहरा था कि वह दिन-रात अपने कमरे में बैठी नम आँखों से आदित्य की यादों को सहलाया करती थी। उसने स्कूल पढ़ाने जाना बंद कर दिया था। आदित्य और उसके बीच रिश्ते के उस समर्पण को उन दोनों के अलावा और कोई नहीं जानता था। अन्य लोगों के लिए आदित्य का शहीद हो जाना इतनी बड़ी बात नहीं थी। वह एक अनहोनी थी...बुरा हादसा मात्र था जिसे वक्त के साथ भुलाया जा सकता था। परन्तु उसके लिए इससे बड़ा कोई दुःख नहीं था। भाई-भाभी, नाते रिश्ते वालों ने उसे बहुत समझाया। परन्तु अति दुःख के सागर में डूबी वह अवसादित होने लगी। विषाद और ग्लानि से उसका मन इस संसार से विरक्त होने लगा था। आदित्य के बिना जीना वह सोच ही नहीं पा रही थी।

धीरे-धीरे मां की अथक ममता उसे इस सदमे से बाहर तो ले आई परन्तु फिर वह अल्मोड़ा में नहीं रह सकी। अपनी सारी यादें, चंचलता, हंसी, मुस्कराहटें वहीं छोड़कर केवल गाम्भीर्य ओढ़कर उसने पाइन व्यू महिला हॉस्टल में प्रवेश किया था। तब से प्यार के अहसास ने उसे फिर कभी नहीं छुआ। प्रेम के अहसास कुंद हो चुके थे। उस दिन के अनियंत्रित समर्पण ने उसकी सोच की दिशा बदल दी थी। प्रेम उसे भयभीत करने लगा था। फिर वह अपने आप को कभी किसी अन्य के साथ नहीं सोच सकी। ''काश उस दिन हम दोनों में से कोई एक धैर्य रख पाता तो उतना अनर्थ नहीं होता। उसकी ज़िंदगी में इस कदर पतझड़ सी वीरानी नहीं छाई होती।''

हॉस्टल में लड़कियों के प्यार-महोब्बत के किस्से उसे विचलित कर देते थे। दोष किसी एक का नहीं होता परन्तु जिस प्यार की रौ में बहकर उसने अपनी तमाम ज़िंदगी बरबाद कर दी, जिंदादिली से जीना छोड़ दिया। लड़कियों के उसी प्यार पर उसने पहरा लगा दिया। ''सुनती थी प्यार अंधा होता है।'' वक्त के साथ बखूबी समझ भी चुकी थी। वह नहीं चाहती थी उसी प्रेम की बलि कोई अन्य लड़की भी चढ़े। ज़ालिम वार्डन बनकर वह न केवल लड़कियों से कुछ कहती बल्कि उन लड़कों के साथ भी सख्ती से पेश आ जाती थी। उन्हें भी घुड़क देती थी। ''शादी कर लो निकम्मों उसके बाद घूमों, जो मर्जी वह करो। परन्तु अभी मन लगाकर पढ़ाई पर ध्यान दो। कुछ बन जाओ पहले...नालायकों, अपने पैरों पर खड़े हो जाओ। फिर करना आशिकी...पूरी उम्र पडी है।'' उसके नाम से ही सब तरफ अफरातफरी मच जाती थी। परन्तु वही हिमंती अक्सर बर्फ की सी खामोशी लिए पूरे हॉस्टल को व्यवस्थित करती रहती थी। सभी लड़कियां जा चुकी थीं। हॉस्टल ने वीरानी ओढ़ ली थी।

आदतानुसार एक सुबह पांच बजे जाग खुलने पर उसे बादलों की गर्जन सुनाई दी। उसने खिड़की से बाहर झांका। हल्की बूंदा-बांदी शुरू हो चुकी थी। कुछ ही देर में तेज बरसात होने लगी। दैनंदिन कार्यों से निपटकर वह अपने कमरे और सामान को सहेजने लगी। अकेलापन अक्सर अतीत की गर्त में खींच ले जाता है। वह सोचने लगी यदि आदित्य उसके जीवन में नहीं आता तब शायद वह दूसरे तरह का जीवन जी रही होती। परन्तु भाग्य का लेखा। उस पर किसका बस चलता है। दिन में अपनी आलमारी ठीक करके वह खाना खाकर फिर कुछ देर के लिए सो गई। शाम पांच बजे दरवाजे पर हुई दस्तक से उसकी नींद खुली। दरवाजा खोलने पर वहां चाय लिए बद्री काका खड़े थे।

''सो गईं थीं? कभी-कभी इस तरह थकान उतार लेनी चाहिए बिटिया। तन-मन दोनों के लिए ठीक रहता है।'' काका चाय टेबल पर रखते हुए बोले।

''हाँ काका, काम हो तो नींद भी नहीं आती है। वरना खाली बैठकर और क्या करें?'' उसने एक क्षणिक सी मुस्कान के साथ कहा।

''और हाँ...आज रात का खाना प्रोफेसर साहब के कमरे में होगा। सभी इकट्ठा बैठेंगे। ठीक आठ बजे। आप भी तैयार होकर पहुँच जाना। आप सभी लोगों का मन बहल जाएगा। ठीक है, बिटिया?'' स्नेह से बद्री काका उसकी तरफ देखकर कहते हुए चले गए। उन्हें अब रात के खाने की तैयारी करनी थी।

बरसात अब भी नहीं थमी थी। उसने चाय का प्याला उठाया और बाहर बालकनी में रखी आराम कुर्सी पर ढह गई। उसे वाहियात बैठने की आदत

नहीं थी परन्तु दिन में सोना भी उसे कभी ठीक नहीं लगता। शरीर और टूट सा जाता है। जैसे किसी ने उसके शरीर से सारी ऊर्जा निचोड़ दी हो। चाय पीते हुए वह लगातार टपकते हुए आसमान को देखती रही। देवदार और चीड़ पर बरसती बूंदें और टिन की छतों पर पड़ती उनकी आवाज़ों से संगीत सा बजता मालूम हो रहा था। बारिश न जाने उसे कैसे भावों से भर देती थी। ठंडा, भीगा हुआ...देवत्व और रुमानियत से भरपूर अद्भुत संसार।

"बारिश मन को कितना हल्का कर देती है न काका?" चाय समाप्त हो गई थी। उसने कप लेने आए और खिड़की बंद करते बद्री काका से कहा। वह कुछ नहीं बोल सके थे। जानते थे हिमंती के भीतर भी बादलों सा कुछ घुमड़ता रहता है जो कभी-कभी एकांत पाते ही बरसात की तरह उसकी आँखों से बरस जाता होगा। किसी दिन जब वह सारा दुःख बारिश बनकर बाहर निकल जाएगा तब शायद वह सरल हो जाएगी। घुटन से बने हुए तनाव ने उसे बेरुखा और अक्खड़ बना दिया था।

अकेलेपन से जूझती कभी-कभी वह सोचने लगती थी। "क्या मां की बात न मानकर उसने गलत किया?" हिमंती को मां की वह बात याद आने लगी। जब कई वर्ष पूर्व उन्होंने कहा था। "हेम...वह डॉक्टर दुहाजू है तो क्या हुआ? हीरे जैसा है। अभी तेरी सारी उम्र पड़ी है। अकेले चलना बहुत कठिन होता है। एक उम्र के बाद अकेलापन काटने को दौड़ता है। ठंडे दिमाग से सोच ले बेटी।" परन्तु तब वह आदित्य की यादों को गले से लगाये घूमती रहती थी। उस के अलावा वह और कुछ कहाँ कुछ सोच पाई थी। शरीर की टूटन को दूर करने के लिए वह छाता लेकर टहलने के बहाने नीचे उतर गई। खूब दूर तक टहलती रही। फुहारें अब भी झर रहीं थीं।

वापस कमरे में लौटते समय अचानक गलियारे में प्रोफेसर दीक्षित मिल गए थे। उनका कमरा उसी गलियारे में बना सबसे कोने वाला कमरा था। "मिस हिमंती. ..कल सुबह डॉक्टर नतालिया भी जा रहीं हैं। इसलिए आज शाम सब मेरे कमरे में खाना खाएंगे। कुछ नहीं...बस यूँ ही कुछ वक्त साथ बैठ जाएंगे। आप भी आएंगी तो बहुत अच्छा लगेगा।" उन्होंने उसे देखते हुए सौम्यता से कहा। अपने अकेलेपन से निजात पाने की कोशिशों में इस तरह स्टाफ के लोग एक-दूसरे के कमरे में खाना-पीना करते रहते थे। अक्सर हिमंती इन सब से दूर रहती थी। पहले-पहल सविता मैडम और डॉक्टर नतालिया ने उसे खूब समझाया था। परन्तु वह इस आदत के साथ सामंजस्य नहीं बैठा सकी। न जाने प्रोफेसर के आग्रह में कुछ था या फिर उसके भीतर का अकेलापन था, वह कुछ देर खामोश रहकर बोली। "ठीक है सर। परन्तु कुछ ही देर ठहरूंगी। मुझे यूँ हंसना, बोलना भाता नहीं है।"

"शुक्रिया। हम आपका इन्तजार करेंगे।" कहकर प्रोफेसर प्रसन्नता से नीचे

सीढ़ियां उतरने लगे। रसोई में जाकर खाने के बारे में बद्री काका को समझाना था। बद्री काका अपनी अनुभवी आंखों से प्रोफेसर के मन के भाव समझ रहे थे। वे खुश थे। काश हिमंती के जीवन का अकेलापन कुछ कम हो सके। ''चल भई बद्री सिंह झट-पट हाथ चला।'' खुद से ही बुदबुदाते हुए वे खुशी-खुशी रसोई बनाने लगे।

आठ बज गए थे। अलमारी में साड़ियों को सहलाते हुए उसने धानी रंग की गुलाबी पल्ले वाली सिल्क की साड़ी निकाली। उसके खुशहाल दिनों में धानी रंग उसका पसंदीदा रंग होता था। उसके चेहरे पर बारिश का लावण्य छाया हुआ था। उसने अच्छे से चोटी गुंथी और साड़ी का लहराता पल्ला संभालते हुए वह प्रोफेसर के कमरे में पहुँची। अन्य सभी वहां पहुँच चुके थे। उन्होंने उसका स्वागत किया और प्रोफेसर ने एक भरपूर नज़र उस पर डाली। सभी की निगाहों में अपने लिए प्रशंसा का भाव देखकर वह लजा सी गई। इस एक भाव के चेहरे पर आने मात्र से ही औरत का सौंदर्य द्विगुणित हो उठता है। सविता मैडम उसे देखकर प्रसन्नता से बोलीं। 'कितनी सुंदर लग रही हो हिमंती। तुम गहरे रंग पहना करो। ये रंग तुम पर खूब फब रहा है। सुंदर दिखना तो औरतों का जन्मसिद्ध अधिकार होता है।' इस बात पर फिर एक मिलाजुला कहकहा वहां पर बरस पड़ा।

खाना-पीना और बातचीत का दौर चलता रहा। देर रात बारह बजे तक सभी बैठे रहे। डॉक्टर नतालिया ने अपने मधुर कंठ से दो गीत सुनाए और प्रोफेसर ने एक सुकून बरसाती, मीठी, रूमानी सी ग़ज़ल। संगीत दो दिलों को करीब लाने का एक प्यारा सा माध्यम है। गज़ल के दौरान जब भी हिमंती की नज़र प्रोफेसर की नज़रों से टकराती, न जाने कैसे वर्षों बाद उसके दिल में एक कसकती लहर सी उठ जाती थी। विदा होते समय उसने प्रोफेसर को धन्यवाद दिया और उनकी तारीफ की। ''सर मुझे नहीं मालूम था आप संगीत के कद्रदान भी हैं। खूब उम्दा गज़ल सुनाई आपने।''

''तो तय समझूं जब भी आपको गज़ल सुनने का मन होगा आप निःसंकोच चली आएंगी?'' प्रोफेसर ने तपाक से पूछा।

''आप मुझे प्रलोभन दे रहे हैं?'' उसने संकोच से कहा।

''कुछ ऐसा ही समझ लीजिए मिस हिमंती।'' उन्होंने अपनी गहरी आँखों से उसे देखते हुए कहा। न जाने उन आँखों में कितना प्यार हिलोरे मार रहा था। एक लहर सी उसके भीतर फिर कसक उठी। ये कैसे अहसास हैं? अब फिर से क्यों?'' सोचती हुई, सकपका कर वह बिना कुछ कहे तेजी से अपने कमरे की तरफ बढ़ गई। कमरे में पहुंचकर उसे अचानक प्रोफेसर दीक्षित का वह पत्र याद आ गया जो उन्होंने पिछले महीने कॉलेज के स्टाफ रूम में अवसर देखकर उसे थमा दिया था।

''ये क्या है सर?'' उसने संकोच और आश्चर्य से पूछा था।

"कुछ मन के जज्बात हैं... यूँ ही। जब आप अपने कमरे में जाकर इसे फुर्सत से पढ़ेंगी न, तब आपको ये अच्छी तरह समझ में आएगा।" उन्होंने अपनी निष्कपट मुस्कान के साथ कहा था।

"क्यों कल फिर आप इसमें से मेरा टेस्ट लेंगे?" हिमंती की इस बात पर दोनों मुस्करा दिए थे। प्रोफेसर के जज्बातों से अनभिज्ञ और अपनी कुंद प्रेममयी सोचों से हिमंती ने पत्र को बाद में पढ़ने के लिए अपनी टेबल की दराज में रखा और भूल गई। उसी रात खाना समाप्त करने के बाद वह अपनी सहायिका दक्षिण भारतीय जॉली अम्मा के साथ नीचे टहल रही थी। जॉली उसे बता रही थी किस तरह उसके पति और उसने बहुत गरीबी से अपने दोनों बच्चों को पाला था। "क्या है न मैडम। औरत को पुरुष का साथ मिलने पर बहुत सहारा मिल जाता है। समाज में अकेला नहीं रहने का मैडम। बड़ा मुश्किल। जब से उसने जॉर्ज के साथ शादी बनाया तब से ज़िंदगी थोड़ा... ।" जॉली कुछ देर तक बोलती रही थी।

तीन दिन बीत गए थे। जब उसकी तरफ से कोई प्रतिक्रिया नहीं आई तो बेताब प्रोफेसर ने उससे पूछना ही उचित समझा। दोपहर के खाने के बाद कमरे की तरफ बढ़ती हिमंती से वे हंसकर बोले। 'हाँ तो मिस हिमंती, आप टेस्ट देने के लिए तैयार हैं?'

"ओह सर...उस पत्र को मैं पढ़ ही नहीं सकी। मेरे दिमाग से बिलकुल निकल गया था। ये लड़कियों को सँभालने में मुझे कुछ और ध्यान ही नहीं रहता। मैं अभी कमरे में जाते ही सबसे पहले यही काम करूंगी।" कहती हुई वह ऊपर अपने कमरे की तरफ बढ़ गई। उसने टेबल की दराज से वह हल्का नीला लिफाफा निकला था और आराम से कुर्सी पर बैठकर उसके भीतर रखे पत्र को ध्यान से पढ़ने लगी। एक पल को उसकी सांसें थम गई। वर्षों से सोए हुए हृदय ने एक प्यारी सी करवट बदली। प्रोफेसर साहब उसके लिए ऐसा भाव रखतें हैं? उसने वे चंद पंक्तियाँ कई बार पढ़ीं।

"पिछले दो वर्षों से आप को देख रहा हूँ। उलझने और कष्ट कहाँ नहीं हैं? आपकी सादगी मुझे आकर्षित करती है। आपके साथ कुछ कदम चलना चाहता हूँ। एक अदद मुस्कान आपके चेहरे पर ला सका तो अपने आप को खुश किस्मत समझूंगा।" इन शब्दों ने उसके दिल में हलचल मचा दी थी। एक तूफान सा उठा था। परन्तु उसने अपने आप को भरसक संभाला और बिना किसी भी तरह की प्रतिक्रिया दिए वह खामोश बनी रही। लड़कियों और हॉस्टल की जिम्मेदारियों में उलझकर वह इन पंक्तियों को फिर भुला बैठी। फिर उस पत्र का कभी ज़िक्र नहीं हुआ।

अब कमरे में पहुंचकर उसने दुबारा उस पत्र को निकला और कई बार पढ़ा।

जितना वह उसे पढ़ती गई उसकी सांसें धौंकनी की तरह तेज होती गई। कुछ देर बाद वह मदमाती सी उठी और कमरे में लगे लंबे आदमकद शीशे के सामने बैठ गई। दर्पण देखना तो जैसे वह भूल ही चुकी थी। परन्तु अब उसने खूब देर तक हर कोण से अपने आप को निहारा।

चालीस की वय में ही उसने अनजाने में कितना अधेड़पन ओढ़ लिया था। बिगड़ा अब भी ज्यादा कुछ नहीं था, परन्तु उम्र के कम मगर हालातों की मार के अवशेष उस पर हावी थे। उसे आश्चर्य हुआ। क्या आज भी वह किसी को आकर्षित कर सकती है? लंबे, सजीले व्यक्तित्व वाले प्रोफेसर द्वारा सराहा जाना उसे क्षण भर को गुदगुदा गया। सोये हुए अरमान फिर से जाग उठे। प्रोफेसर का प्रेम उसके बर्फ से ठंडे अहसासों पर भारी पड़ने लगा। पगलाई सी उसने अपनी लंबी चोटी खोल ली और रेशम से बालों को यूँ ही पीठ पर लहराने दिया। पास में बने मंदिर से रोली उठाकर माथे पर बड़ी-सी बिंदी लगा ली। इतना करने मात्र से उसका सरल सौंदर्य महक उठा। ''सच है आज भी वह सुंदर लगती है।'' अपने को एकटक निहारते हुए उसने सोचा। वर्षों से अधमरा हो चुका मन, उमंग से खिल उठा। कई बार इंसान अपने आस-पास की खुशियों के लिए अपने दिल के दरवाजे इतनी जोर से बंद कर देता है कि फिर उन पर जाले लगने लगते है। परन्तु प्रेम की ताकत के आगे सब कुछ खिल उठता है। जी उठता है। ''प्रोफेसर मुझसे प्रेम करतें हैं?'' सोचकर वह गुलाबी आभा से दमकती हुई प्रेम से भर उठी।

उसने अब सारे पिछले सिरे जोड़ने शुरू कर दिए। कैसे अक्सर प्रोफेसर उस से हर कहीं टकरा जाते थे। वह इसे महज संयोग समझती रही थी। कभी नीचे खाना खाने के बाद रात में टहलते हुए तो कभी पुस्तकालय में। फिर उसके साथ वे चुपचाप चलते थे। अक्सर रविवार की दोपहर को जब वह जॉली के साथ कुछ दूरी पर बहती बरसाती नदी के किनारे बैठी होती थी, तब भी न जाने वे कहीं से प्रकट हो जाते थे।

पिछले वर्ष की ही बात थी। एक दिन शाम को वह अपनी धुन में खोई हुई पगडंडियों में दूर तक निकल गई थी। चेतना आने पर उसने घड़ी देखी तो काफी देर हो चुकी थी। अंधेरा उसे घेरने लगा था। अकेली जंगल की उस सुनसान पगडंडी पर उसे जानवरों का खतरा लगने लगा था। उसे नहीं लगा था कि वह इतनी दूर निकल आएगी इसलिए टॉर्च साथ लेकर नहीं चली थी। हवा से सांय-सांय करते चीड़ के पेड़ लहरा रहे थे और सियारों की हुँआँ-हुआँ सुनाई देने लगी। घबराहट से उसकी हृदय गति बढ़ने लगी। वह तेज कद्‌मों से वापस आती हुई सोचने लगी। ''हे ईश्वर. ..काश जॉली या बद्री काका उसे खोजते हुए कहीं से आ जाएं। फिर कभी वह ऐसी

बेवकूफी नहीं करेगी।'' और तभी जादुई तरीके से उसे अपने पीछे पदचाप सुनाई पड़े थे। उसने सहम कर पीछे देखा। आश्चर्य से उसकी आँखें फैल गई। प्रोफेसर दीक्षित चले आ रहे थे। उनको देखकर उसकी जान में जान आई। उसने खुशी के अतिरेक में प्रोफेसर का हाथ थाम लिया था और बोलती चली गई। ''सर आप? आप इस वक्त यहां क्या कर रहें हैं? आप भी मेरी ही तरह बेवकूफी कर बैठे?''

'बेवकूफी करने का प्रमाणपत्र सिर्फ आपके पास ही तो नहीं है न?'' नाराजगी का भाव दिखाते हुए उन्होंने बिना विचलित हुए गंभीरता से कहा।

''मुझे अकेले बहुत डर लगने लगा था। अच्छा हुआ सर...आप मिल गए।'' उसने चौन की सांस लेते हुए कहा था।

''लड़कियों को बात बे बात धमकाने वाली मैडम इतनी डरपोक?'' प्रोफेसर ने अपनी स्थिर आवाज़ में व्यंग्य करते हुए कहा। उसने झट से उनका हाथ छोड़ा और शर्मिन्दा होकर चुप हो गई। फिर उसे डर नहीं लगा। उसके बाद बाकी का आधा रास्ता दोनों ने चुपचाप तय किया। उस दिन भी उसे उनका मिलना मात्र संयोग ही लगा था। परन्तु हर बार उनका साथ उसके खालीपन को भर जाता था। उसके अकेलेपन को कम कर देता था। हॉस्टल में पहुंचकर चिंताग्रस्त जॉली ने उससे पूछा था। 'मैडम आप कहाँ चली गईं थीं? मैं परेशान हो गई थी। मैंने बद्री काका और प्रोफेसर साहब से पूछा था यदि आप उनमें से किसी से कुछ कहकर गईं हों तो?'

कुछ इसी तरह तब भी हुआ था। पिछले वर्ष फरवरी माह के प्रथम सप्ताह की बात है। अंतिम वर्ष की लड़कियों का ग्रुप तीन दिन के लिए नैनीताल गया था। दो दिन तक सभी साथ खूब घूमे। तीसरे और आखिरी दिन की बात है, लड़कियों का फ्री डे था। सभी को शाम पांच बजे तक की छूट थी। कुछ लड़कियां अपनी रिश्तेदारी में चली गईं थीं और कुछ बाजार खरीददारी करने। उस दिन सुबह से ही मौसम नहीं खुला। दोपहर के तीन बज गए थे। डॉक्टर नतालिया और प्रोफेसर कॉमन रूम में अलाव के आगे बैठकर शतरंज खेल रहे थे। उससे बेवजह बहुत देर तक एक ही जगह पर टिके रहना नहीं हो पाता। वह कमरे से नीचे उतर आई थी।

''इस तरह का बंद मौसम बर्फ के आने का संकेत होता है।'' होटल के स्वागत कक्ष में उसने किसी को यह बात कहते हुए सुना था। गिरती हुई बर्फ को देखना उसे किसी चमत्कार से कम नहीं लगता। इसलिए बर्फ देखने का लोभ लिए उसने बाहर निकलने का मन बनाया। उसने अपना लंबा कोट पहना। गर्दन पर मफलर लपेटा और कोट की जेब में हाथ डाले वह पाषाण देवी मंदिर वाली सड़क की तरफ निकल गई। वह ताल के किनारे-किनारे बनी कच्ची सड़क पर चलती रही। प्रकृति के इस रूप पर वह मुग्ध थी। लगभग घंटे भर तक वह यूँ ही बेवजह टहलती

रही। कुछ ही देर में हल्की फुहारें गिरनी शुरू हो गईं थीं। उसे लगा बारिश हो रही है परन्तु कोट के अपने कन्धों पर नज़र डाली तो वहां पर ठहरी हुई बर्फ की सफेदी देखकर वह रोमांचित हो उठी। बर्फ के फाहों को देखकर कभी न मुस्कराने वाली हिमंती के चहरे पर मुस्कान तैर गई। और उसी के साथ प्रोफेसर की शांत आवाज़ सुनाई दी।

"आपके पास मुस्कराने की बहुत कम वजह होतीं हैं न मिस हेमंती?" चौंककर उसने पीछे की तरफ से बगल में बढ़ आए प्रोफेसर की तरफ देखा। वह कुछ नहीं बोली परन्तु उसने महसूस किया कि किसी का साथ होने से खुशी कितनी बढ़ जाती है। उस दिन भी उसे बर्फ में प्रोफेसर के साथ चलना बेहद अच्छा लगा था। इसी तरह अनायास ही न जाने कितनी बार उसका सामना प्रोफेसर से होता था। अतीत की मीठी यादों से उसके चेहरे पर एक सहज और जवां मुस्कान स्वतः सज गई।

पत्र को फिर से कई-कई बार पढ़कर उसका सच से सामना हो गया था । पिछली तमाम बातों को याद करती हुई, हिमनद सी जमी हुई संवेदनाओं वाली हिमंती पिघलने लगी...बहने लगी। न जाने उसके भीतर की कितनी ही ग्रन्थियां खुलतीं गईं और वह उसी पल बदल गई...यूं ही...अचानक...

"आप मुस्कराते हुए बहुत अच्छी लगतीं हैं। किसी ने आपको पहले कभी ऐसा बताया मिस हिमंती?" उसके कमरे के दरवाजे पर खड़े प्रोफेसर ने अपने प्रेम के उस सजे हुए रूप पर मुग्ध होते हुए कहा।

लाज और संकोच से वह तुरंत शीशे के सामने से उठी और झट से उसने बालों को समेट कर जूड़े में कस दिया। नज़र नीची करके पैर के अंगूठे से कालीन को खुरचती खड़ी रह गई। लाज की लालिमा से उसका चेहरा गुलाबी हो उठा था। सुर्ख लाल रोली की बड़ी सी बिंदी अब भी उसके माथे पर दिप-दिप कर रही थी। प्रोफेसर उसे निर्निमेष देखते रहे। उन्हें अपने पत्र का जवाब मिल गया था।

मिस्टर सहाय

"मैन...तू आज फिर लेट आया?"

"आया नहीं कहते जॉली, आई कहते हैं...लेट आई।" मदालसा चहकी।

"व्हाटएवर...तुझे डर नहीं लगता? रोज ज़रा सा बात के लिए सीनियर का डांट खाता है। साढ़े नौ बज गया हैं। क्यों घर से टाईम पर नहीं निकलता?" जॉली मदालसा को अपनी कलाई पर बंधी घड़ी में साढ़े नौ बजे का समय दिखाती हुई उस पर भड़क उठी थी।

जॉली अम्मा और मदालसा दोनों हमउम्र रिपोर्टर थीं और पिछले तीन वर्षों से मीडिया के एक ही ऑफिस में साथ काम कर रही थीं। उनकी अच्छी दोस्त थीं और दोनों एक दूसरे की हमदर्द भी थीं, परन्तु थीं नरम और गरम दल कीं। जॉली जितनी सरल और सीधी थी, मदालसा उतनी ही तेज और ऊर्जावान। मदालसा को लगभग रोज इस तरह डांट खाते देखना जॉली को अच्छा नहीं लगता था। परन्तु मदालसा पर इन बातों का कोई फर्क नहीं पड़ता था। वह जॉली के दोनों कंधों पर अपने दोनों हाथ रखकर उसकी आँखों में झांककर शरारत से बोली। 'माई डियर, मैं देर करती नहीं, देर हो जाती है। "ये सड़कों पर ट्रेफिक...हद है। सब इनका दोष है।" और जोरदार ठहाका लगा देती है। अचानक पलटकर वह पास में अपनी सीट पर पहुंची और कुर्सी पर बैठकर फिर बोली। "यदि मेरा बॉस इन बातों से अपना ब्लड्प्रेशर बढ़ाते है तो ये मेरा नहीं उनका प्रॉब्लम है। अपन तो ऐसे ही थे और ऐसे ही रहेंगे। क्या...?" लापरवाही से कहती हुई वह अपने कम्प्यूटर में काम करने लगती है।

"यू मैड गर्ल तू कबी नहीं सुधरेगा।" जॉली अपने कंधे उचकाकर बुदबुदाई। उसकी बातों से असहमति जाहिर करती हुई वह फिर अपने काम में व्यस्त हो गई।

निखिल सहाय, मदालसा का सीनियर था और कई बातों के लिए उसे इन सहाय साहब को ही रिपोर्ट करना पड़ता था। मिलने पर, अक्सर, अनजाने में दोनों

के बीच कुछ ऐसा हो जाता था जो दोनों को ही असहजकर देता था। इसी मनमुटाव के चलते दोनों एक दूसरे से बेवजह टकराने से बचते थे। उनके एडिटर इन चीफ, वी. के. राना दोनों को अपने केबिन में बुलाकर अक्सर समझाते रहते थे। उस दिन भी समझाया था। ''तुम दोनों मेरे मजबूत हाथ हो। दोनों समझदार और मेहनती भी हो। फिर आपस में ये कुत्ते- बिल्ली की तरह हमेशा तने हुए रहने में क्या समझदारी है? एक-दूसरे से सुलह करो और खूब काम करो। इस बार बेस्ट जर्नलिस्ट और रिपोर्टर ऑफ द इयर का अवार्ड तुम दोनों को ही मिलना चाहिए। आई बात समझ में?''

''यस सर!'' निखिल सहाय झट से बोला था।

मदालसा बिना प्रतिक्रिया दिए इधर-उधर देख रही थी। उसे इस तरह देखते हुए राना उससे मुखातिब होकर फिर बोले। ''और तुम मैडम...ये मैंने तुम्हारे लिए भी कहा है।''

''क्यों नहीं सर! मिस्टर सहाय को ये अवार्ड मिलना ही चाहिए।'' वह मुस्कराहट दबाती हुई कनखियों से सहाय की अकड़ी हुई गर्दन की तरफ देखती हुई बोली।

''इस लड़की का कुछ नहीं हो सकता। अब जाओ दोनों।'' उसकी बातों से राना के होंठ भी मुस्कराहट से थोड़ा खिंच गए थे। सहाय अपने केबिन में उसका ऑफिस समय के नियमानुसार नौ बजे से इंतज़ार कर रहे थे और मदालसा साढ़े नौ बजे ऑफिस पहुँची थी। जॉली ने उसे आते ही बता दिया था कि सहाय गुस्से में हैं और उसे दो बार पूछ चुके हैं। दस मिनट में रोज की महत्वपूर्ण मेल चौंक कर के वह तसल्ली से अपनी कुर्सी में बैठी ही थी कि इंटरकॉम बज उठा। उधर से आने वाली सहाय की तंज से भरी आवाज़ पर वह सतर्क हुई।

''मिस अदालसा, आप आ चुकी हैं तो कृपया मेरे केबिन में आइए। कुछ जरूरी बात करनी है।'' कहकर उधर से इंटरकॉम रख दिया गया। अपनी कुर्सी पर झूलना छोड़कर वह झटपट खड़ी हुई और सहाय के केबिन में पहुँची।

''गुड मॉर्निंग सर, अंदर आ जाऊँ? आपने बुलाया था सर?'' बोलती हुई वह इज़ाज़त लेती भीतर पहुँच गई। सहाय ने उसे सामने कुर्सी पर बैठने का ईशारा किया।

''आपको बुलाना मेरी मजबूरी है मिस मदालसा। वरना मुझे कोई शौक नहीं है...आपका ये रोज...'' वह उसके देरी से आने की वजह से नाराजगी से बोले। सहाय द्वारा ऐसा भाषण सुनाना और उसके द्वारा चुपचाप सुनना उन दोनों के बीच अमूमन रोज ही होता था। अपनी सफाई में न तो वह कुछ कह सकती थी और न ही कहना

चाहती थी। इसलिए उसने कभी अपने पेन से या फिर टेबल पर रखे पेपर वेट से खेलते हुए सुनने की आदत डाल ली थी।

"जी कहिए, "आज क्या करना है मुझे?" वह सहाय की भाषणबाजी समाप्त होने पर बिना किसी नाराजगी से सरलता से बोली।

"साढ़े दस बजे मैं टीम को लेकर नीचे कार में आपका इंतज़ार करूँगा। आप एडिटर इन चीफ, राना सर से बाकी की ब्रीफिंग लेकर झटपट नीचे पहुँच जाना। दस बजे मतलब ठीक दस...। आप समझ रहीं हैं न मिस मदालसा?" समय के पाबंद सहाय की बातों में उसके प्रति थोड़ी खीज सा' दीख रही थी।

डाँट खाने के बाद मदालसा सहाय के केबिन से बाहर इस तरह निकली गोया प्यार-मोहब्बत की बातें कर के आई हो। लहराती हुई सबको हैलो-हाई करती हुई धप्प से अपनी सीट पर बैठ गई। फिर से कंप्यूटर पर न जाने क्या करने लगी। उसने अपने आप को संयमित करते हुए पर्स से कैडबरी चॉकलेट निकाली और कुतरने लगी। वह अपने आप को इन सहाय साहब के साथ जाने के लिए मानसिक रूप से तैयार कर रही थी। पता नहीं इन सहाय को देखकर उसे अलग सा कुछ क्या हो जाता था। कुछ...जिसे फिर वक्त वह समझ नहीं पा रही थी। अन्य दिन जब उसे रिपोर्टिंग के लिए बाहर नहीं जाना होता था तो वह कंप्यूटर ऑन करते ही फिर दिन भर तसल्ली से खूब काम करती थी। परन्तु उस दिन...

अनमने मन से चॉकलेट खाते हुए वह सहायक जुगनू को आवाज़ देकर बोली। "ओए जुगना...चल चाय पिला दे झटपट। बड़ा ट्रैफिक था आज सड़कों पर। दिमाग खराब हो गया है। ऊपर से सीनियर की डांट...हट्ट...ये भी कोई जिंदगी हुई।" जुगनू उसकी टेबल के पास आकर उसको देखता हुआ यूँ ही खड़ा हो गया। उसे पता है जब तक वह चाय लेकर आएगा तब तक मैडम काम में जुट चुकी होगी और चाय को लगभग भूल चुकी होंगी। फिर हमेशा की तरह उस पर बरसेंगी। "अब ये चाय किसने मंगवाई थी? चाय पीने का वक्त है मेरे पासड़ नालायक कामचोर तू ही पी ले।"

मदालसा को काम के बीच में बाधाएं बिलकुल पसंद नहीं थीं। सहसा उसे महसूस हुआ, जुगनू अभी तक चाय लेने नहीं गया। चुपचाप वहीं पर खड़ा है। उसने कंप्यूटर पर से कुछ पढ़ते हुए अपना झुका हुआ सर ऊपर उठाया। चुपचाप खड़े जुगनू की तरफ देखा और गरजकर फिर बोली। "क्या...? सर पर बैठ जा मेरे ...अब आज की डेट में चाय मिलेगी भी कि नहीं?" और फिर से फाइल और कंप्यूटर की दुनिया में खो गई। एडिटर इन चीफ राना उसकी इसी बात के कायल थे। कहते थे।

''लड़की थोड़ी सिरफिरी जरूर है परन्तु काम में कोई कसर नहीं छोड़ती। कैसा भी मुश्किल प्रोजेक्ट थमा दो निबटाकर ही दम लेगी और वो भी जी-जान लगाकर सलीके से करेगी। चीफ इस वजह से उसे पसंद करते हैं तो इसमें गलत क्या है, काम करने वालों की कद्र देर-सबेर सभी जगह है। बशर्ते आदमी अपना धैर्य न खोये तो। वरना ''हासिल कुछ नहीं होना है भाई...काहे की सर खपाई'' कहने वालों की इस संसार में कमी नहीं है।

तभी सबके गुड मॉर्निंग का जवाब देते हुए लंबे, दबंग से चीफ, ऑफिस में आते दिखाई दिए। उन्हें सम्मान देते हुए अन्य मुलाजिमों की तरह मदालसा भी सीट छोड़कर खड़ी हो गई और फिर शुरू हो गई। ''गुड डे सर! स्मार्ट लग रहे हैं।''

सबके अभिवादन का उत्तर देते हुए चीफ मदालसा की सीट के पास आए और धीरे से उसकी तरफ झुककर बोले। 'मैड़ी तुम्हारा आज की डाँट का कोटा पूरा हुआ या नहीं? या फिर आज सूरज पश्चिम से निकला? वक्त पर आ गईं थीं क्या? सहाय की डाँट खाए बगैर तो अब तुम्हारा नाश्ता भी नहीं पचता होगा, क्यों सही कहा न मैंने?'' कहते हुए उन्होंने जोर से ठहाका लगाया। उनकी इन बातों को सुनकर आस-पास की सीट पर बैठे हुए उसके साथियों के चेहरों पर भी मुस्कराहटें खिल उठी।

''सर आज कुछ थ्रिलिंग हो जाए?'' वह बिना उनकी बातों का जवाब दिए उसी तरह ऊँची आवाज़ में चहककर बोली। वह चाहती थी यदि उसे इस सहाय के साथ न जाकर बॉस कोई और काम सौंप देते तो बहुत अच्छा होता।

''अरे लड़की साँस तो लेने दो, जब देखो घोड़े पर सवार रहती हो। चीफ उसे हाथ से थम जाने का ईशारा करते हैं और अंदर अपने केबिन में जाने के लिए घूम जाते हैं।''

''जो रुक गया वो खत्म है सर। चलना ही सजीवता की निशानी है। वरना. ..'' वह न जाने क्या-क्या बड़बड़ाती रही। परेशान होने पर अक्सर वह इसी तरह बड़बड़ाती रहती है। खामख्वाह कुछ भी। अपने केबिन की तरफ चंद कदम बढ़ाते हुए चीफ उसकी इस बात पर हँस दिए और वहीं से पलटकर बोले। 'सही नाम रखा है तुम्हारा इन ऑफिस वालों ने मैड़ी...यू मैड गर्ल। खैर...तुम दस मिनिट बाद मेरे केबिन में पहुँचो।' कहकर वे अपने केबिन की तरफ बढ़ गए। कुछ देर बाद जब वह उनके केबिन में पहुँची, तो चीफ किसी फाइल को गौर से पढ़ रहे थे। शायद कोई नया प्रोग्राम आया था। उन्होंने उसे अपने सामने रखी कुर्सी पर बैठने को कहा और खुद फाइल पढ़ने में तल्लीन हो गए। कुछ देर तक वहाँ पर चुप्पी छाई रही।

इतनी देर चुप बैठना मदालसा के बस में कहाँ होता है। ''सर आज मैं हाई

कोर्ट चली जाऊं? उस एम. एल. ए के बेटे से जुड़े हुए 'रेप एंड मर्डर' केस की सुनवाई है। देखें ज़रा जज साहब ने उसके लिए क्या सज़ा मुकर्रर की? जस्टिस चौहान की कोर्ट और उनका फैसला है सर। उनकी कोर्ट में जाने का मतलब है खूब अनुभव और ज्ञान बटोर लेना। क्या जबरदस्त आग्रेंयुमेंट करवाते हैं और ऐसे टू द पॉइंट सवाल पूछते हैं कि फुल ए. सी हॉल में भी वकीलों, गवाहों और मुजरिमों का पसीना छूट जाता है। निगाह ऐसी पैनी कि सामने वाले को कुछ देर देख भर लें तो वह सकपका जाए कि शायद जज साहब ने उसके भीतर के भाव न पकड़ लिए हों। यही तो कमाल है उनका जो मुझे खासा प्रभावित करता है। दूध का दूध और पानी का पानी। कुछ बाइट्स और इंटरव्यू भी ले आती हूँ सर।'' खुशी से दोनों हाथों को बजाती हुई वह चहक कर बोली। वह अब भी सहाय के साथ न जाकर कहीं और जाने की संभावनाएं खोज रही थी।

चीफ ने सर उठाकर उसकी तरफ देखा परन्तु कहा कुछ नहीं हैं और फिर से पेपर को पढ़ते हुए, वे गहरी सोच में दीखने लगे। मदालसा कुर्सी से खड़ी हो गई और बेवजह इधर-उधर घूमते हुए चीजों से छेड़-छाड़ करने लगी। चीफ की तरफ घूमकर फिर बोली। ''सर क्या जस्टिस चौहान का कोई बेटा है?''

''तुमने क्या करना है उनके बेटे का?'' उन्होंने पेपर को वापस फाइल में लगाते हुए और मदालसा की तरफ गौर से देखते हुए कहा।

''मैंने क्या करना है सर...उसे फँसाकर उसके साथ फेरे डाल लूँगी और क्या? फिर रोज जस्टिस चौहान के सानिध्य में रहने को मिलेगा। क्या उर्वर दिमाग पाया है सर उन्होंने। उनके इसी दिमाग...वह अपनी रौ में बोलती ही चली जा रही थी कि चीफ को उसे रोकना पड़ा।

''देखो...मैंने तुम्हे यहाँ बकबक करने के लिए नहीं बुलाया है। मेरी बात ध्यान से सुनो। वह गंभीर होकर बोले। ''आज तुम ने सहाय के साथ जाकर एक कॉन्फ्रेंस को कवर करना है। वहाँ पर कई ब्यूरोक्रेट्स, अर्थशास्त्री और राजनीति के दिग्गजों का जमावड़ा होगा। तुम दोनों से अच्छा इसे और कोई कवर नहीं कर सकता। मुझे सारी डिटेल्स और बाइट्स बराबर चाहिए। ये एक शानदार कवरेज होगा।''

यह सुनकर मदालसा के चेहरे के भाव बदल जाते हैं। शायद सहाय उसे सुहाता नहीं था, इसलिए। या फिर...वजह जो भी हो दोनों ही एक दूसरे के साथ सहज नहीं थे। दोनों के बीच आकर्षण और प्रतिकर्षण का एक झीना सा ऐसा आवरण था, कि वे एक दूसरे को देखना भी नहीं चाहते थे और देखे बगैर भी नहीं रहते थे। निखिल सहाय पाँच महीने पहले ही इस ऑफिस में सीनियर ऑफिसर बनकर आया

था। बत्तीस वर्ष का अविवाहित सजीला शख्स। गोरा खरगोश जैसा। परन्तु हमेशा दंभ से भरा हुआ। टिप-टॉप ऐसा कि मजाल देर शाम तक भी उसकी करीने से प्रेस की हुई शर्ट पर एक भी सिलवट नज़र आ जाए। टाई की नॉट अपनी जगह पर फिट और पैंट की क्रीज का बाल भी बांका नहीं होता था। हमेशा शादी के लिए तैयार दूल्हा सा। तभी तो वह उन्हें हमेशा 'मिस्टर सहाय' कहती थी।

स्टाफ के अन्य लोग उसकी इस बात पर हँस देते थे। कल ही तो उसने सभी के सामने जॉली से कहा था। ''देखना इस मिस्टर सहाय को शादी के लिए कभी कोई लड़की नहीं मिलेगी। पता है क्यों?''

''नहीं मुझे नहीं पता और मुझको जानना भी नहीं है। वो कर लेगा अपना शादी, तू अपना शादी के बारे में सोच।'' जॉली ने मेरा पल्ला छोड़ो कहने वाले अंदाज में अपने दोनों हाथ उसके सामने जोड़ते हुए कहा था।

अभी वह अपनी सोचों में ही थी कि राना उसके चेहरे के आगे चुटकी बजाते हुए बोले। ''हलो मैडम कहाँ...किस दुनिया में? बिना समय गवाएँ तुरंत पहुँचों। मैंने सहाय को सुबह फोन पर सब समझा दिया था। ये कुछ डिटेल्स और हैं, इन्हें भी देख लेना।'' उन्होंने कुछ कागजों को फाइल में रखकर उसकी तरफ बढ़ा दिए थे। वह चौंकीं और फाइल को थामती हुई, थोड़ा मायूसी से बोली। ''सर मैं टीम लेकर अकेली ही चली जाती हूँ। मिस्टर सहाय...के बदले...''

''कोई बदला, बदली नहीं। फटाफट उठो और नीचे पहुँचों। कैमरा मैन और टीम वहाँ पहुँच चुकी होगी और अपना वह वीर जवान, वक्त का पाबंद सहाय भी।'' राना ने उसकी बात काटते हुए कहा। ''तो आज मुझे इन सहाय के साथ फिर से जाना ही पडेगा।'' सोचती हुई वह कुर्सी से उठ खड़ी हुई। वहाँ से बाहर निकलते हुए अनमनी सी वह दबी हुई आवाज़ में बुदबुदाई। ''या रब इस सहाय के साथ जाने से अच्छा तो उठा ले मुझे।''

निखिल सहाय और मदालसा दोनों डायरेक्टर राना के दो मजबूत हाथ थे। ये दोनों पूरी तरह एक दूसरे का साथ दें तो कितनी ही सफलताएँ मिल जाएँ। परन्तु अब तक की कई कोशिशों के बावजूद भी राना इन दोनों को करीब लाने में सफल नहीं हो सके थे। सहाय अव्वल तो कम ही बोलता था परन्तु मदालसा से तो और भी कम। अति हँसी-मजाक करती हुई इस लड़की को वह बहुत गंभीरता से नहीं ले सका था। एक बार उसने मदालसा को घूरते हुए और तंज करते हुए कह दिया था। ''मिस मदालसा, आप एंकरिंग क्यों नहीं संभाल लेती हो? वहाँ पैनलिस्ट से खूब बोलना और उनसे खूब बुलवाना।'' मदालसा गुस्से से भर उठी थी और एक करारा

जवाब देना चाहती थी परन्तु कुछ कह नहीं सकी थी। न जाने ऐसा क्या था इस सहाय में जो वह उसके सामने थोड़ा असहज हो जाती थी। सहाय भी इस बहुत बोलने वाली लड़की से अक्सर बचता था। क्या भरोसा कब क्या बोल दे। खामख्वाह स्थिती खराब हो। परन्तु किसी न किसी बहाने से वह उसके बारे में जानने को उत्सुक भी रहता था।

मदालसा ने अपनी कलाई पर बंधी घड़ी में वक्त देखा। दस बजने ही वाले थे। उसने फुर्ती से अपनी सीट से अपना बैग और मोबाइल उठाया और सीधे लिफ्ट से नीचे उतरकर कार तक पहुँच गई। सहाय कार की पिछली सीट पर पहले से ही मौजूद था। उसे देखते ही ड्राइवर से बोला। "झटपट चलो रामवीर, वक्त बहुत कीमती है। एक-एक मिनट की कीमत क्या होती है, इसे समझना हर किसी के बस की बात नहीं।" वह दूसरी तरफ से कार की पिछली सीट का दरवाजा खोलकर कुढ़ती हुई भीतर बैठ गई। सोचने लगी। "देखती हूँ आज ये मिस्टर सहाय का बच्चा आखिर क्या तीर मार लेगा? मैं तो सपोर्ट करूंगी नहीं...बड़ा आया दो मिनट की कीमत का ताना देने वाला।" फिर पूरे सफर में कोई कुछ नहीं बोला।

गाड़ी अपनी रफ्तार से चलती रही। रास्ते भर तीन लोगों ने उस घंटे भर के सफर को सिर्फ कार में बजते हुए फिल्मी संगीत को सुनकर पूरा किया था। बीच-बीच में दोनों के मोबाईल जरूर बज उठते थे। अन्यथा दोनों संगीत सुनते हुए अपनी-अपनी तरफ की खिड़की से बाहर का नज़ारा देख रहे थे। बीच में कुछ देर के लिए मदालसा बॉस के दिए हुए, कागजादों में से डिटेल्स समझने लगी। वे मौके पर पहुँच गए थे।

कांफ्रेंस में बहुत भीड़ थी। ...खाक बाइट्स मिलेगी यहाँ ...सोचकर वह कार से नीचे उतरी। अपना कोट और शर्ट का कॉलर ठीक किया और आत्म विश्वास से भरी माईक हाथ में थामे वह अपने जूते की हील ठकठकाती भीड़ को चीरती हुई आगे बढ़ गई। उसके पास सुंदरता, आत्मविश्वास और परिस्थिती को भली-भांति संभाल पाने जैसे कमाल के गुण थे। सहाय एक कुशल और वरिष्ठ अफसर था। अब अपने आपसी मतभेद भुलाकर दोनों बेहद सलीके से सब कुछ शूट करते रहे। बिना एक भी मौका गंवाएं हुए बाइट्स और साक्षात्कार ले रहे थे।

सब कुछ भुलाकर चंद घंटे अपने काम को बखूबी करते हुए दोनों व्यस्त रहे। वह बेहद थक चुकी थी।

उसने दो मग कॉफी के लिए और एक मग सहाय को थमाते हुए उससे आगे के कामों को समझने लगी। सहाय ने भी बेहद अपनेपन से 'थैंक्स' कहते हुए कॉफी

मग ऐसे थामा गोया, उसको कॉफी की सख्त जरुरत थी। काफी पीते हुए वे दोनों फाइल में लगे उन कागजों पर फिर से झुके हुए आपस में सलाह-मशिवरा करने लगे। इस वक्त कोई उन्हें साथ काम करते हुए और काफी पीते हुए देखे तो मान नहीं सकेगा कि दोनों के बीच किसी भी तरह की तनातनी है। शाम तक खूब व्यस्त दिन रहा। दोनों के लिए ही बड़ा थका देने वाला दिन था। परन्तु दोनों ही अपने काम से संतुष्ट थे।

काम समाप्त होने पर दोनों वापस आकर फिर से अजनबियों की तरह अपनी-अपनी तरफ का कार का दरवाजा खोलकर पिछली सीट पर बैठ गए। ड्राइवर रामवीर को मालूम था अब रास्ते भर दोनों चुप्पी साधे बैठे रहेंगे। अगर वह कुछ बोलना भी चाहेगा तो सहाय साहब तो कुछ नहीं कहेंगे परन्तु मदालसा मैडम उसे झिड़क देंगी। ''ओए रामवीर, अब तू दिमाग खराब न कर। चुप बैठ और चिल कर।'' उसने एफ. एम. लगा दिया था। पीछे की सीट के दोनों सवार फिल्मी गीतों के शौकीन हैं यह बात वह बखूबी जानता था। वापसी का सफर फिर से उनके लिए गीतों भरा ही साबित हुआ था।

ऑफिस पहुँचकर उन्होंने राना को सारी डिटेल्स दीं। उनका परिश्रम देखकर राना जोश में भरकर दोनों को शाबाशी देते हुए बोले। ''वेल डन! बहुत बढ़िया काम हुआ है। मुझे तुम दोनों पर इसीलिये तो फक्र होता है।'' बहुत देर हो चुकी थी।

''थैंक्यू सर!'' कहते हुए दोनों उनके केबिन से बाहर जाने के लिए कुर्सी से उठ खड़े हुए।

''तुम दोनों दोस्ती क्यों नहीं कर लेते हो? आखिर तुम लोगों की परेशानी क्या है?'' राना उनके बीच सुलह कराने की गरज से कुर्सी पर बैठे हुए ही बोले।

''जी सर'' कहते हुए दोनों ने एक-दूसरे की तरफ देखा और चुपचाप उनके केबिन से बाहर निकल गए। असमंजस में राना गर्दन हिलाकर रह गए थे।

वक्त सरकता रहा। दोनों अपने-अपने हिस्से के काम करते रहे। कोई पिछले सप्ताह की बात, उस दिन शाम चार बजे से बहुत तेज बारिश होने लगी थी। वैसे तो मदालसा का घर, राना के घर जाने के रास्ते में ही पड़ता था, इसलिए कभी-कभी ऐसी परिस्थिती में वे उसे अपनी कार में लिफ्ट देकर उसके घर तक पहुंचा दिया करते थे। परन्तु उस दिन सहाय और मदालसा को मिलाने की खातिर वे बोले। ''मैडी मुझे काम से कहीं और जाना है। नहीं तो मैं तुम्हें घर ड्रापकर देता। कोई नहीं, मैं सहाय से कह देता हूँ, वह तुम्हें घर तक पहुंचा देगा।'' उसके मना करने से पहले ही राना ने सहाय को इंटरकॉम कर के आदेश दे दिया।

''निखिल तुम्हारी ड्यूटी हुई। मदालसा को सकुशल इसके घर तक पहुंचा देना। ठीक है?'' उन्हें सहाय की एक धीमी सी 'यस सर' सुनाई दी थी। तब राना के कहने पर उस दिन पहली बार सहाय ने मदालसा को अपनी कार में लिफ्ट दी थी। लगभग पैंतीस मिनट का सफर दोनों ने बिना एक भी शब्द बोले एफ. एम. पर रेडियो जॉकी की मजेदार बातों को सुनकर ही बिता दिया था। उसका घर आने पर जब वह कार से नीचे उतरी तो इतना ही कह सकी। ''सर आइए, ममा बहुत अच्छी कॉफी बनातीं हैं।''

''फिर कभी।'' कुछ सिमटते हुए सहाय ने कहा। फिर बारिश में भीगती हुई मदालसा और कार में बैठा हुआ सहाय कुछ देर तक चुपचाप एक दूसरे को देखते रहे थे। कोई कुछ नहीं बोल सका था। जबकि दोनों ही एक-दूसरे से कुछ कहना चाहते थे परन्तु अभी तक उनके बीच झिझक का एक बारीक सा पर्दा बाकी था। ''अच्छा सर गुड नाइट।'' मदालसा ने कहा।

''गुड नाइट मिस मदालसा।'' कहकर सहाय ने गाड़ी आगे बढ़ा दी थी।

कई बार दिल को मालूम नहीं होता है कि कहाँ क्या चल रहा है? किसी की उपस्थिती जो काम नहीं करा पाती वही काम उसकी अनुपस्थिति में हो जाता है। दो दिन तक मदालसा को जब सहाय नज़र नहीं आया तो उसने डाइरेक्टर राना से पूछा। ''सर मिस्टर सहाय ने मेरे डर से यह ऑफिस छोड़ दिया है क्या?'' उम्र और अनुभव की परिपक्वता होने से राना समझ गए कि प्रेम की कोंपल फूटने को आतुर है। परन्तु दोनों का झूठा अहम् गंभीर मुद्दा बना हुआ था।

''सहाय को वायरल हुआ है इसलिए वह कुछ दिन की छुट्टी पर है। यहाँ अकेला ही रहता है, कोई देख-भाल करने वाला है नहीं। न जाने गरीब किस हाल में होगा?'' राना, सहाय के प्रति सहानुभूति रखते हुए बोले। उन्होंने कनखियों से मदालसा की तरफ देखा। वह असमंजस में थी। सहाय को देखने वह जाना तो चाहती थी परन्तु जाए कैसे? क्या कहेगी? उसकी कश्मकश को समझते हुए राना ने उसकी मुश्किलें आसान कर दीं।

''अच्छा सुनो मैडी तुम ऑफिस की तरफ से 'गैट वैल सून' का कार्ड लगवाकर एक गुलदस्ता सहाय के पास तक पहुँचा दोगी? हाँ जानता हूँ उनका घर तुम्हारे घर के रास्ते में नहीं पड़ता परन्तु...एक किलोमीटर का ही फर्क आएगा। इतना फेवर तो तुम मेरे लिए कर ही सकती हो।'' उन्होंने मुस्कराकर कहा।

''वाई नॉट सर...खुशी से...आपकी बात, और मैं न मानू? नो सर...मैं जरूर पहुँचा दूंगी।'' कहती हुई वह प्रसन्नता से भरी ऑफिस से बाहर निकल आई। उसे

सहाय से मुलाकात करने का बहाना जो मिल गया था। परन्तु उसके भीतर कुछ फिर कसमसाने लगा।

वह एक हिम्मत वाली लड़की है, उसे इस तरह की कमजोरी नहीं दिखानी चाहिए। ऐसा सोचते हुए उसने अपनी कार फूल वाले की दूकान पर रोकी। वहाँ से उसने एक प्यारा सा गुलदस्ता बनवाया, उस पर 'गेट वैल सून' का कार्ड लगवाया। आगे के सफर में वह ख्यालों में खोई हुई ड्राइव करती रही। न जाने कब उसकी कार सहाय के घर के आगे पहुँच गई। नीचे उतरकर उसने गुलदस्ता थामा, अपनी धड़कनों को संभाला और उसके कदम किसी आकर्षण के तहत खुद ब खुद सहाय के गेट की तरफ बढ़ गए। भीतर पहुँच कर उसने आराम करते हुए सहाय की तरफ देखकर कहा। कमजोर सा दीखता सहाय मासूम सा लग रहा था।

"गुड ईवनिंग सर..."

"आइए, आपने क्यों कष्ट किया?" उसने कमजोर आवाज़ में मुस्करा कर कहा।

"मिस्टर सहाय, ये बुके आपके लिए राना सर ने भिजवाया है। गेट वैल सून. ..सर।"

"निखिल भी कह सकती हो।" उसने थोड़ा स्वस्थ्य महसूस करते हुए कहा। मदालसा को देखते ही उसका बुखार जाता रहा था।

"एक थ्रिलिंग सी लीड मिली है...जल्द ठीक हो जाइए फिर कवर करते हैं।" दोनों खुशी से चहकने लगे। उस गुलदस्ते में लगे फूलों की तरह।

बड़की बहू

"मैं मानती हूँ ये तुम दोनों के गुनहगार हैं। परन्तु अब इन्हें माफ कर दो। भगवान ने इनकी करनी की सजा इन्हें दे दी है।" एक पत्नी और माँ के बीच की डोर से जोड़ने की कोशिश में उसने अपने दोनों बेटों की तरफ देखकर संजीदगी से कहा। हालांकि उसकी आँखों की नमी में पुराने तमाम ज़ख्म फिर तैरने लगे थे। परन्तु कई वर्षों के बाद अपने बदहाल, ग्लानि से भरे और प्रायश्चित करते पति को देखकर वह विचलित और भावुक हो उठी थी।

"कमलेश की बहू ने माँ-बाप दोनों के फर्ज निभा दिए। अपने दम पर बच्चे पालकर दिखा दिए। धन्य है ऐसी बेटी, बहू, पत्नी और माँ।" अब उसे देखकर गाँव वाले भले ही इस तरह की बातें करें परन्तु रमीता अपने कष्टों को नहीं भुला पाती। जीवन के वे अध्याय लाख चाहने पर भी भुलाये नहीं जाते जिनसे तमाम जिंदगी उलझकर रह गई हो। वह उस दिन को याद करने लगी जब बदहाल और घबराई हुई सी रज्जो बुआ उसको वह मनहूस खबर सुनाने उसके पास चलीं आईं थी।

"ऐ कमलेश की बहू...ओ बहू...राम जाने कहाँ खो गई...ओ बड़की बहू..."

रज्जो बुआ बीच आँगन में दोनों हाथ कमर पर रखे खड़ी थी, और उसे आवाज़ दे देकर वह हलकान हुई जा रही थी। "एक तो कमबख्त ये घुटने का दर्द, ऊपर से फिर उमर का दंश...हे भगवान...कहाँ है ये? बड़की बहू..."

"इतना काहे दौड़ी चली आती हो बुआ हमें बुलवा लेतीं। बदलियां घिर आईं थीं न...इसलिए हम ऊपर छत से सुबह के धुले कपड़े उठाने चले गए थे। आप तनिक साँस तो लीजिए। फिर बात करतें हैं।" रमीता सीढ़ियों से नीचे उतरते हुए बोली। आँगन में पहुँच कर उसने कपड़े पास के दीवान पर रखे और साड़ी का पल्ला सर पर रखकर बुआ के पैर पखारे। हाथ पकड़ कर उन्हें पास में रखी आराम कुर्सी पर बैठाया, पानी का ग्लास थमाया और हँसकर बोली। "अब बताओ, काहे गला सुखा

रही हो? कौन सा आसमान फट पड़ा तुम पर बुआ?''

''जीती रह बहू...तेरे बाल बच्चे जिएं...तेरा सुहाग...'' यहाँ पर आकर बुआ की जुबान लड़खड़ा गई। ''अरी आसमान ही तो फट पड़ा है। मुझ पर फटता तो ठीक था, यहाँ मेरी जरूरत किसे है? हाय...ये आसमान तो तुझपे फटा है बहू।''

''हमें क्या हुआ है बुआ? अच्छे-भले तो बैठें हैं तुम्हारे आगे।'' उसने पास में रखी हुई चौकी खींची और उस पर बैठती हुई बोली।

''मैं ना कहती थी तुझसे बहू, तू यहाँ...कमलेश वहां, समय ठीक ना है ऊपर से आदम जात, वो भी कमलेश सा मानुस...'' एक ही साँस में बोलती हुई बुआ हांफने लगी। ''कितना समझाया था तुझे उसके पास सहर जाकर महीने दो महीने को रह आया कर। मगर ना...तू कब सुने है किसी की...घनी सयानी जो ठहरी।'' बुआ दुखी थी।

''क्या हुआ है उनको? पहेलियाँ ना बुझाओ बुआ...'' वह तनिक चिंता से बोली।

''अरी उसे का होना है? भला चंगा है...खुल्ला बैल सा, भाग तो तेरा फूटा है बहू।'' अनहोनी की आशंका से रमीता चुप ही रही। कुछ देर रुक कर बुआ फिर शुरू हो गई?

''तेरे आदमी ने सहर मा दूसरी औरत कर ली है। कुछ खबर भी है तुझे?'' बुआ ने हाथ नचाया।

''क्या बुआ...तुम भी न जाने कहाँ-कहाँ की वाहियात खबर सुन आती हो। यहाँ से पिछले महीने तो गए हैं राजी-खुशी। कह रहे थे अगले साल बच्चों सहित तुम्हें भी लिए चलेंगे।'' उसने हँसते हुए कह तो दिया परन्तु भीतर से किसी अनर्थ की आशंका से वह डर रही थी। वह जानती थी, उसका और कमलेश का बेमेल ब्याह और उम्र का बड़ा-सा फासला कभी नहीं पट सका था। दोनों बच्चों से भी वह कम ही खेलता था। इंसान बच्चों के मोह से भी बंध जाता है परन्तु उसका पति कमलेश न जाने किस मिट्टी का बना था? निर्मोही...कभी बीच रात में कोई सा वाला बालक रो देता था तो वह गुस्से से बमक उठता था। ''बाहर करो इसे, नालायक जब देखो रिरियाते रहतें हैं।'' उसकी घुड़की से मासूम बच्चा सहम जाता था।

रमीता गरीब घर की लड़की थी। एक बड़ा भाई और दो बहनों में वह दूसरी संतान थी। उसके पास अपना कहने के लिए इतना ही था कि वह पद्रंह की अवस्था में भी अठारह वर्ष की लगने लगी थी। भरपूर शरीर वाली, अच्छे नैन नक्श की, सांवलीं सी लड़की। उसके सास- ससुर ने उसे किसी जाति-बिरादरी के ब्याह में देखा था। बूढ़े-बुढ़िया दोनों ने आपस में सलाह की। ''लड़की बोलने-बतियाने और देखने

भालने की ठीक है और शरीर से भी मजबूत। खेती के काम में अच्छा हाथ बँटाएगी और कमलेश का मन भी बांध सकेगी।'' अपने बेटे कमलेश के लिए रमीता का रिश्ता उसके पिता से उन्होंने खुद ही आगे बढ़कर माँगा था।

कमलेश अपने तीन भाइयों में सबसे बड़ा था। गाँव में उनका चार कमरों वाला पक्का मकान था। काफी खेत-खलिहान और ढोर-डंगर भी थे। उसकी माँ और पिताजी खेती देखते थे और वे तीनों भाई अलग-अलग शहरों में मजदूरी करते थे। कमलेश दिल्ली में मकानों की रंग-रोगन वाली नौकरी करता था। ब्याह के वक्त यही बताया गया था। गाँव से करीब पद्रंह सौ किलोमीटर की दूरी पर कौन देखने जा रहा था कि वह वहाँ करता क्या है? अच्छा, जवान और तंदुरस्त आदमी। पैंट-बुशर्ट पहनकर ठीक ही लगता था।

''आप लोग चिंता न करें। एक जोड़े में लड़की को विदा करा ले जाएंगे।'' समधी ने रमीता के पिता से कहा था। उनकी गरीबी पर रहम खाकर और अपना स्वार्थ आगे रखकर उन्होंने अपनी महानता दिखाई थी। उनकी इस सोच पर रमीता के माता-पिता गदगद हो उठे थे।

''अब इसे अपनी ही बेटी समझिएगा।'' पिता ने हाथ जोड़ दिए थे।

''अभी वह छोटी है इसलिए ब्याह के बाद गौना तीन साल बाद करेंगे। जो मंजूर हो तो बता दीजिए।'' उसकी माँ ने थोड़ा चिंता व्यक्त की। समधी मान गए और उनसे तुरंत ब्याह की तैयारी करने को कहा।

'लड़के को वापस सहर भी जाना है। महीने भर की छुट्टी आया है। पता नहीं अगली छुट्टी ठेकेदार कब दे? इसलिए आप लोग ब्याह की तैयारी करिए।'

''इतनी जल्दी? मेहमान न्योतने हैं, कुछ कपडे लत्ते सिलवाए देंगे। जितना इस गरीब बाप से हो सकेगा उस तैयारी के लिए कुछ वक्त तो दीजिए।'' पिता ने संशय से कहा।

''आप लोगों से कहा न चिंता बिलकुल न करें। हमारे पास भगवान का दिया सब है। बहू आकर उसे सहेज ले, बस हम इतना ही चाहते हैं। आप लोग तैयारी करिए। सब ठीक से हो जाएगा।'' समधन प्रसन्नता से बोलीं। वह जल्दी में थे। ब्याह में देर करने पर उन्हें कमलेश की खोज-खबर होने का डर था। जो वह बिलकुल नहीं चाहते थे। लड़के ने पहले ही बड़ा निहाल कर रखा था। उनका मानना था साल भर को बहू, बेटे के साथ शहर रह आएगी तो बेटे के सब पिछले पाप धुल जाएंगे। औरत जात से उसका थोड़ा मन भर जाएगा तो वह अपने ठिये से लगा रहेगा। बहू यहाँ गाँव आकर खेती-बाड़ी, बाल-बच्चे संभालती अपना मन लगा लेगी। आगे कमलेश का गाँव में आना-जाना लगा ही रहेगा। सब कुछ तय करके बूढ़ा-बूढ़ी प्रसन्न

हो गए।

स्वार्थ से भरे माता-पिता बेटे और अपने हित में इससे ज्यादा और क्या सोचते?

''रमीता तेरे तो भाग जग गए रे। खेती-बाड़ी और पक्के मकान वाला घर-बार और सहर में नौकरी करने वाला वर।'' माँ ने अपनी खुशी छलकाई। माँ और पिता खुश हुए तो वह नादान भी खुश हो गई। इतरा-इतरा कर सहेलियों और गाँव भर को बता आई। उसका आदमी देश में काम करता है...वह भी ब्याह के बाद उसके साथ देश जाएगी।'' उस समय कमलेश की ज्यादा खोज-खबर करने का उन्हें वक्त ही नहीं मिला था। फिर दस दिन के भीतर ब्याह हो गया था। रमीता आँखों में ढेरों प्यार भरे सपने लिए विदा होकर दूर अपने ससुराल चली गई।

वहाँ पहुँच कर पहले ही दिन जब ब्याह के शगुन हो रहे थे उसने इधर-उधर नज़रें घुमाकर अपने नए घर को देखा। उनका घर-बार और रहन-सहन देखकर वह हैरान हो गई। घोर निपट गाँव। मकान जरूर पक्का था परन्तु सभी जगह गंदगी और निहायत गंवईंपन फैला हुआ था। वह सोचने लगी। ''माँ तो कह रही थी खूब अच्छा घर है, लेकिन...'' वह गरीब जरूर थी परन्तु उसका छोटा सा घर शहर से लगे हुए गाँव में था। इसलिए उन्हें जीने का कुछ सहूर आ गया था। उसने कक्षा चार तक निशुल्क शिक्षा भी ली हुई थी।

देर शाम मुँह दिखाई और खाना निपटने के बाद उसे एक कमरे में बैठा दिया गया। वहाँ बिछे पलंग पर नई फूलों वाली चादर बिछी हुई थी। थकान से चूर वह बिस्तर पर लेटी तो नींद ने उसे घेर लिया। देर रात नशे में मदहोश होकर उसका पति कमलेश वहाँ पहुंचा। उसने सोई हुई रमीता को टटोलना शुरू किया ही था कि उसकी नींद खुल गई। वह कमलेश को पहचान नहीं सकी। शादी की तमाम रस्में लंबे घूँघट के साथ जो हुई थीं। घबराकर उसने कमलेश को जोर का धक्का दिया और कमरे से बाहर भाग आई। बदहवास सी बहू को देखकर सब के सब भौंचक्के रह गए।

''क्या हुआ बहू?'' सास ने हड़बड़ाकर पूछा।

''वो...वो एक गंदा आदमी हमारे कमरे में आ गया था। हमारे पलंग पर।'' वह डर से सुबकने लगी।

''चलो भाई। कमलेश का तो हो गया कल्याण...'' चाची ने हँसकर तंज किया।

''बहू डर कैसा? तेरा पति है। उसके साथ ब्याह हुआ है तेरा। जा अंदर जा।'' सास उसे बहलाने लगी।

''हम नहीं जाएंगे। बाबू जैसा है। हमें उससे डर लग रहा है।'' वह घबराहट

से भरकर बोली।

पिता ने दोनों लड़कियों को हमेशा बोझ ही समझा था। वे बात बे बात दोनों बहनों को धमकाते हुए कहा करते थे। ''छोरियों सहूर सीख लो। जबी देखो दाँत चियारती रहती हो। काम की न काज की, ढाई मन अनाज की।'' एक तो गरीबी ऊपर से दो- दो लड़कियाँ। पिता अक्सर खिन्न रहते थे। उनके दहेज़ और ब्याह की चिंता से वह घुटे जाते थे। इसलिए डर से दोनों पिता से कम ही बोलतीं थीं। मन की हर बात वे माँ से ही कहतीं थीं। बहरहाल रमीता को फिर कमलेश की शक्ल नहीं दिखी। तीसरे दिन उसके पिता, भाई और कुछ खास करीबी रिश्तेदार आकर उसे विदा करा के घर ले गए। वह तीन वर्ष के बाद गौना होने पर ही वापस ससुराल जाएगी। इसलिए वह निश्चिंत और खुश हो गई थी।

उसके सर पर तेल डालते हुए माँ ने उसके ससुराल के बारे में जानना चाहा तो पूछ बैठी। ''बिटिया तेरी ससुराल कैसी है? और तेरे ससुराल वाले? तेरे साथ ठीक से तो बोले थे सब?'' देहाती मन...एक चिंतित माँ अपनी बेटी से सब कुछ पूछकर अपने मन को सांत्वना देना चाहती थी कि आने वाले समय में उसकी बेटी ससुराल में राजी-खुशी रहेगी। ससुराल कितना भी अच्छा हो हर माँ हमेशा चिंता ही करतीं हैं। यह भी एक विडंबना है कि ससुराल नाम जितना भी बुरा हो परन्तु लड़कियों का वहाँ जाना भी जरूरी हुआ। ससुराल न जा सकने वाली लड़की अभागन कहलाये।

''मईया, अब हम नहीं जाएंगे वहाँ। गंदा है। कुछ भी तो अच्छा नहीं। जिससे हमारा ब्याह कराई हो वो सबसे गंदा। हमें उससे बड़ा डर लगा था। बताये दे रहे हैं। अब हम वहाँ नहीं जाएंगे।'' वह हठ करती हुई नादानी से बोली।

''डर काहे का बिटिया? अब तुझे उसी के साथ रहना है...जिनगी भर। वह तेरा खूब ख्याल रखेगा। तेरे सास-ससुर ही अब तेरे मईया-बाबू हैं। तू उनकी हर बात मानना और खूब सेवा करना।'' माँ उसे प्यार से दुनियादारी समझाने लगी।

''कोई नहीं हैं उन लोग हमारे। हम ना जीबि...बता दिए हैं बस। अब हमार कपार खराब न करो।'' वह चिड़चिड़ा कर बोली थी।

माँ सोचने लगी ''लड़की अभी बचपने में बोल रही है। मायके का मोह...हर लड़की ससुराल जाकर मायके को याद करने लगती है। सासरा एकदम से किसी को नहीं भाता। न खाने-पहनने की आज़ादी न सोने-उठने की। माई घर सा आराम वहाँ कहाँ? बंधनों में रहना पड़ता है। तीन साल के बाद गौना कराएंगे तब तक वह जवान हो जाएगी और उसे थोड़ा बुद्धि आ जाएगी। सहेलियों का संग साथ बहुत कुछ सिखा देता है।'' वहाँ संगी-सहेलियों के साथ बतियाती गाँव भर में घूमती हुई वह खुश रहती थी। सब कुछ याद करते हुए उसकी आँखें भीग गईं।

''मैं तेरा गुनहगार हूँ रमीता...मुझे...'' कमलेश का रुँधा और भीगा हुआ स्वर सुनकर उसने पति की तरफ देखा। कष्टों की रेखाएं उसके जीवन को मटमैला कर चुकीं थीं। लाचारी और बीमारी ने उसे अधमरा कर दिया था। उसने नज़रें फेर लीं और सोचने लगी। क्या ये वही कमलेश है...? आगे की घटना याद करती हुई वह सिहर उठी।

वह वर्ष भर की खुशियाँ ठीक से मना भी नहीं सकी थी कि उसके ससुर गौना कराने आ गए थे। बहाना कमलेश का स्वास्थ्य और उसके खाने-पीने की चिंता बताई गई। उन्होंने रमीता के माता-पिता को समझाते हुए कहा। ''देखिए समधन जी, बहू अभी कुछ वक्त के लिए बेटे के साथ दिल्ली शहर जाएगी। वहाँ कमलेश की घर-गृहस्थी ठीक-ठाक करके फिर साल भर बाद वापस आएगी। आप लोग चिंता न करें। अभी से हम उसे खेती-बाड़ी में नहीं उलझा रहे हैं। वह तो जीवन भर का है, होता रहेगा।'' माँ-पिता को तसल्ली हो गई और रमीता शहर जाने के नाम से खुश हो गई। सभी की रजामंदी से राजी-खुशी गौना हो गया। रमीता पति के साथ शहर आ गई थी।

कमलेश के बारे में रमीता को ठीक से कुछ याद नहीं था। उसने उसे देखा ही कहाँ था? ''मईया ने कहा वह उसका बहुत ख्याल रखेगा, उसने मान लिया। यह तो उसे बहुत बाद में मालूम हुआ कि कमलेश पत्नी को प्यार करने वाला इंसान था ही नहीं। उसके लिए वह एक औरत का शरीर पहले थी। उसकी शारीरिक जरूरतों को पूरा करने का साधन मात्र। कमलेश की खराब आदतों पर लगाम लगाने के लिए उसके माँ-बाप ने उसके पैरों में गृहस्थी की बेड़ियां डाल दीं थीं। जवान औरत घर पर रहेगी तो शाम होते ही उसके पैर खुद ब खुद घर की तरफ पलटेंगे। गाँव में उसकी हरकतों से दुखी होकर उन्होंने उसे शहर भेजा था। परन्तु वहाँ जाकर वह और आवारा हो गया था।''

कमलेश जान गया था कि रमीता थोड़ा तुनक मिज़ाज और हठी स्वभाव की है इसलिए कुछ दिन तक वह अपनी उस नई ब्याहता को खुश करने के लिए शहर घुमाता रहा। सर्कस दिखाया, सनीमा दिखाया और चाट-पकौड़ी खिलाई। पत्नी को कमलेश अपना शुभचिंतक लगने लगा। प्यार-प्रेम से जानवर भी काबू में आ जातें हैं फिर रमीता गाँव की एक नादान लड़की थी। अब वह उसकी हर बात मानने लगी। खाना बना लिया, कपड़े-लत्ते धो लिए और कमरा झाड़- बुहार लिया। इन कामों से फुर्सत मिली तो सुबह पति के जाने के बाद या तो वह दिन भर लंबी तानकर सो जाती थी या फिर मोहल्ले-पड़ौस की औरतों से बतिया लेती थी। यूँ तो जीवन आराम से कट रहा था। परन्तु कुछ उलझनों से वह हमेशा घिरी रही।

बेमन और मजबूरी से बनाया गया जबरदस्ती का रिश्ता उसे भयभीत किये रखता था। वह उस डर और संताप से निकल नहीं सकी थी। परन्तु कमलेश के बहलाने-घुमाने से वह खुश हो जाती थी। इन सब के चलते पति द्वारा दिया गया शरीर का असहनीय दर्द और आत्मा का कष्ट वह कुछ समय के लिए भुला देती थी। अपने-अपने तरीके से दोनों खुश थे। रमीता दिल्ली शहर घूमकर और कमलेश उसे भोगकर। हँसते, तड़पते वर्ष बीत गया। ''फिर ससुर उसे वापस गाँव ले जाने के लिए आ गए। कोख में अपने पहले बेटे अरुण को लिए उस बार जो वह शहर से गाँव गई तो फिर दुबारा कमलेश उसे कभी शहर नहीं लाया। उसके कई बार आग्रह करने के बाद भी नहीं। वह उसे घुड़क देता था। ''तू शहर आ जाएगी तो खेती कौन करेगा ? अभी अरुण छोटा है, उसकी देखभाल कर।'' वह छह-आठ महीने में गाँव आता था। पति की उपेक्षा उसे महसूस हो रही थी।

अरुण दो वर्ष का भी नहीं हुआ था कि अर्जुन उसके जीवन में आ गया था। कमलेश का गाँव आना और कम होता गया। नहीं आ सकने का कोई न कोई बहाना हमेशा तैयार रहता था। रमीता ने अपना ध्यान दोनों बच्चों को पालने में लगा लिया था। सास समझ रही थी कमलेश के मन लड़की चढ़ नहीं सकी है। वह बात-बेबात उसे उलाहने देने लगी थी।

''इतनी तुझे अक्कल होती तो अपने आदमी को घर-बच्चों के मोह में डालती, उसे बाँधना सीखती। कल कुछ ऊँच-नीच हुई तब रोना अपने भाग्य और बच्चों को लेकर।'' तब उसकी समझ में नहीं आता था। 'पति को कैसे मोह में डालना था और किस तरह उसे बाँधना था? और भला ये उंच-नीच क्या होगी?' वही ऊँच-नीच हुई थी शादी के पाँच वर्ष बाद। जिसका रोना-धोना रज्जो बुआ मचा रही थी।

रज्जो बुआ उसी गाँव की बेटी थी। इसीलिए वह सबकी बुआ थी...जगत बुआ। मात्र तीन वर्ष का शादी-शुदा जीवन देखकर उनके पति उन्हें वैधव्य का दुःख झेलने के लिए इस संसार में अकेला छोड़ गए थे। तब जायदाद के लालच में आकर दुष्ट देवर ने धोखे से उनसे ज़मीन के कागजादों पर अंगूठा लगवा लिया था। सब एक हो गए थे और बुआ अकेली। काम हो जाने पर उन्हें वहाँ से बाहर खदेड़? दिया गया। तब दो वर्ष के बेटे राधे श्याम को लेकर बुआ अपने पुश्तैनी मकान में आ गईं थीं। बहुत वर्ष हो गए। कभी पूछने पर ''आपके आदमी को क्या हो गया था बुआ?'' तब वह मायूस होकर बतातीं थीं। ''राम ही जाने। दो दिन बीमार रहे थे। कुछ खा-खिला दिया था किसी ने। तीसरे दिन उन्होंने सबकी तरफ से आंखें बंद कर लीं थीं। ये भी ना सोचा कि उस राछस से देवर के साथ रज्जो कैसे रहेगी?''

बुआ का वही बेटा राधेश्याम जवान होकर अब दिल्ली नौकरी करता था। वहीं

किसी फैक्टरी में मजदूरी करता था। सप्ताह पहले वह छुट्टी पर गाँव आया था। कमलेश की नासमझी से परेशान होकर उसने ही अपनी अम्मा को बताया था। ''अम्मा रमीता भाभी को वहाँ जाना चाहिए। कमलेश भाईसाहब ने वहाँ दूसरी औरत कर ली है।''

''अरे...अब कुछ भी मती बके। दो बेटों का बाप है कमलेश। अब उसे का जरुरत हो रई है?'' बुआ तल्ख होकर बोली।

''सच कह रहा हूँ अम्मा। मैंने खुद उनके क्वाटर में जाकर देखा था। एक जवान, सुन्दर औरत थी। न जाने किस अभागे की छोरी है? वह बीस वर्ष की और भाईसाहब इकत्तीस के। हम लोगों ने उन्हें बहुत समझाया। कह रहे थे। ''ब्याह कर लाए हैं'' परन्तु पता नहीं असलियत क्या है? तुम मामाजी को बता दो और रमीता भाभी को दिल्ली जाने को कहो।'' वह चिंता से बोला।

''अब तू रमीता बहू का दिमाग खराब मती करना। कोई बड़ी बात ना है। कमबख्त एक तो आदमजात। ऊपर से कमलेश सा। जिसके चरित्तर का ठिकाना नहीं। मुँह जुठला कर फिर पत्तल की तरह फेंक देगा उसको। अपनी लुगाई की बात और होवे है। सात फेरे सात जन्मों का साथ होवे है। इसे तोड़ना इतना आसान ना है।'' दुनिया और दुनिया की यह रीत देखते हुए रज्जो बुआ सत्तर की वयस में पहुँच चुकी थी।

'मामला इतना सीधा भी नहीं है अम्मा। गाँव बिरादरी की बात है। सगरे गाँव थू-थू हो जाएगी। नाक नीची हो जाएगी। तुम बस मामाजी को बता दो। आगे जैसी उनकी मर्जी।' राधेश्याम ने समझदारी से कहा।

''राम-राम ! अब इस उमर में काहे दिमाग खराब हुआ उसका?'' बुआ घोर दुःख से भर उठी। इसलिए यही सब बताने वे रमीता के घर आई थी।

''अब वक्त कैसे काटेगी री...वो सौत को तेरे सर पर लाकर बैठा देगा। तेरे बच्चे अनाथ हो जाएंगे...उनका बाप...'' बुआ ने रोना-धोना मचा दिया। परन्तु रमीता स्तब्ध, पत्थर सी हो गई थी। वह चार पढ़ी औरत, दो बच्चों को लेकर किसके आसरे पर जाएगी? क्या होगा उसका और उसके बच्चों का? बुआ के कलपने की आवाज़ पर भीतर से रमीता के सास और ससुर भागे आए।

''क्या हुआ जीजी? क्यों रोना-धोना कर रही हो? राधे तो ठीक है?'' सास ने अनभिज्ञता से पूछा। वह कुछ सुन-समझ नहीं सकी थी।

''राधे तो ठीक है। तेरे जाए को रो रही हूँ बहू। कमबख्त ने इस उमर में सबकी नाक कटवा दी। कमलेश ने...'' फिर उन्होंने सारी कहानी उनके आगे दोहरा दी। जिस बात का डर सास को हमेशा से लगा रहता था। आखिरकार वही हो गया। वह

कपार में हाथ मार-मार कर रोने लगी। पिता अलग परेशान। अपनी फूटी तकदीर
को कोसने लगे।

"कमबख्त इससे तो पैदा होते ही मर जाता। हमें कहीं मुँह दिखाने काबिल नहीं छोड़ा। हे भगवान, अब ये दिन दिखाने के लिए जिन्दा रखा है तूने मुझे? इस उमर में इतनी बड़ी बदनामी लेकर कैसे जिएंगे... इससे तो..." पगलाए से वह बकबकाये जा रहे थे।

"कितना समझाया था तुझे कमलेश के पैरों में पड़ी रह। उसे प्यार-प्रेम से बाँधकर रख। औरत की गति पुरुषों के बगैर नहीं है। परन्तु...अब बैठकर अपने भाग और औलाद को रो। सब तेरी वजह से हुआ, तूने यदि..." बुआ के जाते ही सास रमीता पर चिल्लाने लगी। उस पर अपशब्दों की बौछार होने लगी। गलती कमलेश ने की परन्तु गालियाँ रमीता के हिस्से में आईं।

सच्चाई जानते और कमलेश के दूसरे ब्याह की खबर पुख्ता होते ही रमीता को उस घर से बेदखल करने की साजिशें होने लगीं। सास और दोनों देवर परेशान। उसके दो बच्चों सहित उन तीन प्राणियों का बोझ कौन उठाए? और क्यों? बेटे के कुकर्मों की सजा पिता को भी भुगतनी पड़ी। जल्द ही उन्होंने चारपाई पकड़ ली और फिर नहीं उठ सके। रमीता को कुछ ससुर का सहारा था। घरवालों को एक उनका डर था। वे भी नहीं रहे। उनके जाते ही रमीता की और दुर्गति होने लगी। रोज की तकलीफों से हार-टूटकर एक रोज़ रोते-पीटते वह अपने बड़े भाई के साथ अपने मायके आ गई।

इस दौरान मायके में उसके बड़े भाई और छोटी बहन का ब्याह हो गया था। बड़े भाई के भी दो बच्चे हो चुके थे। व्यस्तताएं सभी के जीवन में होती हैं। उसे देखकर पिता और भाभी का चेहरा बिगड़ गया था। वे उसकी शकल तक देखना पसंद नहीं करते थे। उनकी घोर उपेक्षा से और बात-बेबात अपने बच्चों को ताने और झिड़कियां खाते हुए देखकर रमीता का स्वभिमान दरकने लगा था। उसके कुछ माह दुखी रहकर और अपने खोटे भाग्य को कोसते हुए बीत गए। परन्तु ऐसा कब तक चलता? वह किसी पर बोझ नहीं बनना चाहती थी। आज नहीं तो कल उसे संभलना ही था। अपने बच्चे पालने थे। एक वर्ष हो गया था।

वह इक्कीस वर्ष की समझदार महिला बन चुकी थी। ठोकरें इंसान को रातों-रात जीवन ज्ञान सीखा देतीं हैं। रिश्तों के खूब छिलके उतरते उसने उस दौरान ही देखे थे। दुःख में कौन किसके काम आता है? उन दिनों सभी मुँह फेरने लगतें हैं। बड़े भाई उसके दुःख को समझते थे परन्तु दे उसके लिए कुछ कर नहीं सके। उसके आगे एक ही चिंता थीं। कैसे पालेगी वह अपने दोनों बच्चों को? गरीबी में

वह अकेली घर से विदा हुई थी और फिर दो और खाने वाले मुँह लेकर चली आई थी। एक दिन बहुत सोच- समझकर उसने दिल्ली में रहने वाले अपने ताउजी और बहन के घर का पता लिया और बड़े भाई और पिता से बोली। ''आगे मेरा और मेरे बच्चों का भाग्य। आप मुझे पति के पास दिल्ली छोड़ आइए। उनकी औलाद उन्हें सौंपकर फिर मैं सोचूंगी मुझे क्या करना है?'' भाभी खुश हो गई। भाई ने उसे खूब हिम्मत दिलाई और एक दिन उसे लेकर वे दिल्ली आ गए। कमलेश के घर उसे छोड़कर भाई तसल्ली कर गए। वह दो दिन अपने दोनों बच्चों को लेकर वहीं उनके बीच ही रही। उसे लगा था शायद बच्चों की मासूमियत उसे वापस गृहस्थी के मोह में डाल देगा और कमलेश उसकी सौत को उनकी ज़िंदगी से बाहर निकाल देगा। परन्तु उसका दुर्भाग्य ऐसा कुछ नहीं हुआ। प्रारब्ध में कुछ और ही लिखा था?

दोनों दिन सभी खूब झगड़े। परन्तु कब तक? उसकी सौत ने खूब गालियाँ दी। ''अपने आदमी का ख्याल किया होता तो ये मुझे क्यों लाते? अब किसी को अपनी ज़िंदगी खराब नहीं करने दूंगी। सुनों, जितनी जल्दी हो इनको इनके बच्चों सहित यहाँ से बाहर करो। नहीं तो मेरा...'' आरोप-प्रत्यारोप लगाते फिर यह तय हुआ कि न कमलेश बच्चे अपने पास रखेगा न वह वहाँ रह सकती थी। कमलेश पर नई औरत का खुमार पूरे रंग पर था।

''देख रमीता मैंने तुझे यहाँ नहीं बुलाया था। जिसके भरोसे आई है वहीं जा। और हाँ अपने साथ इन दोनों को लेती जाना। न जाने किसके हैं? तू...'' वह उसको ज़लील करने की गरज से अनर्गल बोलता रहा। पति के कड़वे और जहरीले शब्दों से उसके तन-बदन में आग लग गई। भले कुछ भी कहे परन्तु इतना बड़ा लाँछन आक्रोश और अपमान से भरी वह फूट-फूट कर रो पड़ी थी। उसे कोसते हुए बोली। ''अपनी ही औलाद के लिए तुम इतना गंदा कैसे सोच लिए? हम एक मिनट यहाँ नहीं ठहरेंगे। अपनी करनी का फल तुम्हें जल्द ही मिलेगा...देखना तुम। हमारे पास मर्द का सहारा न सही। हमने इस कोख से इन्हें जन्म दिया है। हम इन दोनों बच्चों को माई-बाप बनकर पालेंगे। आज एक माँ के आँसू तुम्हें बददुआ देते हैं। एक दिन तुम इन्ही के आगे गिड़गिड़ाओगे...'

''तू मुझे धमकी देगी? जा मँगवा अब भीख अपने बच्चों से और जी...जा लोगों के आगे गिड़गिड़ा...'' उसकी बददुआओं से चिढ़कर, गुस्से से गलियाते हुए कमलेश ने उसका और बच्चों का हाथ पकड़ कर उन्हें बाहर कर दिया। सौत ने उसका सामान बाहर फेंक दिया। अपने पीछे से उसे दोनों की दरिंदगी भरी हँसी और बंद होते दरवाजे का स्वर सुनाई दिया था। जो जीवन भर उसका पीछा करते रहे थे। उस दिन आँसू बहाते हुए उसने उस पति का घर छोड़ दिया जो पति उसे बहुत पहले गाँव में छोड़

आया था।

वहाँ से किसी तरह वह अपने ताऊ-ताई के घर पहुँची। उनके घर पर वह करीब दो महीने रही। उस वक्त उन्होंने उसकी बहुत मदद की थी। वहाँ से उसने अपनी छोटी बहन को भी जवाब भिजवाया था परन्तु उसके आदमी ने उसे नहीं मिलने दिया। ऐसा ही होता है। विपत्ती पड़ने पर सभी पराये हो जाते हैं। लेकिन उसे हर हाल में हिम्मत रखनी थी, अपने बच्चों के लिए जीना था।

जिस दिल्ली में एक से एक पढ़े लिखे बेरोजगार घूम रहें हों वह दिल्ली इस चार पढ़ी औरत को क्या काम देती? उसने आस-पास के घरों में चौका बर्तन करना शुरू कर दिया था। जल्द ही उसने एक छह सौ रुपये किराये की झुग्गी ली और बच्चों को लेकर वहाँ चली गई। उसके जीवन का असली संघर्ष शुरू हो गया था।

वह बड़ी सवेरे उठती। अपना घर-द्वार बुहारती। बच्चों के खाने-दूध का इंतजाम करती। उन्हें खिला- पिलाकर फिर या तो बच्चे सोए रहते या फिर खेलते रहते थे। बच्चे अब पाँच और चार वर्ष के हो गए थे। वह दोनों बच्चों को समझाकर जाती थी। ''यदि उन्होंने लड़ाई की तो दोनों को वापस गाँव भेज देगी और वहाँ उन्हें अकेले रहना पड़ेगा।'' उन्हें बाहर से दरवाजे पर ताला लगाकर वह पड़ोसियों को चाबी देकर उनका ध्यान रखने की गुजारिश कर जाती थी। जब वह कुछ घरों का काम निबटाकर बीच में बच्चों को देखने आती थी तो वे उसे रोते या सोते हुए ही मिलते थे। दिन बढ़ते रहे, उसी के साथ बच्चे भी बढ़ते गए।

रमीता अपनी पुरानी धोती को धो-सुखाकर रखती थी। अभद्र, शोहदों से अपनी इज्जत बचाए रखने के लिए वह सुबह ही नहा-धोकर माथे पर बिंदी लगाती और माँग में मोटा सा सिंदूर भर लेती थी। वरना गरीबों की दुनिया में सुंदर, जवान औरत का जीना इतना आसान कहाँ रह जाता है? न जाने आँसू पोंछने के लिए कितने ही हमदर्द निकल आतें हैं। यही सिंदूर उसे पति के द्वारा दिए गए धोखे, अपशब्दों और बच्चों समेत दुत्कार दिए जाने की याद भी दिलाता था। उन्हें सड़क पर छोड़ दिए जाने का दर्द नासूर बनकर उसे सालता रहता था। अपमान और बेबसी के आँसू बहाती हुई वह कमलेश से बोली। ''तुम देख लेना, एक दिन हम पढ़ा-लिखाकर अपने दोनों बेटों को इतना काबिल बना देंगे कि तुम्हें अपनी इस करनी पर अपने आप से घृणा होने लगेगी।'' उसे बच्चों के बारे में सोचना था। वही उसकी दुनिया थी, जिनके लिए वह जीवित थी अन्यथा कब की मर-खप गई होती।

पड़ोसियों के पूछने पर बताती ...उसके ससुराल में अति गरीबी है। उसका पति गाँव में खेती देखता है। यदि वह वहाँ से कहीं दूर चला जाएगा तो अपनी थोड़ी सी खेती से हाथ धो बैठेगा। गाँव में इस तरह के प्रपंच खूब होने लगे थे। इसके साथ

ही वह अपने माँ-बाप की सेवा कर लेता है। गाँव-देहात में बच्चों का कोई भविष्य नहीं है इसलिए उनको शिक्षा देने के लिए उसे यहाँ आना पड़ा।'' वर्ष-दो वर्ष में वह अपनी माँ के पास ज़ाया करेगी। इसलिए यही कहना उसे ठीक लगा।

दुनिया का चलन भी अजीब होता है। कहीं हुनर है, शिक्षा है तो रोजगार नहीं है। कहीं पैसा है तो उनका मन काम करने का नहीं होता। ऑफिस में काम करके अच्छी तनखा पाने वालियों का काम इन्हीं बाईयों के भरोसे चलता है। वे इनसे मान-मनुहार तक करती हैं। मेहनत करने वालों के पास काम की कमी नहीं रहती। वह खाना बनाने लगी। इसमें पैसा भी ज्यादा था और समय की बचत भी थी जिससे उसे बच्चों के साथ रहने का वक्त भी मिलने लगा था। ज़िंदगी की गाड़ी थोड़ा पटरी पर आने लगी थी।

उन दिनों वह एक सरकारी स्कूल की अध्यापिका के यहाँ काम करती थी। बच्चे छह और चार वर्ष के हो गए थे। उन अध्यापिका ने मदद करते हुए दोनों बच्चों का उनकी उम्र के हिसाब से पास के सरकारी स्कूल में दाखिला करवा दिया। उन्हें वर्दी दिलवा दी। सुबह रमीता उन्हें स्कूल छोड़ आती थी और दोपहर में दोनों उन अध्यापिका के साथ उनके घर चले आते थे। जब तक रमीता उनके घर के काम निबटाती, तब तक वे दोनों बच्चों को थोड़ा बहुत अक्षर ज्ञान करा देती थीं। बच्चे प्रखर बुद्धि हैं यह बात जल्द ही उनको मालूम हो गई थी। उन्होंने रमीता को समझाया।

''देख रमीता, तेरे दोनों बच्चे ख़ूब अच्छी बुद्धि के हैं, इसलिए इनको ख़ूब पढ़ने देना। परेशान होकर, स्कूल छुड़वाकर, इन्हें कहीं मजदूरी करने पर मत लगा देना। जितना बन पड़ेगा मैं तुम्हारी मदद करूंगी। ठीक है? हिम्मत मत हारना। कुछ ही समय की बात है। कल यही बच्चे तेरा सहारा बनेंगे, तुझे सुखी रखेंगे।''

''जैसा आप कहें दीदी, हमें आप मिल गए, हमारा सौभाग्य...भगवान सभी रास्ते बंद नहीं करता।'' उसने आँखें भीगा कर कहा था। शाम को रमीता खुद भी उन्हें थोड़ा बहुत पढ़ा लिया करती थी। जीवन में शिक्षा कितनी जरूरी होती है इसका बोध उन्हें कराती हुई कहती थी। ''देखो...आज हम ज्यादा पढ़े होते तो कुछ अच्छी नौकरी कर लेते। फिर हमको इतनी परेशानी नहीं न होती। इसलिए तुम दोनों मन लगाकर पढ़ना। बड़ा आदमी बनना। जितना हमसे होगा हम करेंगे।'' अक्सर, आभाव या तो मनुष्य की बुद्धि को कुंद कर देतें हैं या फिर तेज। वक्त सरकता गया।

दोनों बच्चे ठीक से पढ़ते रहे। अच्छे अंक लाने के एवज में उनको छात्रवृत्ति मिलने लगी। अध्यापक उन दोनों से बेहद खुश रहते थे। दोनों कभी गर्मी की छुट्टी में जब अपनी नानी के घर गए तब उन्हें वहाँ अपने पिता के बारे में मालूम हुआ।

तब से दोनों शांत और भयमारे से हो गए थे। दोनों दसवीं और नवीं कक्षा में आ गए थे और समझदार हो गए थे। उन्हें अपनी माँ का कष्ट करके उन्हें पढ़ाना खूब हिम्मत देता था। अरुण बोला। ''बस माँ, कुछ समय और। हम दिखा देंगे सबको कि हमारी माँ ने हमारे लिए क्या किया? अब हम गाँव तभी जाएंगे जब कुछ बन जाएंगे।''

''उस दिन सबसे पहले मैं अपने उस बाप से अपनी माँ के आँसुओं का हिसाब लूँगा।'' छोटा अर्जुन स्वभाव से तेज था। वह गुस्से से बोला। दोनों भाइयों में बहुत स्नेह था।

''तुम दोनों इतना सब मत सोचो। किसी से कुछ कहने की जरुरत नहीं है। बस अपना ध्यान पढ़ने में लगाओ। तुम लोगन का अफसर बन जाना ही उन सबके मुँह पर तमाचा-सा लगेगा। उस दिन हमारी तपस्या सफल हो जाएगी।'' वह चिन्तावश इतना ही कह सकी थी। खुशी के आँसू बहाते उसने दोनों को गले से लगा लिया था। जीवन में संघर्ष बना रहा।

उस दिन सब आश्चर्य से भर उठे थे जब अरुण बारहवीं की परीक्षा में स्कूल में अव्वल आया था। किन हालातों में उसकी शिक्षा हो रही थी, सभी जानते थे। प्रधानाचार्य ने जब पूरे स्कूल के सामने उसकी पीठ थपथपा कर उसे शाबाशी दी और उसे गले से लगाते हुए अन्य विद्यार्थियों से उसके जैसा बनने को कहा तब न जाने कितनी ही आँखें भीग गईं थीं। अरुण ने प्रधानाचार्य के चरण छू लिए थे। फिर उसने माँ के चरण छूते हुए कहा था। ''माँ, तुम्हारा ऋण हम कभी नहीं उतार सकते, परन्तु तुम्हारी परेशानियों को दूर कर सकेंगे तो अपने आप को भाग्यवान समझेंगे।'' माँ ने जवान हो चुके बेटे को गले लगाकर खुशी के आँसू बहाये थे। दोनों बच्चे आगे पढ़ते गए। माँ ने किसी की हिम्मत कभी टूटने नही दी। खुद कई बार अपने अकेलेपन से जूझती रही, उनके पीठ-पीछे से रोती रही परन्तु उनके सामने उसने अपने चेहरे पर कभी एक शिकन नहीं आने दी। वह जानती थी उसके जरा सा कमजोर पड़ने पर बच्चे बिखर जाएंगे। वह बच्चों को अपने आँचल की छाँव में रखती सहेजती, हिम्मत देती रही। वह एक मजबूत हौसलों वाली माँ थी। कुछ वर्ष और बीत गए।

आखिर वह दिन आ गया जब रमीता की तपस्या सफल हो गई। अरुण इन्स्पेक्टर बन गया था। रमीता के कष्टों और दुखों का अंत हो गया। अब वह घर पर आराम से रहती थी और बेटों को देखकर निहाल रहती थी। सभी उसका खूब आदर करते थे। जीवन सहज गति से आगे बढ़ने लगा। दुनियादारी की रस्में निभाते जल्द ही अरुण का खूब धूम-धाम से ब्याह हुआ। शहर के कितने ही गणमान्य व्यक्ति आमंत्रित थे। बड़ा जश्न हुआ। बहू कोमल एक नेक और स्नेहिल लड़की थी। बहू के आने से माँ प्रसन्न थी। उसका परिवार बढ़ रहा था।

फिर एक दिन अर्जुन भी इंजीनियर बनकर घर आया। माँ और भैया-भाभी की खुशी का कोई अंत नहीं था। उस दिन उसने अपने दोनों बेटों को गले से लगाकर प्रेम और स्नेह के खूब आँसू बहाये। सभी माँ की ममता से बंधे रहते थे। माँ के सम्मान में कभी कोई कमी नहीं रही। घर आबाद होने लगा था।

अक्सर छुट्टी वाले दिन सभी साथ रहते थे। कभी बाहर घूमने चले जाते थे तो कभी घर पर साथ खाते-बतियाते थे। एक छुट्टी वाले दिन वे चारों अपने खुद के बंगले के आँगन में बैठे थे। सुबह नाश्ते का समय था। वे सभी प्रसन्नता से बातें कर रहे थे। अर्जुन के ब्याह को लेकर हंसी-मज़ाक हो रहा था, कि अचानक गेट पर एक मैला, बदहाल आदमी दिखाई दिया। अरुण ने गोपाल को आवाज़ दी।

''गोपाल...जरा देखना, बाहर कौन है...उसे कुछ खाने को दो।'' जब तक गोपाल आता तब तक वह बूढ़ा आदमी हाथ जोड़ता हुआ कुछ और भीतर चला आया।

''नहीं खाना नहीं चाहिए। माफी माँगने आया हूँ। तुम सभी से।'' वह बिना किसी भूमिका के बोला और आँखों में आँसुओं का सैलाब लिए हुए वह वहीं ज़मीन पर बैठकर फफक उठा।

''अरे अरे जबरदस्ती यहाँ कहाँ बैंठ गए? चलो उठो और जाओ यहाँ से... गोपाल...'' अरुण ने आवाज़ दी। सभी हतप्रभ थे। कोमल भी हैरानी से उसे देख रही थी।

''बैठने दो इन्हें।'' रमीता की आँखों ने पति को पहचान लिया था। जिस आदमी की वजह से उसने दर-दर की ठोकरें खाईं हों, रात-दिन मेहनत करके अपना शरीर गलाया हो वह उसे कैसे भूल सकती थी?

''यही है वह आदमी जिससे तुम दोनों का खून का रिश्ता है।'' उसने थकी और धीमी आवाज़ में कहा। ''अब तुम लोग इनसे कुछ मत कहो...भगवान का न्याय ...'' कुछ देर रुककर तसल्ली से भरी तृप्त और भीगी आवाज़ में कुछ कहने ही जा रही थी कि अर्जुन बोल पड़ा।

''अब ये यहाँ क्या करने आए हैं? जब हमें इनके सहारे की जरुरत थी तब ये कहाँ थे? अब हमें इनकी बिलकुल जरुरत नहीं है। हमे इनकी शक्ल भी नहीं देखनी है। माँ इनसे कहो चले जाएँ यहाँ से, वरना कुछ गलत हो जाएगा।'' अर्जुन तिरस्कार से बोला। वे दोनों स्तब्ध हो गए थे।

भीतर से टूटी हुई। अपने अकेलेपन से चुपचाप लड़ती हुई बेहाल, गाँव की औरत और एक हिन्दुस्तानी पत्नी ऐसा नहीं कह सकी। उसने पति को सहारा देकर ऊपर कुर्सी में बैठाया। तकलीफ से भरकर कहा। ''यहाँ बैठो, जो देखने आए हो देखो

और फिर जाओ उन्हीं के पास जिनके लिए मेरे बच्चे अनाथ किए थे।'' कमलेश के पश्चाताप के आँसू थम नहीं पा रहे थे। सर नीचे किए हुए वह कुछ नहीं बोल सका।

''जाकर कहीं डूब मरो इन्हें लेकर और मेरी जान छोड़ो...'' यही कहा था न तुमने? परन्तु हम नहीं मरे...बैठे हैं सब तुम्हारे सामने।'' रमीता को अपना अपमान याद हो आया। उसकी आँखों से आँसू छलक पड़े। पति को इस हाल में देखकर दुःख और अपने दर्द की याद के आँसू।

''अब और जलील मत कर रमीता। पहले ही ईश्वर ने मुझे मेरे कर्मों की खूब सजा दी है। तुम लोगों के जाने के कुछ ही साल बाद, दूसरे बच्चे को जनम देते हुए मेरी पत्नी और बच्चा दोनों इस दुनिया में नहीं रहे। दो साल की एक बड़ी बेटी थी। तब उसे गाँव में उसकी दादी के पास छोड़ आया था। कैसे पालता? शराब की आदत के चलते ठीक काम मिलता नहीं या मेरे कर्म...'' वह लाचारी और दुःख में डूबकर बोला। ग्लानि उस पर पूरी तरह हावी थी। पश्चाताप के आँसू लगातार बरस रहे थे।

''अब हमें तुम्हारी कोई जरुरत नहीं है। तुरंत उठो और चलो यहाँ से। खून के रिश्ते का मान है। तुम्हें रोटी वहीं दे देंगे। परन्तु अपनी शक्ल दिखाने यहाँ फिर कभी मत आना।'' अर्जुन क्रोध से बोला।

''दे पाओगे मेरी माँ के दर्द और तकलीफों का हिसाब? उसकी कमर तोड़ मेहनत...'' आवेश में भरकर अरुण न जाने कब तक बोलता रहा। ''माँ...कहो इनसे ये निकलें हमारे घर से...'' और वह फूट-फूटकर रो पड़ा।

उस दिन आँसू सभी के बह रहे थे। कमलेश के ग्लानि और पश्चाताप के आँसू, अरुण और अर्जुन के उनका बचपन बर्बाद करने और उनकी माँ का आँचल तकलीफों से भरने वाले अपने जीवनदाता के प्रति आक्रोश और उन्हें माफ न कर पा सकने की बेबसी के आँसू। दुःख, अवसाद, मेहनत और कठिन तकलीफों से टूटी हुई रमीता के उलझन भरे आँसू। मन से न सही परन्तु दिल से अपने निकृष्ट पति को माफ करके ही कोई हिन्दुस्तानी पत्नी अपने आप को परिपूर्ण मानती है। ये भी बड़ा अजीब न्याय होता है कुदरत का...एक पत्नी का।

◆◆◆